異世界は猫と共に
システムエンジニアが挑む
領地再建の魔法具開発
1
ぱげ Presents
Illust. 又市マタロー

松本勇
「なんじゃこりゃ——っっ!!」
「にゃっ」
織姫

セルファース
アンネマリー
「魔法が変わる？」
「この国、いやこの世界の魔法が変わるかもしれません」
「大至急の用事っていったい何事？」
ニコレット

「な～う？」
「オリヒメ商会……」

異世界は猫と共に

システムエンジニアが挑む
領地再建の魔法具開発

1

ぱげ Presents
Illust. 又市マタロー

CONTENTS

isekai wa neko to tomoni

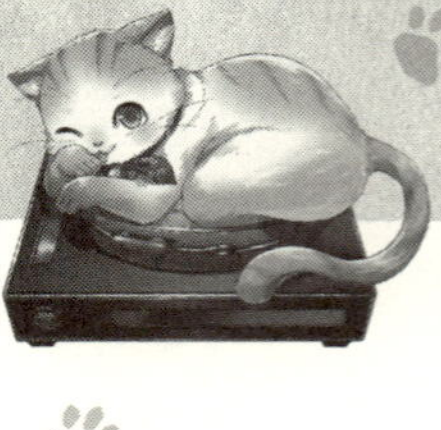

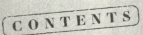

プロローグ

〝そこそこ〟、〝まずまず〟、〝ぼちぼち〟、〝まあまあ〟……。

松本勇《まつもといさむ》のこれまでの人生を端的に表すとしたら、そんな言葉になるだろうか。

地方にあるそこそこの私立大学を卒業し、まずまずの大手SIerに新卒で就職、ＳＥとして働き始めて十年余り。今年で三十四歳になる。

中堅社員となった今は、ぼちぼちの高給取りと言っていいだろう。

大学時代にできた、まあまあ可愛い彼女と二十八歳で結婚するが、双方とも仕事が忙しく二年もすると家での会話は激減。

一昨年、離婚して以降バツイチのままだ。

その日も勇は、いつも通り出勤し、いつも通り仕事をし、いつも通り残業をして、いつも通り帰宅した。

１ＤＫのマンションに帰ると、結婚前から飼っている猫の織姫《おりひめ》が小さく「にゃー」と出迎えてくれるのも、いつも通りだ。

お腹が減ったのか、足元に身体をこすりつけてくる織姫を見て、勇の目元が緩む。

「姫、ちょっと待ってね～。今すぐご飯にするからな～」

やや高くなってしまう声でそんなことを言いながら、そそくさとキャットフードの準備をする。

織姫はチョコレートゴールデンの縞が入ったライラックキャラメルとホワイトのハチワレという少々珍しい毛色をしたブリティッシュショートヘアの女の子だ。

ペットショップで生後半年が経過して随分大きくなっていたところにたまたま出くわし一目惚れ。その場で購入していた。

以来織姫にベタ惚れの勇は、（世のほとんどの飼い主がそうであるように）世界一かわいい猫だと確信している。

少々お高いキャットフードを織姫に献上し、コンビニで買ってきた弁当をレンジに入れる。

足元で美味しそうに食べている織姫に目を細めながら、冷蔵庫から取り出した五百ミリリットルの缶ビールを開けた。

ごくごくと喉を鳴らしながら一気に三分の一ほど流し込むと、自然と「ぷはぁ」と息が漏れる。

人は、この一口のために働いているのではないか？　と益体もないことを考えながら、テレビをつけて弁当を食べ始める。

半分ほど食べたところで、足元からまた「みゃー」という声が聞こえてきた。

フードを食べ終えてやってきた織姫を膝に抱き上げ、右手で織姫の耳の裏を撫でながら左手で器用に食事を続ける。

ブリティッシュショートヘアという猫種は、大人しく賢いが触られるのを嫌う、と一般的には言われている。

しかし織姫は、勇の膝の上が大好きで、事あるごとに「撫でろ」と言わんばかりに膝に乗ってくる。

そこがまた堪らなく可愛いのだ。

食事を終え、もう一本ビールでも飲むか、と織姫を抱きかかえて立ち上がったところで、勇の〝そこそこ〟の人生は、突然終わりを迎えた。

足元がグラリと揺れる。

すわ地震か!?　と思ったが、揺れているのは世界ではなく自分の視界だった。

転倒しながらも、織姫だけには怪我をさせぬようにと必死に抱きしめる。

床に倒れ急速に遠退く意識の中、腕の中の織姫を見る。自分の身体と織姫の身体が何故か透けて光っているように見えた。

腕の中の織姫が頰をペロリと舐めて、「にゃー」と一鳴きしてくれたような気がしたところで、勇は意識を手放した。

第一章

異世界へ猫と共に

勇が目を覚ますと、硬く冷たい床の上で横になっていた。

ぼんやりとする頭で、あれ？　いつ眠ったっけ？　と考えたところで、急速に記憶が蘇ってくる。

眠ったのではない、自分は倒れたはずだ。

ということは、自宅の床か。どうりで硬く冷たいわけだ。

そうだ、織姫は!?　転倒に巻き込んでしまったが無事なのだろうか？

と愛する猫のことを思い出していると、床の冷たさとは裏腹に腕の中で温かくモフモフしたものが身じろぎしていることに気付く。

慌てて目をやると、倒れる前と変わらぬ可愛い顔が目の前にあった。

心配そうにこちらを見て、「にゃーん」とひと鳴きすると、鼻を舐めてくる。

こら織姫、くすぐったいだろ、と言おうとした瞬間、少し離れたところから咳払いが聞こえてきた。

「オホン。気分は如何《いかが》かな？　それと、私の言葉が分かるだろうか？」

聞き覚えのない声だった。

言葉が分かるも何も、思い切り流暢な日本語だ。分かるに決まっているではないか。

そこまで考えて途端に冷静になる。

誰だ？　なぜ俺の家に知らない人間がいる？　急激に頭の芯が冷えてくる。

織姫をぎゅっと抱きしめ、声の方に目をやる。そして……

「誰だ!?」

と三音発した時点で勇は絶句した。

そこに立っていたのは、立派な髭を蓄えた壮年の男だった。

髪も髭も鮮やかな赤毛で、豪奢な服を着ている。豪奢だが時代錯誤なうえ、外連味《けれんみ》たっぷりだ。

周りにも大勢の男性やわずかな人数の女性が立っているのだが、誰もかれもが絵に描いたヨーロッパの貴族のような格好だ。

慌てて周りを見ると、自分はそんな面々に取り囲まれて、かなり広い部屋の真ん中にいるようだった。

呆然としていると、ふたたび赤毛赤髭の男が声をかけてきた。

「誰だ、と聞いたということは、こちらの声は届いているようで安心したよ。おそらく突然のことで混乱していると思うが、我々はあなたに危害を加える気は一切ないので、ひとまずは安心して欲しい」

赤毛赤髭の男は、敵意がないことを示すためか両手を開き、腕を広げて勇に語り掛ける。

するとと横にいた青い長髪の男が赤毛の男に話しかける。

「フェルカー卿、これまでの迷い人の話によると、元の世界で急に意識を失い目覚めたらここに居た、と言う者がほとんど。おそらくこの迷い人もその状態かと。しからば、まずは状況を説明するのが良いのでは？」

「ふむ、確かにカレンベルク卿の言う通りだな」

それを聞いた赤毛の男が鷹揚に頷く。

（迷い人⁇　それに元の世界って何だ？　そもそもここは何処だ？　俺はいつの間にこんな所に連れてこられた⁉）

「おそらくあなたは今、気を失い目が覚めたら何故か知らない場所にいる、という状態だと思う。我々が知っている範囲で、あなたに何が起きたのかを説明するので、慌てず冷静に聞いてほしい。ここはシュターレン王国の王都シュタインベルンにある、〝迷い人の門〟と呼ばれる部屋の中だ。そして私は、サミュエル・フェルカー。フェルカー侯爵家の当主だ。まず最初に理解してもらいたいのは、ここは元々あなたがいたのとは別の世界だ、ということだ」

「は？　別の世界……？」

赤毛の男の言うことが理解できない。いや、意味は分かるが理解が追い付いていかない。

「そうだ。我々の住むシュターレン王国では、はるか昔から〝別の世界〟から来た、と言う者の伝承が多くあった。まるで迷い込むようにやってくることから、我々はその者らを〝迷い人〟と呼んでいる」

フェルカー曰く、迷い人が定期的に訪れていると分かったのが八百年ほど前。

その後調査を進めた結果、必ず今いる場所に現れるということが判明した。

また、迷い人には必ず何らかの特殊スキルが備わっており、中には非常に有用なものがあることも分かった。

そのため、この場所の上に建物を建て外部と遮断、迷い人が来てもどこかへ行ってしまわないよう、常時監視体制が敷かれた。

ここに来た迷い人は、今の勇と同じように説明を受けて、希望する貴族が引き取り、手厚く保護していった。

当時、迷い人のことを正しく把握していたのは、王と一部の貴族に限られており、迷い人を保護する貴族も一部に偏ることになる。

そしてそれは、迷い人を独占していた一部貴族とそうではない貴族との間に、とてつもなく大きな力の差を生むことになった。

その結果、自身が王になろうと力を付けた一部の貴族が反乱を起こした。

幸か不幸か、迷い人を囲っていた貴族全てが新王派ではなかったため、新王派と現王派に国を二分した大きすぎる内乱は、周辺諸国も巻き込み大きな戦争へと発展した。

十年ほど続いた戦は、どうにか現王派の勝利に終わる。

しかし代償も大きく、王国は周辺諸国に領土を削られたり同盟国に援軍の対価として割譲させられたりして、戦争前の三分の二程度に国土を減らしてしまった。

二度とこのようなことが起きぬよう、それ以降迷い人が訪れた場合は、貴族が定められた順に保護することとした。

　順番は爵位の上下に関係なく公平を期するため、なんとクジで決められたそうだ。

「現在は、それから五百年ほどが経過している。その後さらに研究が進むと、迷い人が来る前兆として、十日ほど前から魔法陣が薄ら光り出すことが分かった。それからは、前兆があった場合全貴族を速やかに招集、全員の前で保護することで、さらなる公平性を保つこととしたのだ。ちなみにあなたは、今の制度になってから二十八人目の迷い人になる。そして今回迷い人を保護する順番となっているのが、我々フェルカー侯爵家というわけだ」

「ご説明ありがとうございます……。ひとつ伺いたいのですが、こちらに来た迷い人は元の世界に帰らなかったのでしょうか？　帰りたいという人もかなりの数いたように思うのですが……？」

　おそらく想定された質問だったのだろう。そしてその答えが、迷い人にとって良いものではないことも、皆が理解しているのだろう。

　それを見た勇は、答えを聞く前に理解した。

「残念ながら、帰る方法は分からないのだ……。これまでも何名かの迷い人が、それこそ人生の全てを賭して帰る方法を調べたが、未だ分かっていない。そもそも、なぜ、どうやって迷い人がこの世界に来ているのかすら分かっていないのだ」

　赤髪の男がそう淡々と事実を告げた。

「そう、ですか……」

　勇はそれだけ言うのが精いっぱいだった。

腕の中の愛猫をぎゅっと抱きしめると、小さく「にゃおん」と鳴いた。

あたかも〝一人じゃないよ〟と慰めるかのように。


帰還が事実上不可能であることを告げ、重い空気が漂う中、あらためてフェルカーが口を開く。

「あなたには非常に酷な話を告げることとなったが、我々としても意図的に呼び寄せるようなことはしていないのだ。そのあたりの事情も酌んでいただけないだろうか？」

フェルカーの言うことももっともだった。

頼んでもいないのに、扱いを間違えると戦争に繋がるような存在が勝手にやってくるのだ。

短絡的な判断をするトップがいた場合、すべて処分するという結論に至っていてもおかしくはない。

それと比べれば、この国はとても穏健と言っても良いだろう。

もっとも、有用な特殊スキルを惜しんだ、という可能性も高そうではあるが……。

「ええ。あなた方の立場であれば、こちらに私が現れてまだ意識がないところを殺害し、なかったことにするのも簡単なのに、それをしていない。とても紳士的で理知的な考えだと思います。正直、まだ納得しているわけではないですが、状況の理解はできました。何故か言葉も通じるようなので、意思の疎通もできますし……。で、これから私はどうしたら？」

勇の返答に、何名かの貴族が「ほぅ」と小さく感心したように声を漏らす。

フェルカーもその一人だったが、彼の場合はこの場の進行役も兼ねているためか、随分とホッとした表情になった。

「話が早い方で助かった。パニックを起こしたり、泣きわめいたりするお方も多くてね……」

そう苦笑する。ようやく常に張り詰めていた緊張が解けたようだ。

「では、今後の話の前に、名前を聞いても良いかな？」

「松本勇と言います。姓が松本、名が勇ですね」

「イサム・マツモトだな。では今後はマツモト殿と呼ばせてもらうが良いか？」

「はい。あなたのことは、どうお呼びしたら？」

「同様に姓で呼んでもらうのが無難だ。迷い人の身分は準貴族扱いとなっているから、過大な敬称は不要だ」

「分かりました。ご配慮ありがとうございます、フェルカーさん」

「ああ、それで問題ない。それではあらためて今後の話をしよう。といっても、ここですることは大きく二つしかない。一つ目は、マツモト殿のスキルを調べさせてもらうことだ。先にも話したように、迷い人は必ず特殊なスキルを持っているので、それを把握させてもらいたい」

「すみません、先ほどからスキルという言葉が度々出て来ています。こちらではスキルというのは、どういったものを指すのでしょうか？　例えば、他国の言葉を話せる、とか、料理が得意、とかそういったものでしょうか？」

「ふむ。マツモト殿のいた世界には、どうやらこちらで言うスキルと似たものがなかったようだな。今マツモト殿が言ったようなもの、他国の言語や料理のようなものは、我々はスキルとは呼んでいない。特技というのが一般的だ。後天的に修練や努力で身に付けられるもののことだ。それに対してスキルというのは、生まれながらに備えられている力のことだ」

こうした質問も想定内なのだろう。

淀みなく答えるフェルカー曰く、スキルとは天から与えられた特殊な力のようだ。

分かりやすい例でいえば、夜目や炎の加護などで、前者は光のない所でもものが見える力、後者は火の魔法との相性が非常に高くなるそうだ。

これらは、突然発現することはあるが、努力や訓練では絶対身に付くことがない特別な力らしい。

複数持っている者もいるが、大体は持っていても一つ。持っていない者も多いのだとか。

そして、迷い人は必ず一つは持っていて、かつそれはその迷い人のみが持っていると言われているそうだ。

「迷い人のみが、ですか?」

「ああ。先程の夜目や炎の加護などは、割と一般的な部類のスキルで、同じスキルを持っている者が沢山いる。ところが、迷い人が持っているスキルのうちの一つは、必ず他の誰も持っていない特別なスキルなのだ。少なくともこれまで記録が残っている二十七名のスキルと同じスキルを持った者は、未だ確認されていない」

「なるほど。そういうことなのですね。ここで調べるということは、それは簡単に調べることができるということなのですね？」

「その通りだ。神眼のスキルを持った者か、特殊な魔法具を使えば調べることが可能だ。神眼だと見た者だけにしか分からず、真偽を確かめる術がないので、魔法具を使って調べさせてもらうことになる。これがその魔法具だ」

フェルカーの隣に歩み寄っていた神官のような男の両手の上には、台座の上に水晶玉としか言いようがないものがのっている。

「これは神眼の魔宝玉といわれる魔法具だ。これに手をかざせば、スキルと共におおよその身体スキルも分かる。スキルについては、名前だけでなく大まかな内容も分かるようになっている」

「身体スキル、ですか？」

「そうだ。これも、我々の世界では定期的に調べるのが当たり前なのだ。そうすることで、自分の現在地も分かるし、何に向いているかも知ることができる。もっとも迷い人の場合は、それもあるが少々事情があってな……」

一度そこで息をついて、再び説明を始める。

「マツモト殿の外見は、幸い我々とさほど変わりはないが、全く外見の異なる迷い人が現れることもある。過去には、身長が五メートル以上の巨人や、足が四本ある者もいたと言う。そうした場合、力が並外れていたり、走るのが速かったりといった肉体的な特徴を伴うことがある。事前にそうしたものを把握できれば、スキルも含めて今後何をしていくのが良いかの判断基準となるのだ」

「なるほど。そういうことでしたか。ありがとうございます」

「理解してもらえて何よりだ。では早速、スキルを測定させてもらうが、問題はないか？」

「はい、よろしくお願いします」

勇の返答を聞いたフェルカーが、水晶玉を持ってきた男に目配せをする。

それを見た男は一つ頷くと、水晶玉を勇に差し出した。

「それではマツモト様、こちらの魔宝玉の上にお手を乗せていただけますでしょうか？」

「分かりました」

勇は、織姫を小脇に抱き替えると、言われるままに水晶玉の上に左手を置く。

手を置いた瞬間うっすらと水晶玉が光りはじめたかと思うと、次第に光が強くなる。

勇の体からも光が漏れだし、水晶玉に吸い込まれていくのが見えた。

十秒ほど光ったかと思うと唐突に光が消え、代わりに台座から空中に文字が投影される。

そこにはこう書かれていた。

イサム・マツモト
力：157
耐久：130
敏捷：139
器用：178
精神：231

知力：256
生命：112
魔力：102
スキル：魔法検査《マギ・デバッガ》／魔法の流れを視ることができる。操作することはできない。

勇にはこの数字の良し悪しは分からないし、スキルに至ってはもはや意味不明だ。

周りの人間も動かない。この場にいる全員が、この文字を見ているのだろう。

しばしの沈黙ののち、近くの者とひそひそと話す声が聞こえてきた。

聞き取れた内容は、おおよそ次の三種類だ。

「精神と知力はかなり高いですな……」

「これと言って目立った特徴は……」

「魔法を視るとはどういうことだ……」

「操作できないということは、魔力操作の下位スキルか？」

数値化されているのでやむを得ないが、文字通り値踏みされている感じがして落ち着かない。

「魔法検査《マギ・デバッガ》か……。やはりこれまでに記録のない、初めてのスキルのようだ。スキル値は、全体的に平均よりやや高く、精神と知力に関してはかなりの値と言って良いだろう」

軽い咳払いの後、フェルカーが評価を教えてくれる。

「そうなんですか？　ちなみに平均値はどれくらいなんでしょう？」

「訓練などをしていない、一般的な人間の平均が100程度だ。200あれば、相当優秀と言えよう。その道で歴史に名を残すような者だと400を超えることもあるらしいが、稀だな。ちなみに我々貴族は、優秀な血を継いでいることもあり一般人より平均は高く、150程度だな。そういう意味では、マツモト殿は貴族の平均くらいとも言える」

「なるほど……。では、このスキルはどうなんでしょうか？」

「これまでにないスキルだから、詳しいことは分からぬな」

「そうですか……」

「さて、これでこの場で行うことの一つ目は終わったので、二つ目だ。二つ目はもっと単純な話で、どの家がマツモト殿を保護するのかを決めることだ。先にも述べた通り、過去の反省を活かして迷い人の保護は、原則各貴族家の持ち回りとなっている。しかし、例外も存在する。皆は知っていると思うが、マツモト殿のためにあらためて説明しよう。自家によく似たスキルを持つ者がいる場合や、自領の環境や産業と相性が悪い場合、所定の金額を納めることで、次の貴族に順番を譲ることができるのだ。例えば、水が豊富な地域なのに炎の加護があっても、宝の持ち腐れになる。なるべく適材適所で、迷い人に気持ちよく過ごしてもらえるように、という配慮からできた制度だ」

滔々《とうとう》と語るフェルカーを見ながら、物は言い様だな、と勇は思う。

適材適所のために譲る、と言えば聞こえは良いが、言い換えれば〝良いスキルが来るまで、金を払って順番をキープする〟だけのことだ。

おそらく金のある貴族が考えたルールなのだろう。半分は事実なので、金がない貴族も文句は言えない。実に賢いやり方だ。

そしてこの場でフェルカーがそれをわざわざ言い出したということは……

「さて、魔法の流れを視る、と言うことだが、上位の魔法使いであれば魔力を感じることができるようになる。それとどう違うのか現時点では分からぬが、似たようなものである可能性が高いと思う。幸か不幸か、私には魔力操作のスキルがあり、視るだけではなく魔力の操作も可能だ。それゆえ、この国でも上位の魔法使いとして、自他ともに認められるにいたっている。対してマツモト殿のスキルは、操作はできない、と明確に書いてある。であれば、マツモト殿に当家に来ていただいても、その才を発揮して活躍できる場を提供することは難しいだろう。魔力を視られるうえ操作できる私がいるからだ……」

右手で両目を覆い残念そうに首を振るフェルカー。

「マツモト殿のことを考えて、今回は次の順番であるクラウフェルト子爵家に譲ろうと思う。確か、クラウフェルト家には、魔力関係のスキルを持った者は居なかったと記憶している」

やはりな、と勇は自嘲する。

魔法検査《マギ・デバッガ》などという分かりづらいスキルだ。もし自分が金のある貴族だったら、数十年以内に来る可能性が高い次に賭けるだろう。

クラウフェルト子爵とやらには申し訳ないが、これも運命と思って諦めてもらうしかない。

そう思いながら、皆が一斉に視線を送った方へ勇も目を向けた。

「どうであろうか、クラウフェルト卿？　いや、本日はご当主が体調不良につき、ご息女が当主代理としてのご参加であったな」

そう言うフェルカーの視線の先にいたのは、おそらくまだ十代後半であろう少女だった。

淡い水色の髪に、サファイアを思わせる群青の瞳が印象的な美しい少女だ。

「そうですね。当家としては、特に何も問題はございませんので、慎んでお受けいたします」

ある程度こうなることは織り込み済みだったのだろうか、特に驚いた様子も見せず淡々と告げる。

「ありがとうございます、クラウフェルト当主代行殿。マツモト殿、これであなたはクラウフェルト子爵家の庇護下に置かれることとなりました。今後のことは、そちらの当主代行殿にお聞きください。皆様もご参加ありがとうございました。これにて今回の迷い人の儀は終了となります。気を付けてお帰りください」

フェルカーが、右手を左肩に当て左手を背中に回して丁寧な礼をすると、皆が一斉に退出し始めた。

フェルカーは、最後に勇に一礼すると、踵を返して退出していった。

そこに、先ほどフェルカーにアドバイスをしていたカレンベルクと呼ばれていた男が近づいていき、耳打ちをする。

「フェルカー殿、良かったので?」

「ああ。魔力操作系のスキルの可能性が高いが、あの魔力値ではそこまで脅威となることはあるまい。しかも操作はできないときている。あまり魔法が得意ではない武門にいかれて、筋肉バカどもに魔法の指導など始められると厄介なことになったかもしれんが……。クズ魔石のクラウフェルト家であれば、問題なかろう」

「確かに。あそこは古い家ではありますが、クズ魔石しかありませんからな……」

「そういうことだ」

二人はそんな会話をしながら、足早に部屋を出ていく。

そして部屋には、勇と腕の中の織姫、クラウフェルト当主代行と言われた少女だけが残った。


二人だけになった。気まずい……。

別に勇には何の責任もないのだが、半ば自分を押し付けられた格好の当主代行にかける言葉がない。

何を言えばよいというのか。残念でした？　気を落とさないでください？

否だ。そもそも何故責任のない自分を、わざわざ卑下する必要があるというのか。

無意識に織姫の喉を撫でながら勇が考えていると、ようやく当主代行が口を開く。

「すみません、マツモト様。自己紹介もせず。クラウフェルト子爵家が長女、アンネマリー・クラウフェルトです。当主である父が病に倒れているため、当主代理として来ております」

「ご丁寧にどうも。イサム・マツモトです。その、何かすみません、微妙なスキルだったせいで……」

居た堪れなくなった勇は、ついそう口走ってしまう。

「いえ。そもそもマツモト様には何の責任もないお話ですので。それに謝るとしたらこちらですね。

フェルカー侯爵家のような上級貴族家であれば、何不自由することなく豊かな暮らしができたのでしょうが……生憎当家のような下級貴族は、貴族とはいってもそれほど裕福と言うわけでもないのです。知らない世界にいきなり飛ばされてすぐに、不安な思いをさせてしまい申し訳ありません」

「いやいや、それこそクラウフェルトさんのせいではないですよ!! 確かにいきなり別の世界だって言われて混乱しましたが、帰れないと聞いて逆に落ち着きましたよ。はっはっは」

アニメに出てくるような美少女を困らせてしまい、テンパる勇。わちゃわちゃしながら慌ててフォローに回る。

そんな勇を見てアンネマリーは一瞬目を見開くと、くすくすと笑いだした。

「ふふふ、優しいお方ですね。確かに、お互い嘆いていたところでどうにもなりませんね。それに、この部屋にいつまでもいるわけにもいきませんし、まずはとにもかくにも領地へとご案内させていただきます。馬車で五日ほどかかりますので、道中で色々とお話を聞かせてください。私からもこの世界のことを色々とお話ししますので、分からないことは何でも聞いてくださいね」

「ええ、分からないことだらけなので、よろしくお願いします」

「それでは参りましょう」

ようやく年相応の笑顔を見せてくれたことに安堵しつつ、勇は先導するアンネマリーの後について部屋を後にした。

部屋の外には、衛兵らしき鎧の男が二人、入り口の両脇に立っていた。

出てきた勇たちに気付くと、右手を左肩に当てた。おそらくこの世界の敬礼なのだろう。

そんな彼らにアンネマリーが声をかける。

「お疲れ様です。私達で最後なので、よろしくお願いしますね」

「はっ。お勤めご苦労様です！」

それに返答すると、勇にも声をかけて来た。

「迷い人様もお疲れ様でした！　この国のため、そのお力をお貸しください!!」

「これはご丁寧に。何ができるかまだ分かりませんが、やれるだけやってみますね」

まさか話しかけられるとは思っていなかった勇が慌てて返答した。

フェルカーと言う貴族にはパスされたが、迷い人そのものが無下にされることはないようで内心ほっとしていると、再び衛兵から話しかけられる。

「迷い人様、よろしければこちらの履物をお使いください」

そう言って衛兵が見せたのは、ショートブーツのような履物だった。

自分が靴を履いていないことに今更のように気付く。相当に気が張っていたようだ。

「いただいてよいのですか？　靴を脱いでいる時にこちらへ来たようなので助かりますが……」

「どうぞ、お持ちください。時々靴を履いていない迷い人の方がいらっしゃるようで、常備されているものになります」

なるほど、日本のように靴を脱ぐ習慣は珍しいかもしれないが、寝ている間に呼び出されることも十分あり得るし、靴を履いていない迷い人がいるのも道理だろう。

何かの革でできていると思われる靴は、新品のようでやや硬い。

ただ、フリーサイズなのか大きめに作られているため、すんなり足を入れることができた。

紐で履き口付近を縛って留める。靴というより、分厚い靴下のような感じだ。

ソール部分も革でできており、何枚か重ねて張り付けられていた。


あらためて靴の礼を言って、転移してきた部屋を後にする。

その後も、建物を出るまで何名かの衛兵に声を掛けられつつ外へ出る。

どうやら迷い人が来る場所を厳重に守るためだけの建物のようで、別棟のようなものは見当たらない。

薄暗い室内から明るい屋外へ出たため、眩しさに目を細める。まだ日は高い時間のようだ。

目が慣れてくると、三つ揃えの燕尾服を着た執事のような男と、揃いの鎧に身を包んだ兵士が十名ほど一列に並んでいるのが見えた。

アンネマリーが出て来たのに気づくと、急ぎ足でこちらへと向かってくる。

目の前まで来ると、執事のような男が一礼し声をかけてきた。

「お疲れ様でした、お嬢様」

「出迎えありがとうルドルフ」

アンネマリーの返答を受けたルドルフは、隣にいる勇に会釈をすると、アンネマリーに質問する。

「お嬢様、お二人で出てこられたということは、そちらが…？」

「ええ。この度当家の庇護下に入っていただくことになった迷い人、マツモト様よ」

「イサム・マツモトと申します。この度は縁あって御厄介になることになりました。こっちは私の大切な家族で織姫といいます。よろしくお願いします」

織姫を抱いたまま、勇が挨拶をする。

勇からの丁寧な挨拶に目を細めると、ルドルフも名乗った。

「これはご丁寧に。私めは、クラウフェルト家で家令を仰せつかっているルドルフと申します。マツモト様、戸惑われることも多いかと思いますが、当家をどうかよろしくお願いいたします」

ルドルフは綺麗に腰を折り見事な礼を見せる。

それを見てアンネマリーは、鎧の一団にも声をかける。

「フェリクスもご挨拶なさい」

「はっ。クラウフェルト家騎士団副団長のフェリクスです。クラウフェルト領までの護衛は、私とここにいる十名で務めさせていただきますので、ご安心ください！」

一歩前に出ていた男が、右手を左肩に当てながら自己紹介をした。

「それでは馬車を回してきますので、もう少々お待ちください」

フェリクスの挨拶が終わると、ルドルフはそう言って数人の騎士と共に馬車へと向かった。

馬車を待っていると、ふとアンネマリーの視線が刺さっていることに勇が気付く。

いや、勇にではなく胸に抱いたままの織姫を見ているようだ。

勇が自分を見ていることに気付いたアンネマリーが、慌てて目を逸らす。

どうかしましたか？　と声をかけようか迷っているうちに、馬車がやって来た。

「お待たせしました。お嬢様、マツモト様にはお一人で乗っていただきますか？」

そう尋ねるルドルフに、アンネマリーはかぶりを振って答える。

「いえ、道すがら色々とお話ししたいことがあるので、ひとまずは私の馬車に同乗していただきます。ルドルフも同乗しなさい」

「かしこまりました。それではマツモト様、こちらへお乗りください」

案内されたのは、見た目も豪華だがそれ以上に頑丈そうな箱馬車だった。

二頭立てで側面に紋章のようなものが描いてあるが、子爵家の紋章だろうか。

「すみません、お先に失礼します」

そう言って勇が馬車に乗り込むと、続けてアンネマリーとルドルフが乗り込み、最後に妙齢の女性が乗り込んできた。

「マツモト様、彼女はカリナ。私の身の回りの世話をしてくれています」

アンネマリーがすかさず紹介をしてくれる。

「マツモト様、初めまして。アンネマリー様付侍女頭のカリナと申します。道中のご不便は、私か家令のルドルフまでお申し付けください」

「イサム・マツモトです。お手数おかけしますがよろしくお願いします」

一通りの挨拶が終わったところで、ルドルフが御者台への扉をコツコツと三回叩き声をかける。

「それでは出してください」

「はっ」、という短い返事が扉の向こうから聞こえたかと思うと、ゆっくりと馬車が動きだした。

第二章 この世界と勇の能力

出発した馬車は、しばらくゆっくりと走っていたが、その後やや揺れが大きくなる。街を出てスピードを上げたのだろう。

勇が、小さく開いているサイドの窓から外に目をやると、そこには低木と岩が転がる大地が広がっていた。

サバンナと荒原《ステップ》の中間のような感じだな、と勇が考えていると向かいの椅子からチラチラと視線を向けられているのに気づく。

今に始まったことではなく、馬車に乗る前からずっと感じていたアンネマリーからの視線だ。

会話のきっかけついでに、今度こそ勇がアンネマリーに声をかける。

「あの～、クラウフェルトさん。どうかしましたか？」

「はえっ!? べ、べつににゃんでもありません！」

盛大に噛むアンネマリー。何でもないと言いながらも視線は勇の膝の上で寛ぐ織姫をチラチラと追っている。

それを見て勇が問いかける。

「え～っと、撫でてみます？」

「ふぁっ!!　撫でっ!?　よよ、よろしゅうございますか?!」

もはや言葉が崩壊してきている。

そして先ほどから、アンネマリーの隣に座っているカリナが、後ろを向いて肩を震わせていた。

全く笑いを隠しきれていないが、声を出すのだけは何とか堪えている。

ふと自分の隣を見てみると、ルドルフは口元が引きつっているものの、鼻をぴくぴくさせるにとどめていた。

流石は歴戦の家令。カリナのような小娘とは踏んできた場数が違うなと、勇は妙なところで感心してしまう。

「はい。大丈夫ですよ。大人しい子なので」

勇はそう言って織姫をアンネマリーの膝へと乗せた。

ウトウトしていたからか、寝ぼけたようにアンネマリーを見上げると首を傾げ「うにゃ～」とひと鳴きする。

「きゃ、きゃわわわわわわ!!」

とうとう意味のある単語すら発せられなくなったアンネマリー。

わなわなと震えながら目が完全にハートマークになっている。

口が半開きなのは、貴族令嬢としてどうなのだろうか。

そしてカリナは、ついに限界を迎えたようで、「ぶぷふぉぉっ」とこちらも意味不明な言葉を発していた。

「耳の後ろとか、喉を優しく撫でてあげると喜びますよ」

勇のアドバイスを聞くと、コクコクと素早く頷き、恐る恐る人差し指で耳の後ろを撫でる。

もふもふとした感触に表情がだらしなく緩んでいった。

しばらく、だらしのない表情でアンネマリーが撫でていると、織姫がごろりと転がり膝の上で横向きになる。

「っっ！！！！」

ついに言葉を発せなくなってしまったアンネマリーは、一心不乱に織姫の喉をモフりだした。

ゴロゴロと喉を鳴らす織姫。気持ちよさそうにしているが、勇の目は見抜いていた。

誰に可愛がられるのが得なのか、それを一瞬で計算して織姫がされるがままになっていることを。

十分ほど織姫のもふもふを堪能したアンネマリーが、やっと現実に戻って来た。

「た、大変失礼しました……。そしてありがとうございます」

姿勢を正してそう謝罪するが、まだ頬が上気したままだ。

「いえいえ。織姫を可愛がっていただきありがとうございます。猫がお好きなのですか？」

「ねこ？　この子、オリヒメちゃんは、ねこというのですか？　こちらでは、このような愛くるしい生き物は見たことがありません」

衝撃の事実が判明した。なんと、こちらの世界には猫がいないらしい。

猫好きの勇にとっては衝撃的な事実だ。と同時に、織姫を抱いてきて良かったと心底思う。

「あの、マツモト様のいたところでは、このように愛らしい生き物を使い魔にするのが、普通だったのでしょうか？」

「使い魔、ですか？　それはどういったものなのでしょうか？」

「主に魔法使いが、契約を交わし使役している動物や魔物のことです。コウモリや蛇などが一般的ですね」

「なるほど……。私のいた世界には、使い魔は存在していませんね。織姫はペット、いや私の家族の一員だと思っていただくのが一番近いかもしれません」

「家族、ですか。それは良いですね。こちらでは動物を家族のように扱うことはありませんので」

「そうだったんですね。今後はクラウフェルトさんも、織姫を可愛がってくれたら嬉しいです」

「それは是非!!」

再びアンネマリーの鼻息がフンスと荒くなる。

勇は、先ほどのアンネマリーの言葉に不穏な単語があることに気が付いていた。

魔法があるのだから、おそらくいるだろうとは思っていたが……。

「あの、先ほど魔物と仰いましたよね？　動物とは違う生物がいるということでしょうか？」

「ええ。魔物は正確には生物とは異なるかもしれませんが、動物とは明確に異なるモノたちが存在しています」

やはりいた。となると、後は程度の問題だ。

「そうなんですね。魔物とはどういったものなのでしょう？　人と敵対関係にあるのでしょうか？」

「はい。人に限らず、魔物は自分以外、特に魔物以外に対して非常に好戦的であり、襲ってくるものがほとんどです。それをお聞きになると言うことは、マツモト様のいた世界には魔物はいなかったのですね？」

「ええ。人が大型の肉食動物に襲われることなどはありましたが……。明確に人と敵対関係にある生物というのは存在していませんでしたね」

「そうでしたか……。それでは、そのあたりも含めて、この世界について簡単にお話しさせていただきますね」

一瞬驚いた表情を浮かべたアンネマリーだったが、すぐに元の顔に戻ると、この世界のあらましについて勇に話し始めた。

いつ頃から魔物がこの世界にいたのかについては、研究者の間でも色々な説がありハッキリとはしていない。

しかし有史以来、常に人とは敵対関係にあり、脅威であり続けていることだけは、確かな事実だ。

動物と魔物の違いは明確で、魔核と呼ばれるモノの有無によって区別されている。

魔核があれば魔物、なければ魔物ではない。

もちろん、単に魔核があるだけで人類の脅威になっているわけではない。

この世界、エーテルシアにいる生き物は、余程の例外を除き皆魔力を持っている。

しかし、その魔力を使いこなせるものはそれほど多くはなく、人であれば二割程度といわれている。

ところが魔核があると、魔力を蓄積し活用することができるようになる。それも無意識に。

魔核があるからといって全ての魔物が炎を吐き出したり、石の礫を飛ばしたりできるようになるわけではないが、大なり小なり全ての魔物は、魔力で自身の肉体を強化させているのだ。

これが、魔物の魔物たる最大の所以《ゆえん》だ。

フィジカルが強い、というのは単純であるからこそ、その効果は絶大なのだ。

「なるほど。人類の脅威になる魔物が、世界中にいるのですね……」

「はい。エーテルシアではそれが当たり前であり日常なんです。ですので、我々領地を持っている貴族の最大の義務の一つが、魔物から住民を守ることなのです。街を壁で囲い、兵士が守る。街から街へ移動する際も、今回のように騎士や兵が護衛につき、魔物の脅威から身を守ります。人が努力をして守ることで、やっと安全を得ることができるのです……」

アンネマリーの言うように、エーテルシアには世界中に魔物がいるため、安全性が担保された場所が極端に少ない。

農作物を作っている畑ですら常に魔物の影が付きまとう始末なので、城壁に囲まれた街のような安全な場所は希少なのだろう。

気になっていた魔物のことがある程度わかったので、勇はもう一つ気になっていたことをアンネマリーに尋ねてみることにした。

「クラウフェルトさん、領地へ行った後、私はこの世界で何をしたら良いのでしょうか？」

勇は、真っすぐアンネマリーの目を見て問いかけた。

自分は何をしたら良いのか……。

迷い人は手厚く保護されるというが、半分は建前だろうと勇は思う。貴族といえど、無駄飯食いは置きたくないはずなのだ。

「そうですね……。いずれは自領やクラウフェルト家の発展の一端を担っていただけるとありがたい、というのはもちろん本音としてはあります。過去、迷い人のもたらしたスキルや知識の恩恵で、大きく発展した貴族家が実際にありますので……。しかし、望みもせず知らない世界に来た方に、こちらの都合を押し付けるのもおかしな話だとも思うのです。ですので、スキルの使い方も含めて色々なことをやりながら、時間をかけて何が良いか探していただければと思います。お世辞にも羽振りが良いとは言えませんが、その程度の余裕はありますので」

そう言ってアンネマリーは優しく微笑んだ。

聖人ではないだろうか？　どこの馬の骨とも知れぬ男に、なぜそこまで言えるのか。

少し泣き出しそうなのを誤魔化すため、勇はわざと明るく、かつ強引に話を変える。

「ありがとうございます!!　と、ところでこちらには魔法があるとのこと。私のいた世界には魔法はなかったので、どういったものか見せていただくことは可能でしょうか？」

一気にしゃべったので妙に早口になってしまった。

少し驚いた顔をしたものの、すぐに元の優しい顔でアンネマリーが答える。

「そうですね。マツモト様のスキルも魔法が関係していますし、良いかもしれませんね。私も少しですが魔法を嗜んでおります。大した魔法は使えませんが……。ここは馬車の中なので、それで丁度良いかもしれません。魔法が得意な騎士も同行しておりますので、派手な魔法はまた明日以降ということにして、本日は余興代わりに、私の魔法をお見せしますね」

そう言うと、アンネマリーは少し腕をまくる。

脇を少し開き肘を九十度に曲げ、両手を目の高さでまで持ってくると、空中にある透明なボールを掴むように指を軽く曲げた。

集中しているのが表情から見て取れる。

どうするのか、と固唾をのんで見ていると、アンネマリーの両手がぼんやりと光りはじめた。

『ミズよ、ムよりイでてワがテにツドわん……。水球《ウオーターボール》』

静かに何事かを呟くと、手の周りに水色に輝く魔法陣のようなものが一瞬見えた後、空中から細かい水色の光が無数に現れる。それが徐々に集まっていき、ソフトボール大の水の玉がアンネマリーの手の平の間に浮かびあがった。

絵に描いたような水の魔法に、勇が両目を見開き固まる。

その様子をチラリと視界に入れたアンネマリーは微かに微笑むと、両手を水球《ウオーターボール》の下へと移動させた。

水球《ウオーターボール》はゆっくりと天井付近まで上昇していく。

アンネマリーが両手をゆっくり動かすと、それに連動するように水球《ウォーターボール》が空中で踊る。動くたび、小さな水色の光が水球《ウォーターボール》の周りに煌めいた。

勇は、文字通り開いた口が塞がらない状態だ。

膝の上の織姫も、目を輝かせてソワソワとしている。

一分ほど水球《ウォーターボール》のダンスが続くと、ゆっくりと水球《ウォーターボール》が下降してくる。

魔法を使ったときに準備したのだろう、直径三十センチほどの木のボウルをルドルフが構えると、水球《ウォーターボール》をそこへと誘う。

あと十センチほどでランディングというタイミングで、突如クリーム色の影が水球《ウォーターボール》に飛び掛かった。

「うにゃっ」

という鳴き声が聞こえたかと思うと、水球《ウォーターボール》が形を失う。

そのまま〝ばしゃっ〟と派手な音を立て、ボウルを中心に勢いよく水が降り注いだ。

突然の出来事に「きゃっ」とアンネマリーが小さく声を上げる。

織姫による見事な猫パンチだった。

あたりが派手に水浸しになったが、当人（当猫）はすでに安全圏に退避しており無事だ。水球《ウォーターボール》を突いた右前足の肉球を、不思議そうにぺろぺろと舐めている。

「すすす、すいません!! 織姫、というか猫は、光ったり動いたりするものが大好きで、手を出しちゃうんです……」

先程までの感動もどこへやら。青い顔で勇が謝る。

しかしアンネマリーは、怒るどころかとても嬉しそうだ。

「いえいえ、何も問題ありませんよ。そうですか、オリヒメちゃんは水球《ウオーターボール》が好きなんですね～」

目を細めて織姫を撫でながら続ける。

「今のが水の初級魔法、水球《ウオーターボール》です。名前の通り、水の玉を作り出し操作する魔法ですね。込める魔力の量によって大きさや飛行速度が変わります」

「凄いですね。何もないところから水を生み出すことができるなんて……！　それに、水色の光がキラキラ光って、とても綺麗でした！　どうやって使っているんでしょうか？」

勇の常識では、何もないところから水は生まれるはずがない。

先程の現象を無理やり科学的に説明しようとするなら、空気中の水分を集めた、といったところだろうか。

勇の記憶では、空気一立方メートルあたりの水分量は十五グラム程度だったはずだ。

先程の水球《ウオーターボール》は一キログラムはありそうだったので、六十立方メートル以上の空気が必要だ。

周りの空気から水分を集めれば可能ではあるが、特に湿度が下がった感じはない。

「魔力を様々な現象に変換するのが魔法だと言われています。全てのものを生み出す素となるのが魔力で、それを集中させて魔法語の呪文と共に明確な形を思い描いて放出させるのです」

魔力以外に必要なのは呪文とイメージのみ。まさかそれだけで魔法が使えるとは！

衝撃的な事実に、勇のテンションは否応なく上がる。

「凄いですね！　私も使えるようになるのでしょうか⁇」

「そうですね。使いこなせるかどうかは別ですが、マッツモト様は鑑定である程度魔力があることが分かっていています。少なくとも、魔法を使うことはできるようになると思いますよ」

「おおお‼」

なんと！　自分にもあれが使えるとは‼

おそらく今まで生きてきた中で、最も心躍った瞬間だ。

「興味がおありでしたら、領都に着いたらお教えしますね。生憎今は手元に何も教材がないので、すみませんが今しばらくお待ちください」

「はい！　是非よろしくお願いします‼」

「ふふ。これでマッツモト様のやることが、ひとつ決まりましたね。また明日は、外で騎士の魔法を見せてもらいましょうか」

アンネマリーのいう通り、勇はこちらの世界でやりたいことをまずはひとつ見つけた。

ちっぽけな目標かもしれないが、ようやくこちらの世界の住人の仲間入りができたような気がした。

その後も風の魔法を見せてもらい、初歩的な魔法の話を聞いていると、俄《にわ》かに外が騒がしくなり馬車が停まった。

偵察として先行していた騎士の乗った馬が、慌てて戻って来たようだ。

息を切らせてリーダーのフェリクスに報告をしている。

「この先三キロメートルほど行った先、街道から少し逸れたところに、ゴブリンの群れがいるのを発見しました！　街道からの距離は一五〇メートルほど。敵の数は、視認できた範囲で八です。いかがしましょう？」

「一五〇か……ギリギリの距離だな。立ち去りそうか？」

「しばらく観測していましたが、動く気配がありませんでした。おそらく魔物の死体に群がり食事中と思われます」

「ちっ、厄介だな。片付けるにしろ、往復の時間を考えると町に辿り着けなくなる可能性が高い……」

奇襲されずに先に発見できたのは良かったが、どうやら彼らだけで討伐に向かい戻ってくるとなると、時間的に微妙なところらしい。

「お嬢様。このまま静かに進み、やり過ごしても良いでしょうか？　気付かれた場合も、片付けるだけなら時間のロスも最低限で済むので、おそらく町には間に合います。ただ……」

「私たちが戦闘に巻き込まれる可能性がある、ということですね？」

「はい。マツモト殿もおられますので、荒事は避けたいのですが……」

「安全をとっても野営することになるのであれば、そちらの方がリスクが高いでしょう。このまま進まれた方がよろしいのでは？」

ルドルフは進軍を推奨するようだ。

確かにどこから魔物が襲ってくるか分からない屋外で一晩過ごすよりも、いるのが分かっている相手と戦う方がマシだろう。

「ゴブリン、というのはやはり魔物なのでしょうか？　どの程度危険な相手なのか知らないので、そこだけでも教えていただければ……」

日本のゲームやアニメでお馴染みのゴブリンと同じであれば、大した脅威ではないと思うのだが、この世界のゴブリンが同じとは限らない。

「失礼しました。マツモト殿がゴブリンをご存じないのは当然でしたね……」

フェリクスが軽く頭を下げ謝罪してから、簡単に説明をしてくれる。

「仰る通り魔物です。代表的な魔物で、世界中のどこにでもいる連中です。繁殖力が高くすぐに数が増えるのが問題ですが、一体一体の戦闘力は大したことはありません。我々騎士であれば、一対一で後れを取ることはありません」

「ありがとうございます。であれば、私のことは気になさらず。強さが分かっている敵と戦う方が確実に安全だと思います」

言い切る勇に、皆の視線が集まる。

「申し訳ありません、マツモト殿。お嬢様、それではこのまま進もうと思いますが、よろしいですか？」

「ええ、よろしくお願いします」

方針を決めると、なるべく音を立てないよう、これまでよりゆっくりとした速度で進んでいく。

三十分ほど進んだ所で、先行する騎馬からハンドサインが送られてくる。

何を知らせているか勇には分からないが、いよいよこの先にゴブリンがいるのだろう。

さらに速度を落とし、騎士たちも馬から降りて慎重に進んでいく。

しばらく進んでいると、勇の目にも遠くに何かが群れているのが分かった。

ハッキリとしたディテールは分からないが、緑っぽい色をしているようだ。

そろりそろりと歩み続け、勇の視力で見えなくなるかどうかのタイミングで、一頭の馬が突然大きく嘶《いなな》いた。

慌ててそちらを見ると、バスケットボールほどの大きさの何かが、馬の足元を飛び跳ねていた。

「ロックリーチかっ!? くそっ、よりによってこんな時に!!」

ロックリーチ。その名の通り岩場近辺に住む大きな蛭《ひる》だろうか。

その馬の手綱を取っていた騎士が毒づき、剣で横薙ぎにする。

青い体液をまき散らしながら、三メートルほど吹き飛ばされたが、まだ息があるようだ。

ぐぐっと体を縮めたかと思うと、勢いよく先ほどの騎士に飛び掛かる。

騎士は冷静に身を躱《かわ》すと、今度は上から下に真っすぐ剣を突き刺した。

しばらくブルブルと揺れていたロックリーチだったが、やがて動きを止める。

それを見た騎士が剣を抜くと、ボールのようだった身体がだらりと地面に広がった。

倒したのか、と勇がほっとしたのもつかの間、新たな敵がやってくる。

「敵襲！ ゴブリンに気付かれました!! 突っ込んできます！」

ゴブリンを見張っていた騎士が叫ぶ。

「各員戦闘態勢！　二重防衛陣を張れっ！　ここで迎え撃つぞ!!　リディルとマルセラは魔法の準備だ！」

「「了解っ！」」

フェリクスの素早い指示が飛び、護衛騎士たちが立ち位置を整えていく。

ゴブリンが来る方に五名。盾を持った騎士達が前線を構築する。

そのすぐ後ろで、フェリクスともう一人槍を持った騎士が後詰に入る。

さらにその後方、勇たちのすぐ近くにリディルとマルセラと呼ばれた二人が、両手を前に突き出して構える。

残る二名は、勇たちのすぐ後ろだ。アンネマリーや勇の護衛だろう。

ルドルフとカリナも、いつの間にか懐からショートソードを抜いて周りを警戒している。

「ルドルフさんとカリナさんも戦うんですか？」

驚いた勇が思わずそう言うと、ルドルフとカリナが同時に口角を上げる。

「はい。私もカリナも、少々短剣の手解きを受けておりますれば……ゴブリンごときには後れは取りません」

「お任せください。お二人には指一本触れさせませんので！」

おお、これがバトル執事とバトルメイドという奴か！　と勇が感心していると、隣のアンネマリーまでがスタッフを構えた。

「ふふふ。マツモト様、私のことも忘れないでくださいね。ゴブリン程度、魔法で吹き飛ばして御覧に入れます」

バトルお嬢様もいた。

「んにゃー」

バトル猫までも……！

「いやいや、織姫はダメでしょ!?」

勇が、懐に抱いた織姫に思わず突っ込みを入れていると、ルドルフがいつの間にか馬車の中から短い槍を持って来た。

「マツモト様。こちらをお使いください。剣は練習しないと扱うのは難しいですが、槍であれば間合いも長いですし、突くだけなら充分使えるかと」

そういって槍を勇に渡してくる。

「ありがとうございます。織姫はここで待ってて」

勇は槍を受け取ると、織姫を馬車に入れ扉を閉める。そして気が付いた。ゴブリンなどという未知の怪物を相手取るために、使ったこともない槍を渡されても動じていない自分に。

これも言葉やスキルと同じ異世界特典だろうか、などと考えていると、「来たぞ!!」と言うフェリクスの声が響いた。

戦いの火蓋を切ったのは、三人による魔法攻撃だった。

まず、オレンジの光にうっすら包まれていたリディルとマルセラから、それぞれ直径五十センチくらいはある火の玉が飛んでいった。

成人男性が全力で投げる野球ボールくらいの速さで飛ぶ火球は、前衛の五人を飛び越え向かってきていたゴブリンの先頭集団を直撃する。

当たった火球は、ボンッと言う音と共に小さく爆発すると、周辺のゴブリンを巻き込み火だるまにする。

今の一撃で、直撃を受けた二体は炭になり、巻き添えを食らった二体も虫の息。一気に四体が戦線から離脱した。

『カゼよ。カサなりヤイバとなってトベ。突風刃《ブラストエッジ》』

追い打ちをかけるように、隣のアンネマリーからも魔法が飛ぶ。

緑色の光が両手に集まり、見えない風の刃となってゴブリンへと迫る。

ザンッ、という音と共に一体のゴブリンの首が飛ぶ。一瞬遅れて血が噴き出した。

あっという間に、十体いたゴブリンが半分になる。

残されたゴブリンは、仲間がやられても怯むどころか、より興奮して前線へと殺到する。

棍棒を振りまわすが、冷静に受け止める騎士の盾に阻まれ効果は薄い。

危なげなく一体、また一体と数を減らす中、他より少し体格の良いゴブリンだけが、突っ込まずに距離を置いているのに勇は気が付いた。

逃げるのか？　などと思っていると、突然馬車の扉が開く。扉は閉めてはいたが閂《かんぬき》はしていなかった。

「にゃにゃーっ！」

開いた扉から、織姫が勢いよく飛び出し勇の肩へ飛び乗る。

「ちょ、織姫！　危ないって!!」

慌てる勇の目の端に、さらに気になるモノが飛び込んできた。

（んん？　ゴブリンが光ってる？　誰も気付いていないのか??）

先程から距離を置いていたゴブリンの身体がオレンジ色に光っているのだ。

（なんだ？　みんな気付いていない？　って言うかあの色はっ!?）

ついさっき似たようなモノを見たことに気付き、血の気が引く。

「マズイっ！　後ろのゴブリンが多分火の魔法を使ってきます!!」

「なにっ!?」

突然叫んだ勇の声に驚く一同。どうしたものかと戸惑い、反応が遅れる。

そうこうしている間にもオレンジの光が徐々に強くなっていく。

「くそっ、間に合わないか!?」

勇が毒づいた時だった。

「ん――――にゃ――――っ!!」

肩に乗っていた織姫が、ものすごい速さで飛び出した。先程の二人の火球よりも速い速度で、弾丸のように奥のゴブリンへ突っ込んでいく。

「だめだ、織姫！　もどれっ!!」

遅れて勇も駆け出すが、差は開く一方だ。

そうこうしているうちに、ゴブリンの頭上に直径一メートル程の火球が浮かび上がった。

「くそっ、やっぱりか!!」

「……ばかなっ!」

皆が呆然とする中、最初に立ち直ったのはフェリクスだった。

「引けっ！　お嬢様をお守りしろっっ!!」

部下に指示を出すと、自身は全力でゴブリンへと突っ込んでいく。

一拍置いて、慌てて部下たちが下がってくる。

「来るっ!!」

勇の目には、ゴブリンから立ち上っていたオレンジの光が急速に消えていくのが見えた。

フェリクスも、人とは思えない速さで突っ込んでいくが、いかんせん彼我《ひが》の距離が遠すぎる。

一瞬、ゴブリンがニヤリと笑ったような気がした。

「にゃっ！」

緊張感のない鳴き声と共に、クリーム色の毛玉がゴブリンの顔へと突っ込んでいくのが見えた。

そのまますり抜けるように背後へ抜けたかと思うと、魔法を唱えていたゴブリンの首筋から鮮血が噴き出す。

「は?」

「え?」

誰の声だったか。全員が突然の事態に状況を呑み込めない。

首を半分ほど切り裂かれ、血を吹き出しながら膝から崩れ落ちるゴブリンの表情も、驚愕に染まっているようにみえる。

浮かんでいた火球がゆるゆると高度を下げていく。

呆然と足を止めていたフェリクスだったが、はっとした表情で踵を返すと大声で叫んだ。

「伏せろっ！　暴発するっ!!」

慌てて全員がその場に伏せる。

火球はゆっくりと、製造者の上へと降りていった。そして……

どんっ！

と下腹に響くような爆音と共に、ゴブリンを中心に直径六メートルほどの範囲が爆発する。

十メートル以上離れている勇の所まで、巻き上げられた小石が土煙と共にパラパラと降り注いだ。

三十秒ほどして土煙が晴れたので、勇は恐る恐る起き上がり振り返る。

先ほどまでゴブリンがいた場所を中心に、直径五メートルほどが浅いクレーターになっていた。

ゴブリンの姿は跡形もない。

クレーターに一番近い所に倒れているのはフェリクスだ。

クレーターの縁から一メートルくらいの所に倒れていたが、頭を振りながらゆっくりと立ち上がる。

ある程度ダメージは受けているが、命は無事のようだ。

それを見て一瞬ホッとした勇だが、最愛の存在に思い至る。

「お、織姫っっ!?　どこだっ!!」

果敢にも突っ込んでいった愛猫の姿が見えない。

あの体の大きさで爆発に巻き込まれていたら、ひとたまりもないはずだ。

ものすごい速さで駆け抜けていったので、無事だと思いたい。

「織姫――っ!!」

叫びながら、クレーターの方へと向かって行く。

「にゃおん」

またしても緊張感のない声と共に、クレーターの向こうから尻尾を立ててご機嫌な織姫がトコトコと歩いてくるのが見えた。

それを見て勇は全力で駆け寄っていき、抱き上げる。

「織姫っ!　無事だったか!!」

抱きしめられた織姫は、ごろごろと喉を鳴らしながら勇に顔をこすり付けている。

「ありがとう、織姫。お手柄だったな!!」

「にゃーん」

小さな女傑の満足そうな鳴き声が、あたりに響いた。

聞きたいことも言いたいことも山ほどある中、全てを呑み込んで、一行はまずは先に進むことを選択した。

せっかく速度を優先して戦闘になったと言うのに、ここで余計な時間を使うのは本末転倒だ。

幸いクレーターは街道から外れた場所だったので、街道そのものにダメージはない。

ただ、ゴブリンの死体をそのままにしておくと、他の魔物が寄ってくる可能性がある。

ついでとばかりにクレーターへ投げ込むと、皆で周りの土や石をかけて埋め戻し、出発した。

馬車の中では、先ほどの戦闘における反省会が行われていた。

主に勇に対する質問と言う形で。

内容が内容だけに、馬を他の兵士に任せてフェリクスも参加している。

「そうすると、マツモト殿は何の魔法を使おうとしているのか分かる、というのですね？」

「正確には、何の属性の魔法を使おうとしているのか、なんだと思います。先ほども、火の魔法であることは分かったんですが、それが火球なのか何なのかまでは分からなかったので……」

「なるほど……。ちょっと試してみて良いですか？　今から魔力を込めるので、何の属性か当ててみてください」

勇とフェリクスの話をじっと聞いていたアンネマリーが、そう提案する。

「えっと、呪文を詠唱すると、音が似ているとかで何となく属性が分かってしまったりしませんか？」

「大丈夫です。同系統の呪文だからと言って音が似るというわけではないですし、今回は呪文の詠唱はせず、イメージで魔力に属性を持たせるだけに留めます。魔法としては発動しませんが、スキルの説明を見た感じ、マツモト様は発動手前の魔力を見ているようなので」

どうやら、魔力に属性を持たせるだけなら呪文は必要ないらしい。

「では、いきます」

アンネマリーは、いつものように目を閉じ空中にある透明なボールを掴むように構える。程なくすると、両手にほのかな光が漂い始めるのが勇には見えた。色は水色だ。

「水、ですかね。水色です」

それを聞いたアンネマリーが一度集中を解く。漂っていた光は霧散するように消えていった。

「正解です。では、もう一度だけ試させてください。いきますよ？」

再び集中に入るアンネマリー。今度は、先ほどよりも濃い青っぽい色だった。

「う――ん、初めて見る色ですね。青っぽいですが、水の色とは違うし……」

「素晴らしいですね。今のは氷の魔力です。今まで見たことのない属性であっても、ちゃんと判別できるなんて……」

「そうですな。未知の魔法を使う魔物が現れた時に、属性も未知なのか、属性は既知のものなのか分かるだけでも大違いです」

「そうなんですか？」

いまいちその違いが分からない勇が聞き返す。

「はい。属性が分かれば、その属性を軽減することができるのです。まともに食らうのとは大違いですよ」

「なるほど。防御手段に繋がるのは確かに大きいですね。そう言えば、あの赤い髪の人……ああ、フェルカーさんだ。フェルカーさんが、上位の魔法使いだったら魔力を感じ取れるし、魔力操作のスキルがあれば魔力が見えるとか言ってましたけど、それとは違うんでしょうか?」

似たようなことができる、そうフェルカーに言われて今があるのだ。気にならない方がおかしいだろう。

「たしかに熟練の魔法使いは魔力の動きに敏感なので、近くで魔法を使う気配や魔力の強弱を感じ取ることができますね。魔力操作のスキルも、自分の魔力を自在に操るだけでなく、近くの魔力の流れを視ることもできるそうなので、同じように分かるのでしょうね。しかし、それらとマツモト様のスキルには決定的な違いがあります。それは〝属性〟まで分かるということです。魔法使いも魔力操作のスキルも、魔力そのものを感じたり見たりすることはできますが、何属性の魔力なのかまでは分かりません。この差は、おそらく非常に大きいものだと思います」

「そうなんでしょうか?」

「はい。今知ったばかりなので、どういう時に差が出てくるかはまだ詳しく分かりませんが……。例えば先ほどフェリクスが言ったように、未知の魔法の属性か分かれば、防御の効率が上がります。また、普通は発動後にしか分からないのに、発動前に何の属性か分かるので、より素早く対処ができる点も大きいです。今知ったばかりでも、すでに差があることが分かったのですから、間違いなくもっと利点が見つかるはずです」

「なるほど……それは、お役に立てる可能性が増えたと考えて良いのでしょうか?」

「ええ、それはもう。というか、すでに先ほど助けていただいたばかりですよ?」

ニコリ、と優しい笑顔を向けられる。

少々くすぐったくもあるが、来て早々半ば不要だと言われたスキルが役に立つものなのかもしれないのだ。嬉しくないはずがない。

ただし、自分以上に活躍した小さな女傑の前では、その成果も霞むというもの。

「であれば良かったです。まぁ、今回は半分以上織姫のお手柄だとは思いますがね……」

少々自嘲気味に苦笑しながらそう答える。

「んなぁぁ?」

ずっと膝の上にいた織姫が、頭を勇にこすり付ける。

何故か〝そんなことないよ〟と、言ってくれているような気がして、勇は織姫の頭をそっと撫でた。

「いえ。それはどちらが上とか下とか、比較するような話ではありませんよ。ただ、オリヒメちゃんが活躍したことも事実ではありますね……。以前もお聞きしましたが、〝ねこ〟は魔物ではなく使い魔でもないいんですよね?」

「ええ。見た目や毛色は、ものすごい種類はいましたが、総じて猫という動物に違いありません。元々は肉食なので、小動物を狩るのは得意ではありますが、せいぜいネズミとか小鳥程度までです。それに、あんな速さで走ることももちろんなかったです」

そう言いながら、勇はあらためて先ほどの織姫のことを思い出していた。

思えば、馬車の中から飛び出し肩に乗ってきた時点で、少しおかしかったのだ。

鍵はかけていなかったとはいえ、どうやって開けたのか?

なぜあんな、丁度良いタイミングで飛び出してきたのか？

なぜ勇の肩に飛び乗ったのか？

ゴブリンに突っ込んでいく前だけでも、今にして思えばこれだけ不思議な点がある。

その後の行動については何をか言わんやだ。ただ、一つだけ言い切ることができる。

「あれは間違いなく、織姫が私たちを助けるためにしてくれた行動でした。そのままだと大変なことになると理解し、危険を冒してまで助けてくれたんだと思います」

「みゃうぅ」

またしても勇の発言に対して答えるように織姫が鳴く。

思わずアンネマリーがつっこみを入れた。

「……これ、オリヒメちゃんはマツモト様の言葉を理解しているのでは？」

「まさか……？」

と言いながらも、思い当たる節がありすぎて、否定するほうが間違っている気がしてくる。

なぜか言葉が分かる。なぜか強くなっている……。

そうして勇は一つの仮説に辿り着く。

「これまで、織姫のように人以外が一緒にやって来たことはあるんでしょうか？」

「そう言う話は聞いたことがありませんね。獣人、と呼ばれる人が来たことはありますが……」

「なるほど……。仮説なんですが、織姫も迷い人？　としてこちらに来たんじゃないでしょうか？

私も何故かこちらの言葉が分かりますし、向こうにいた時より強くなってる気がします。スキルなんて言うものまで身に付いちゃってますし……。どういう原理かは全く分かりませんが、こちらに来る時に何かしら強化されるのだとしたら？　それに巻き込まれた織姫も、迷い人と同じく強化されているんじゃないでしょうか？」

そう考えれば、辻褄が合う。

「確かに……。その仮説はしっくりきますね」

アンネマリーも唸りながら肯定する。

「領都に戻ったら、教会で鑑定していただいたらどうでしょうか？」

話を黙って聞いていたルドルフが、そう提案する。

「教会でも鑑定ができるんですか？」

「はい。マツモト様が行ったものと違い、身体スキル値までは分からないのですが、スキルが分かる鑑定の魔法具があるのです。領内に優秀なスキルを持った者がいないか調べるため、各領都の教会には必ずその魔法具がございます」

「そうだったんですね。織姫の変化がスキルによるものなのかどうかは、それでハッキリしますね」

「おそらくは。ただ……」

「ただ？」

「はい。人以外を鑑定したことは、恐らくこれまでなかったと思います。ですので、仮にスキルがないと判定されても、それがスキルがないからなのか、人以外だからなのかは分かりません」

「なるほど……。まぁないことを証明するのはそもそも無理な話だったりしますからね。それは仕方がないですね。でも、鑑定することで色々分かるかもしれないので、領都に着いたらお願いしても良いですか？」

「ええ。もちろん問題ありませんよ。我々を助けてくれた恩人ですし、難色を示されても領主権限でねじ込みますから！」

アンネマリーは両手で小さくガッツポーズをし、フンスと鼻息を荒くする。

「んな～ぅ」

それを見た織姫が、また小さく鳴いた。

戦闘はあったものの、陽が傾き始めた頃ザルツという小さな町へと辿り着いた。今日はここに一泊し、また明日の朝出発するとのことだ。

夜に走るのは危険なのと、馬も休ませる必要があるため、陽が落ちる前に行軍を止めるのが常識とのことだ。

宿泊する宿は、さほど大きくはないが石造りの綺麗な宿だった。

部屋数も多くないので借り切るには丁度良く、王都への行き帰りの定宿にしているそうだ。

おおよその旅程が事前に分かっていたので、帰りの分もあらかじめ予約してあったらしい。

勇にも、そこそこの大きさの個室が与えられた。

ゲストルームは流石にないが、小さなリビングと個別のトイレが付いた三階の角部屋だ。

残念ながら風呂やシャワーはないらしい。

そもそもこの国には風呂がないようで、お風呂大好き日本人の勇にはかなりのショックだった。

こちらに来て一番のショックと言っても良いだろう。

各自、汚れを落とすために一度自室へと向かい、そこでタライいっぱいのお湯と手拭いをもらった。

勇はゆっくり風呂に浸かりたいなぁと思いつつ、濡らした手拭いで全身を拭いたところで、着替えがないことに気付く。

止むなく脱いだ服をもう一度身に着けるが、幸いだったのは勇の会社の服装が自由だったことだ。

ビジネスカジュアルですらなく、今日の服装もジーンズに薄手のパーカーというラフなものだった。

服を着た後ベッドに腰かけて織姫を撫でていると、コンコンコンとドアがノックされた。

「マツモト様、お食事がご用意できましたので、準備が終わりましたら一階の食堂へお越しください」

返事をすると、ドアの向こうからルドルフにそう告げられた。

すぐに行きますと答えてから一瞬考えると、織姫を抱いて階下へと降りて行った。

食堂へ顔を出すと、ちょうどアンネマリーが着席する所だった。

他のメンバーは全て揃っているようだ。

「すみません、遅くなりました」

「いえいえ、最後にお呼びしたので当然でございます」

笑顔で答えるルドルフが、流れるように椅子を引いてくれる。

上座がどこかは分からないが、アンネマリーの隣ということはそういうことなのだろう。

勇が織姫を抱いているのを見て、アンネマリーの目が一瞬輝く。

「マツモト様、お飲み物はどうされますか？　お酒もございますが、お酒以外にも果汁や水も用意してございます」

着席すると、今度はカリナに尋ねられる。

「お酒はどのようなものがあるのでしょうか？」

夕飯時は晩酌したい派の勇は、お酒について尋ねてみる。

「こちらのお店ではエールとワインをご用意しています。エールは白エールと黒エール、ワインは白と赤がございます」

「では、白エールで」

仕事の後は良く冷えたラガー、それもピルスナーを一気に呷りたいところだが贅沢は言えない。

それにエールも嫌いではないので、トリアエズナマ、もといトリアエズエールだ。

程なくして飲み物が運ばれてくる。パッと見た感じエール派が七割、ワイン派が三割だ。

世界が変わっても、仕事後の一杯はビール派が優勢らしい。意外なことにアンネマリーもエール派だった。

ちなみにルドルフとカリナは、配膳を手伝うためかそもそも席に座っていない。

乾杯の文化はあるのだろうか？　と勇が考えていると、アンネマリーが乾杯の音頭を取り始めた。

「皆様、今日はご苦労様でした。魔物との戦闘もありましたが、何とか無事切り抜けられました。これも偏《ひとえ》に、マツモト様とオリヒメさんのおかげですね。お二人にお会いできたこと、誠に光栄に思います。遠くより見知らぬ世界へお越しいただいた日に、さらにご迷惑をおかけして申し訳ありません。領地へ帰るまで、今しばらく御辛抱いただきますよう、お願い申し上げます。では、出会いと今日の糧を神に感謝して、乾杯！」

「「乾杯！」」

アンネマリーの掛け声に皆が唱和すると、手にしたグラスをぶつける。

この辺りは地球と同じか、むしろより力強いようだ。

エールのジョッキは焼物、ワイングラスは木製なので、ガラスと違いあまり気を使わないのかもしれない。

勇も隣のアンネマリーや護衛のフェリクスと乾杯し、エールを呷った。

冷えてはいないが、エール独特のフルーティーさが感じられて中々に美味しい。

続けて料理もテーブルに並んでいく。

大皿に盛られているが、自分で取っても良いものか判断に迷ったため様子を見ていると、アンネマリーはカリナにサーブしてもらい、他のメンバーは個人で取り分けていた。

勇もそれに倣い自分で取ることにする。

「マツモト様、仰っていただければ私の方で取り分けいたしますが？」

「いえ、私の国では自分で取り分けていたので大丈夫ですよ」

カリナが気を利かせてくれたが、気を使われるのも疲れるので自分で取ることにする。

「……マツモト様、こういっては何ですが、非常に取り分けがお上手ですね。それにそのサーバーの持ち方は見たことがありません」

大皿に備えてあったサーバーでサラダを取り分けていると、驚いた表情のカリナに聞かれた。

勇は大学時代、ホテルで三年ほど配膳のアルバイトをしていた。

そこで箸の持ち方をベースにした、ジャパニーズスタイルと呼ばれるサーバーの使い方を仕込まれたため、料理のサーブが密かな特技となっていた。この特技はエーテルシアでも通用するようだ。

「ありがとうございます。前にいた所で、少々手ほどきを受けまして。よろしければ、時間のある時にお教えしましょうか？」

勇のその言葉を聞いたルドルフが、アンネマリーに何事かを耳打ちすると、小さく頷いた。

「マツモト様、宜しければ領都に着きましたら、屋敷の者にもご教示いただけないでしょうか？」

「ええ、素人の手習いでよければもちろん構いませんが……？」

「ありがとうございます。マツモト様は素人の手習いと仰いましたが、とんでもないことです。初めて見る我々でも分かる、かなり洗練された美しい所作でございます」

「私からもお願いいたします。他の貴族の方を屋敷にお招きした時に、この所作でサーブできれば、きっと喜んでいただけると思いますので」

「分かりました。では領都に着きましたらご都合のよい時にお声がけください」

「ありがとうございます」

どこかホッとした表情でアンネマリーが礼を言う。

「いえいえ。ご厄介になるのですから、何であれお役に立てれば幸いですよ」

「ふふっ、また一つマツモト様のやることが増えましたね」

アンネマリーの言う通り、勇のやることがまた一つ増えた。

自分にもやれることがある。今はそれが何よりも嬉しかった。

和やかに晩餐が続く中、勇は織姫のための食事を準備する。

今から専用の食事を用意してもらうわけにもいかないため、一番塩気の薄いシンプルな堅焼きのパンを水でふやかしたものと、ローストビーフのような肉のソースのかかっていない部分を小さく切り分けたものを小皿へと盛った。

「姫、今夜はこれで我慢してな。明日は厨房の人にお願いして、準備しような！」

「んにゃう」

勇が語りかけると、織姫は小さくひと鳴きし、はぐはぐと食事を食べ始めた。

その後も晩餐は続いたが、まだ帰路の途中である上戦闘もあったため、早めの時間にお開きとなった。

お酒を飲んだこともあり、自室に戻った勇は、織姫を抱いてすぐに眠りについた。

こうして、勇の長い異世界初日が幕を閉じるのだった。


電気による街灯などはなく、室内の灯りもあまり明るくないため、エーテルシアの夜は早い。

ちなみに部屋にあったランプのような灯りは〝魔法具〟と呼ばれる魔法の道具の一つらしい。

魔石、と呼ばれる魔力が蓄えられた石をエネルギーにして動くということなので、バッテリー式の家電のようなものだ。

夜が早いということは、その分朝が早い。明るい時間は貴重なので、日が昇り始めるとともに活動を開始するのだ。

今朝もその例に漏れず、うっすら明るくなってきた頃に扉をノックされて起きたところだ。

結構な量のお酒を飲んで寝たはずだが、目覚めは快適だった。

「おはようございます」

昨夜と同じ一階の食堂に降りていき、皆に挨拶をしつつ朝食をとる。

勇は、厨房から織姫用の食事をもらってくると、足元に置いた。

昨夜寝る前に、味付け前の肉か魚はないか確認したところ、丁度スパイクグースという大きな鳥型の魔物の肉があるとのことで、油の少ない部分を茹でてもらうようお願いしていたものだ。

勇も試しに摘んでみたが、色の白い鴨肉のようでなかなか美味しかった。織姫も美味しそうに食べている。

「イサム殿、おはようございます」

足元の織姫の様子をみていると、そう声をかけられた。

顔を上げると、トレーを持ったフェリクスが向かいの席に座ったところだった。

「おはようございます、フェリクスさん」

昨夜の飲み会で、こちらでも親しい間柄ではファーストネームで呼ぶのだと聞き、自分のことも名前で呼んで欲しいとお願いしていたのだ。早速名前で呼んでもらい、少々頬が綻ぶ。

「フェリクスさん、今日はどういったところを通るんですか？」

「前半は昨日と同じような岩平原が続きますね。お昼前頃から徐々に岩が減っていき、午後には湿地帯の端を進む形になります。そして夕方頃に、街道沿いにある町に到着、そこで一泊する予定です。いずれも整備された街道ですし、天気も問題なさそうなので、快適な旅になると思いますよ」

「へぇ、湿地帯があるんですね。水棲の魔物が多いんでしょうか？」

「フォトゥラ湿地と呼ばれる大きな湿地帯で、王都から北の地方へ行く際には必ず通る場所になります。中心部は仰る通り水棲の危険な魔物が棲んでいますが、幸いクラウフェルト領へは湿地帯を掠めて行くだけです。多少湿度が高くなって植物の種類が変わりますが、あまり湿地帯を通っているという感じはないかもしれないですね。ああ、オリヒメちゃんが食べているスパイクグースは、フォトゥラを代表する魔物ですよ」

「なるほど。では今夜の宿でも、同じ肉が手に入りそうですね」

朝食を食べ終えると、出発の準備が始まる。

皆が準備をする中、勇はルドルフと共に別行動をとっていた。

「あとは肌着が何着かあれば、ひとまずは問題ないかと思います」

「ありがとうございます。着替えがないことに昨日気付いてどうしようかと思っていたので、とても助かりました」

「いえ、むしろ昨日のうちにご準備するべきでした。大変申し訳ございません」

そう、着替えの買い出しに来ていたのだ。

今朝フェリクスから、この先立寄るのは今いるザルツの町より小さい所ばかりと聞いて、慌ててお願いしたのだった。

エーテルシアでは、服は基本的に仕立てるもので、既製服というものはほとんどない。

そのかわり、そこそこ大きな街には古着屋があり、今来ている店も古着屋だ。

チュニックとズボンを数着ずつと、上から羽織るベストと外套、それを入れる布の袋を買い、最後に肌着を選ぶと、早速買った服に着替える。

「なかなかお似合いでございます」

また一歩、この世界との距離が縮んだような気がした。

初日のバタバタが嘘のように、その後の旅路は平和そのものだった。

二日目には無事に湿地帯を抜け、三日目は少々緑が増えた草原を越えていった。

そして迎えた四日目は、丘陵地帯を通り抜ける旅程だ。ここから領都まではずっと上り坂なのだそうだ。

馬車の中では、勇がアンネマリーにクラウフェルト領について聞いていた。

着替えた勇の服の匂いが気に入らないのか、織姫がしきりに体をこすりつけており、アンネマリーがそれを羨ましそうに見ながら質問に答えていた。

「なるほど。クラウフェルト領の主な収入源は、無属性の魔石とそれを利用した魔法具の組み立てなんですね」

「はい。ただ、無属性の魔石は他の属性魔石と比べて、利用用途が限定的で、かなり価値が低いのです。巷では〝クズ魔石〟等とも呼ばれていますね……」

「そうなんですか？」

「ええ、組み立てても、無属性魔石の輸出だけでは厳しいため苦肉の策として始めたのがきっかけなのです……」

エーテルシアでは、魔石と呼ばれる魔力を秘めた石を産出する鉱山が、稀に発見される。

通常魔石は、火の魔石、水の魔石、といった具合に、何かしらの属性の魔力を秘めている。

魔石が埋め込まれた、その魔力の特性を活かした道具が魔法具で、高値で取引されている。

勇の部屋にもあった光の魔石を使った魔法照明などは分かりやすい例で、剣に火の魔石を埋め込んで炎の魔剣にしたりもするらしい。

色々な使い道があるため、魔石を産出する領は大体お金持ちだ。

ところが、クラウフェルト領でのみ産出される無属性の魔石だけは、例外だ。

その名の通り属性のない純粋な魔力が込められている。

最初にそれを聞いた時、勇は「変換したり、自分の魔力の代わりに使ったり、滅茶苦茶便利なんじゃ？」と思ったのだが、そうではないらしい。

同じことを考えた人はやはりいたようで、最初は無属性魔石の魔力を使って魔法を使うことが試された。しかし結果は失敗。自身の体内にある魔力と魔石から抽出した魔力が混ざらず、魔法が発動しなかったのだ。

しばらく研究は続けられたが、どうやっても使うことができず、人の魔力と無属性魔石の魔力は、似て非なるモノと結論付けられた。

次に試みたのが、他の属性への変換だった。

それができれば、一つの魔石が全ての魔石の代わりになるのだ。便利などというレベルではない。

ところがこちらも上手くいかなかった。

魔法具は、動力となる魔石、それを制御・具現化する魔法陣、器や補助機能を備えた本体で構成されている。

例えば魔法照明の場合、光の魔石から取り出した光の魔力を、魔法陣で光源の魔法の形にし、反射板の取り付けられたランプ型の器の中に具体化させる。

最初に試された方法は、無属性の魔石から取り出した魔力に他の魔力を混ぜる方法だった。

水に絵の具を溶かすように、無属性の魔力を染めようとしたのだ。

しかし、混ぜることすらできず、水と油のように反発しあうだけだった。

次に試されたのが、効果を発揮している魔法陣に無属性の魔力を足すことだった。

だがこちらも、魔力を混ぜようとした時と同じで、一つの魔法陣に複数属性の魔力を流すことができなかった。

その後も様々なアプローチを試みるも全滅。

結局、魔法具の起動用の動力、魔法陣を描くための魔法インクの材料、魔力を感じるための練習素材くらいにしか、使い道がないのだった。

しかも、どの用途も属性魔石で代用可能なため、安価な代替品としての需要しかなく、価格を上げることも難しいのが現状だ。

「なるほど……。中々上手くいかないものですね。組み立てのみを受けるようになったのは、全ての魔法具共通で使う起動用とインクの材料が手元にあるためですか？」

「その通りです。輸送にかかる費用は、重さで決まります。安い無属性の魔石をわざわざ輸送しても、輸送費が高くついて中々利益にならないのです。であれば、魔法陣を描き、無属性魔石を埋め込むところまでを請け負う代わりに、無属性の魔石をセット売りした方が効率が良いんです。ですので、組み立てといっても今申し上げた魔法陣を描いて、無属性の魔石を入れるところまでが大半を占めていますね」

「……。領都に着いたら、組み立てるところや魔法陣を描くところを見せてもらうことはできますか？」

「ええ、もちろんです」

「ありがとうございます。実は、元の世界の私の仕事が、こちらでいう魔法陣を考えて作るのに近い仕事でして……。何かしらのお力になれるかもしれないと思いまして」

厳密には、勇はシステムエンジニアなので、回路図を描いたりすることはない。

しかし、どちらも〝制御〟するためのもので、アルゴリズムなど共通する部分も多いはずだ。

それが活かせないかと思ったのだ。

「まぁ、そうなんですか!?　イサム様の世界にも魔法具があったのですか？」

「魔法がなかったので魔法具ではないのですが、できることや考え方はそっくりですね。灯りのための道具もありましたし、モノを冷やす箱や、遠くにいる人と話ができる道具なんかもありましたね」

そこまで言って思い出した。

晩酌の途中でこちらに来たので、ほとんど手ぶらだったが、腕時計だけはしていたことを。

「生憎と休憩中にこちらに来たので、一つしか手元にないのですが……」

そう言って左腕の腕時計を見せる。

「こちらは、時間を知るための道具ですね」

「これが、ですか？　変わった腕輪をしていらっしゃるなとは思っていましたが、魔法具に近いものだったのですね……！　どのようにして使うのでしょうか？」

「私のいた世界では、一日を二十四等分に区切り、今が何番目なのかの番号で時間を表し、それを世界中で共有ルールとしていました。そうすると十番目までに集合、と言えば、全員が同じ時間に集合できるようになりますよね？　その今が何番目か、を知るための道具がこちらなんです。見ての通り、こちらは十二等分されていて、この短い針が指しているのが現在の時間となります。ああ、今だと三番目と四番目の間あたりですね」

「すごい……これは素晴らしく便利な道具ですね。これがあれば陽が出ていない夜でも、正確な時間が分かりますし」

「ええ。残念ながら時計の正確な製造方法までは知らないのですが……。他にも、こちらにはない様々な道具がありましたので、それらも応用できるかもしれません。ただ組み立てるだけではなく、クラウフェルト領だけが作ることができる新しい魔法具。それを作ることを、私のもう一つの目標にしたいと思います」

「我々にしか作れない魔法具……。素晴らしいですね」

「どれくらいかかるかも、そもそもそんなものが作れるのかも分かりませんが、頑張ってみたいと思います」

　ようやく見えた、自分の力を活かせる道。恩を返せるかもしれない道。

　勇の心に、小さな炎が灯った瞬間だった。

第三章 織姫の秘密

馬車は進み、夕方ごろなだらかに続く丘陵地帯の先に森が見えてきた。

丘陵からの流れで、森もずっと上り坂になっており、山林と言った様相だ。

「あの森から先が、クラウフェルト領になります。見ての通り木が多いうえ、平坦な所が少ない土地なので、農業には適していない場所がほとんどなのです」

少し悲しそうにアンネマリーが説明する。

今日は森の手前にある町で、最後の宿泊をする。

明日の夕方には、森の中にあるクラウフェルト子爵領の領都、クラウフェンダムに到着する予定だ。

「ん？　森の中、ですか？」

説明を聞いていた勇は、違和感を覚えて聞き返した。

森の向こう、ではなく、森の中、と言ったか？　聞き間違いではなく？

「はい、森の中です。元々、森に囲まれながら木のほとんど生えていない大きな窪地があり、そこを調査したところ魔石の鉱山が見つかったのがクラウフェンダムの始まりなのです」

聞き間違いではなかった。正しく森の中にある街のようだ。

「そういうことだったんですね」

「はい。言い伝えでは、空の星が落ちてきた場所とも言われています。その後、魔石を掘りながら周りの森を徐々に切り開き、街の規模を拡大してきました。無属性とはいえ魔石は魔石ですから、それを安定して掘れるようにしたことが評価され叙爵されたのが、初代になります。まだまだ拡張の余地は沢山ありますが、これ以上森との境界を広げると警備が追い付かないので、現在は休止しています」

そこそこ深い森のわりに、どういうわけかそれほど魔物の数は昔から多くはないそうだ。

むしろそうだったからこそ、切り開いてでも街にしてきたとも言える。

しかし、少ないとはいってもある程度はいるし、魔物ではなくても狼やら熊やらは、お腹が減ると人を襲うこともある。

そうした脅威から住民を守らねばならない以上、警備をおろそかにするわけにはいかない。

今の人口で、これ以上兵を増やすわけにもいかず、街を発展させて人口を増やすのが目下の目的なのだと、力強く言うアンネマリーの目が、強く勇の印象に残った。

森の入り口にある街で宿泊、英気を養った一行は、五日目の朝ついにクラウフェルト子爵領へと足を踏み入れた。

ということは同時に、森へと足を踏み入れることと同義である。

森の中にあるとは思えないほど、道は綺麗に整備されていた。

広さも、もしかしたら湿原の道よりも広いかもしれない。

「魔法具を運ぶことが多い道なので、かなり気を使って整備されていますね。皮肉なことに、街ではなく街までの道に、商人が投資をする始末ですが……」

苦い顔でアンネマリーが説明をしてくれた。

なるほど、工業地帯へ繋がるバイパス道路のようなものだろうか。

「でも、とても気持ちが良い道だと思いますよ。私が住んでいたところは木なんてほとんどなかったですし。空気が綺麗で、心が安らぎます」

嘘偽りない勇の感想だった。

これまでの道程も手付かずの自然の中ではあったが、どこか荒涼とし生命力を感じなかった。

だがこの森は違う。生きる力に満ち溢れた場所だった。

「ふふ。気に入っていただけたのであれば、嬉しいです」

昨日から、どこか元気のなかったアンネマリーに、ようやく笑みが戻った。

途中、単体のフォレストボアに遭遇したが、手慣れたフェリクスたちが一蹴した。

しかもここにきて織姫の戦闘力がいよいよ開花したのか、フェリクスたちと見事な連携を見せて大活躍していた。

これまで倒した魔物は基本埋却してきたが、領都が近いため森に入って倒した獲物は、解体され素材として運ばれている。

良い手土産ができましたな、とはルドルフの談だ。

「……織姫が、何か遠くへ行ってしまった気がする」

勇が遠い目をして呟いていた。

件の織姫は、何事もなかったかのように勇の膝の上に丸まり、毛づくろいに余念がない。

アンネマリーたちが苦笑していると、馬車の外から声がかかった。

「クラウフェンダムが見えてきました！　この調子なら夕方前には到着できそうです！」

我に返った勇が窓から外を見てみると、森の中に忽然と街が浮かび上がっていた。

「すごい……」

呆気にとられた勇が思わずそう零す。

近づくにつれて、街の全容が明らかになっていく。

街は、すり鉢状に広がっていた。アンネマリーが言っていた〝星が落ちて来た場所〟というのはおそらく真実だろう。

隕石か何かの落下でできたクレーターの斜面のうち、日当たりの良い南向きの斜面を階段状にしながら、家を建ててきたのだろう。

以前テレビ番組で見て感動した、カッパドキアを彷彿とさせる。

「クラウフェンダムの建物は特殊で、ああして斜面に入り口を作って、部屋なんかは岩を掘った中にあるんです」

確かにそれは効率が良さそうだ。基礎工事も柱も屋根も不要で、実に合理的だ。

少々日当たりと風通しが良くないが、よく見ると小さな天窓のようなものが見えるので、それもクリアされているのかもしれない。

目を輝かせて食い入るように見ている勇に、アンネマリーが話しかける。

「気に入っていただけましたか？　口さがない者は〝穴倉住み〟などと揶揄しますが……」

「ええ、一目見て気に入りましたよ！　これを揶揄するような連中とは、一生分かり合えないので放っておけば良いですよ」

勇は間髪を入れずに答える。

答えながらも視線がくぎ付けになっているのを見て、アンネマリーがぷっと噴き出す。

「ふふ、そうですね。放っておけば良いのですよね、ふふふ」

心底楽しそうに、涙目になりながらアンネマリーが言う。

その後は特に魔物に襲われることもなく、予定通り日が傾き始めた頃にはクラウフェンダムへと辿り着いた。

見張りが気付いていたのか、大きな門の前まで辿り着くと揃いの鎧に身を包んだ騎士数十名が一列に並び出迎えていた。

さらに列の中央付近、数歩前の所に立っている人物が二名見える。

二名のうち、鎧を着ていない初老の男性が声をかけてきた。

「お帰りなさいませ、お嬢様」

「留守の間ご苦労様でしたスヴェン。変わりはありませんでしたか？」

「はい、特段何も。細かい報告事項は報告書にまとめておりますので、後ほど御目通しください」

「分かりました。父上の容体は？」

「そちらも大事ございません。ベッドで身体を起こして、お食事もしっかりとられております」

「重畳ですね。では、私はこれから父上へご報告に上がりますので、先触れを」

「かしこまりました」

一通り話し終えると、もう一人の鎧の男にも声をかける。

「ディルークも、出迎えご苦労です」

「はっ。お嬢様もお変わりございませんでしょうか？」

「ええ、私も皆もいたって健康です。フェリクスたちがよく守ってくれましたし。道中の報告はフェリクスから聞いてください」

そして一拍置くと、後ろで整然と並んでいる騎士団にも声をかける。

「皆も、留守中の守りご苦労様でしたね。おかげで安心して王都まで行くことができました。礼を言います」

アンネマリーの言葉に、ザザッと一同が敬礼をする。皆表情は嬉しそうだ。

「それではこのまま館へと向かいましょう。フェリクスは、館まで引き続き警護をお願いしますね」

門前で一通り帰りの挨拶を終えた一行は、そのまま馬車に乗って門を潜り、街へと入っていった。

「あらためてイサム様、ようこそ領都クラウフェンダムへ！」

アンネマリーが、これまでで一番の笑顔で勇にそう告げた。

窪地の縁の南側にある門を潜ると、縁から一段下に外周に沿って作られた道を馬車は進んでいく。

「この道が、いわゆるメインストリートですね。最上段で最も道幅が広い道になります。門のちょうど反対側に領主の館があるので、このまま半周していく感じです」

アンネマリーの説明通り道幅はかなり広く、馬車が余裕ですれ違うことができる。

窪みの北側に向かって弧を描く道は、緩やかな上りになっているようだ。

向かって右手、外周側にしか建物がないのが、何とも珍しい。

門前で騎士団に迎えられた一行だったが、門の先でも住民の熱烈な出迎えを受けた。

領主の娘であり、美しいアンネマリーはやはり非常に人気があるようだ。

「お嬢様～！」

「アンネマリー様!!」

と老若男女問わず、一目見ようと詰め掛けた住人で道は混雑していた。崖側から落ちやしないかと、勇は内心ヒヤヒヤだ。

アンネマリーは慣れたもので、今は御者台に座って笑顔を振りまいている。まるで凱旋パレードだ。

勇は、まだ存在が伏せられているので、馬車の中で息を潜めていた。

ルドルフの話だと、日を改めて住民へのお披露目があるそうだ。

迷い人は、エーテルシアではある種英雄やアイドルのような存在だ。

別の世界からやって来て、特殊な力を持っているのだから当然だろう。

具体的にどんな力があるのかまで語られることは少ないため、実力で英雄視されるわけではないのだが、マスコット的な人気があるのだと言う。

お披露目されたらどんな感じになるのだろう、と内心ヒヤヒヤしている間にも馬車は進んでいき、三十分程たってようやく停車した。

外から、先ほどスヴェンと呼ばれていた男の声がするので、領主の館に着いたのだろう。

門が閉まる音が聞こえて少し馬車が進むと、ようやく喧騒が聞こえなくなる。

静かになったな、と勇が考えていると馬車が停まり、馬車の扉がノックされた。

「どうぞ」

同乗していたルドルフが返事をすると、扉が開けられ、笑みを浮かべたアンネマリーが立っていた。

勇が馬車から降りると、あらためてアンネマリーが一礼した。

「イサム様、長旅お疲れ様でした！　ようこそわが家へ!!」

そう言って微笑むアンネマリーの後ろには、石と木を組み合わせた造りの邸宅が建っていた。

岩山を掘って作られた家がほとんどを占める領都クラウフェンダムにあって、領主の館だけは通常の建築物だ。

ルドルフによると、元々最上段の岩壁の一部が大きくえぐれていたため、最初期の頃に調査用の小屋をそこに建てたのが始まりなのだそうだ。

その後、徐々に岩山を削って面積を広げながら今に至っているという。

ちなみに倉庫や騎士の宿舎など、岩山を削って造られたものも併設されている。

「一休みしていただきたいところですが、このまま領主である父の元へ一緒に来ていただいてよろしいでしょうか?」

「はい、もちろん問題ありません。よろしくお願いします。あ、この服装で大丈夫ですかね⁉」

旅程の最終日である今日は、地球の服を着て欲しいと頼まれていたため、パーカーとジーンズという出で立ちだ。

どう考えても、領主に会って良い服装ではないのではないか?

「はい。上下ともエーテルシアでは見たこともない服装です。迷い人として紹介するのに、これ以上のものはありませんので」

笑顔でお墨付きをもらってしまっては断れない。

先導するアンネマリーに続いて屋敷の入り口をくぐると、大きなホールになっていた。

使用人と思われる一同が整列しており、勇の顔が引きつる。

「ようこそおいでくださいました、イサム様。お帰りなさいませ、お嬢様」

名前を呼ばれてさらに顔が引きつる勇。

いっぱいいっぱいになりながら、引きつった笑顔でどうにか軽く会釈をする。

客であり、準貴族扱いである勇は、使用人には笑顔で会釈をするのがマナーだと、事前にルドルフに教えてもらっていた。

教えてもらっていなかったら、大慌てでペコペコしながら「どうもどうも」と言っていただろう。

ホールから延びる階段を使い三階まで上がると、一番奥にある大きな扉の部屋へと向かう。

入り口には騎士が二人立って警護をしていた。

アンネマリーの姿を確認すると、騎士の一人が部屋をノックする。

「セルファース様。アンネマリー様がお戻りになりました」

一拍置いて中から声がする。

「よし、通せ」

「はっ」

短いやり取りを経て、扉が開かれる。

入ってすぐのところは前室兼リビングとなっており、アンネマリー以外はひとまずそこで待機となった。

アンネマリーが奥にある扉をノックする。

「お父様、アンネマリーただいま戻りました」

「ああ、お帰り。入りなさい」

先程の声とは一転、優しげな声色だ。

「失礼します」

一言告げて、アンネマリーが寝室へ入っていった。

十五分ほど経っただろうか、かちゃりと小さな音を立てて扉が開き、アンネマリーが出てくる。

「お待たせしました。イサム様、お入りください」

「はい。ありがとうございます。失礼します」

奥の部屋の中央には大きなベッドがあり、明るい茶色の髪をした壮年の男性が身を起こして座っていた。

ベッド脇の椅子には、アンネマリーと同じ水色の髪をした女性が座っている。

勇が入ってきたのを見ると、ベッドの男性が声をかけてきた。

「あなたが迷い人のイサム殿だね。こんな格好ですまない。アンネマリーの父で領主のセルファース・クラウフェルトだ。国王より子爵位を賜っている。隣にいるのは妻のニコレットだ。ようこそ、クラウフェンダムへ」

「初めましてイサムさん。アンネマリーの母、ニコレット・クラウフェルトよ」

領主に続き、妻のニコレットが立ち上がり挨拶をする。

「ご丁寧なご挨拶ありがとうございます。迷い人のイサム・マツモトです。この度はお取立ていただき、誠にありがとうございます」

領主夫妻から丁寧な挨拶を受け、慌てて勇も挨拶を返した。

「はっはっは。アンネから腰が低いお方だと聞いてはいたが、なるほどその通りだ。そんなに畏まる必要はないよ。迷い人を迎え入れるのは、我々にとってこの上ない名誉なんだ」

「そうなんですか？」

「ああ。昔からこの国は、迷い人に支えられてきたといっても良いくらいだからね。私の代でお迎えできて光栄だよ。持ち回りになってからは、自分の代で迷い人を迎えられるかどうかは、完全に運だからね」

　にこやかに語る当主を見て、勇の緊張が少しほぐれる。

「それに、道中ですでに娘や騎士たちを救ってくれたんでしょ？　それだけで、迷い人かどうかなんて関係なしに大歓迎よ？」

　隣の領主夫人も、同じように微笑んで歓迎してくれた。

「いや、そんな大それたことはしていないですよ！　それに直接的に救ったのは、私ではなく織姫ですし」

　確かに魔法攻撃が来ることを注意したのは勇だが、それを阻止したのは織姫なのだ。

　正直自分が何かをしたと言う実感がない。

「ふふ。そのオリヒメ殿とやらは、イサム殿の使い魔のようなものなのだろ？　であれば、それは正しくイサム殿の成果だよ」

「ええ。そもそも命令したわけでもないのに、イサムさん達のために戦ってくれたのでしょ？　それは、よほど使い魔がイサムさんのことを好きじゃないと起こらないの。普通は命令してやってもらうんだから」

「な、なるほど……」

　そう言われても、中々腹落ちしない勇である。

「ねぇ、ところでそのオリヒメちゃんはどこかしら？　アンネマリーったら、オリヒメちゃんがカワイイからって、半分以上オリヒメちゃんの話だったのよ？」

「ちょ、ちょっとお母様!!」

母からの爆弾発言に、顔を真っ赤にするアンネマリー。

「こちらに入れても良ければ呼びますが……お身体が優れないと伺っておりますが、大丈夫でしょうか?」

「大丈夫よ。だって張り切りすぎて腰を痛めただけだもの」

「こら、ニコレット！　お客様の前で何を……」

爆弾発言その二である。アンネマリーは、外見は母親似だが、中身は父親に似たようだ。

そしてこの一家の頂点は、おそらくニコレットであると勇は確信する。

「では、失礼して……」

断りを入れ、勇が寝室のドアを開けると、すでに目の前に織姫がちょこんと座っていた。

「……聞いてたのか??　おいで」

「にゃーん」

ひと鳴きして、屈んだ勇の腕の中へぴょんと飛び乗った。

「これが織姫、私の大切な家族です」

「な〜う」

勇が紹介すると、満足そうに目を細め頬をこすり付ける。

「まぁあまぁあまぁあ!!　なんて愛らしいんでしょう!?」

それを見たニコレットの目がハートに変わる。文字通り秒殺だ。

「ねぇイサムさん、私もオリヒメちゃんを抱っこしたいのだけど、大丈夫かしら？」

「っ!! ちょっとお母様だけズルいです!!」

なんとも直球なお願いに、直球な僻みだ。

「え、ええ。織姫、大丈夫だよな？」

女性陣二人のあまりの勢いに、勇は苦笑しながら答える。

織姫は、仕方がないわねとばかりに短く「にゃっ」と短く鳴くと、勇の腕から飛び降りトコトコとニコレットの方へ歩いていった。

「まぁ！ なんて賢いんでしょ？ イサムさんの言葉が分かるのね？」

それを見たニコレットは大騒ぎだ。すぐさま織姫を抱き上げる。

「お母様！ オリヒメちゃんは、首の後ろや喉を優しく撫でてあげるのが良いんですよ！」

すぐさまアンネマリーも参戦し、寝室はますます騒がしくなる。

「こらこら二人とも。なんだねお客様の前で……すまないねイサム殿」

わざとらしい空咳をした後、セルファースが苦言を呈すると、我に返った女性陣二人が真っ赤になり慌てて謝罪する。

「申し訳ありません、イサムさん。取り乱しました……」

「すすす、すみませんイサム様!!」

「あはは、問題ないですよ。可愛がっていただきありがとうございます」

「まったく……。イサム殿、しばらくオリヒメ殿をお借りしても良いかい？ 二人とも、しばらく

別室で触らせてもらいなさい。ここで触られると、気になって話ができん……」

やれやれといった表情で、セルファースがそう告げる。

「分かりました。イサムさん、すみませんが少しオリヒメちゃんをお借りしますね」

少しバツが悪そうにしながらも、織姫を抱いてそそくさと隣室へ下がる女性陣を見送ると、あらためてセルファースが勇に向き直る。

「ふぅ。これでようやくゆっくり話ができるね。あらためて、ようこそイサム殿。突然知らない世界の知らない街に来て、大変だと思う。まずはどうしたいか、イサム殿の希望を聞かせてもらえないだろうか？」

優しい笑顔で勇に問いかけるセルファース。

それは初日の夜にアンネマリーからもらった笑顔とそっくりの笑顔だった。

勇は、これまでアンネマリーたちと話していたことを軸に、自身の身の振り方についてセルファースに相談した。

魔法を学びたいこと、地球での仕事を活かせるかもしれない魔法具を見たいこと、手始めにサーブの仕方を教えることになっていること。

さらには織姫の鑑定に、自身のスキルの見極めを行うこと。

まずはそんなところから始めたいと、そして何かしらの役に立ちたいと、セルファースに伝える。

勇が話している間、じっと目を瞑り黙ってセルファースは話を聞いていた。

そして勇が全て話し終えると、ゆっくりと口を開いた。

「ありがとう。別に何の関係もない我々のために、色々と考えてくれて。我が領に来てくれたのが、イサム殿で良かった。こう言うとイサム殿には失礼かもしれないが、譲ってくれたフェルカー侯爵には感謝しないとな。迷い人に関しては、アンネマリーに全て任せているが、イサム殿の考え方なら安心して任せられる。難しく考えず、好きなことをやってくれれば良いよ。それが必ず我が領に良い影響を与えてくれることを確信した。困ったことがあったら何でも言ってくれ。できる限り力になることを約束するよ。明日から、いや今からだな。我が領とアンネマリーのことをよろしく頼む」

そう言って、セルファースはゆっくりと頭を下げた。

昨日は、セルファースとの話が終わると、家族だけの晩餐に招待された。

家族といっても、セルファースはベッドから動けないので、ニコレットにアンネマリー、アンネマリーの弟で今年で十歳になるというユリウスだけだ。

アンネマリーと勇が長旅で疲れているだろうということで短い時間ではあったが、ユリウスは迷い人である勇に興味津々で、またあらためて話をすることを約束して晩餐は終わった。

立派な寝室に案内された勇は、旅の疲れとベッドの心地よさに、あっさり意識を手放した。

翌朝、食堂でまたセルファース以外の家族と一緒に朝食を終えると、重要懸案の一つ、織姫の鑑定に向かった。

向かった先は教会だ。

教会へ向かう馬車には、勇に織姫、アンネマリー、ルドルフに加え、何故かニコレットが同乗していた。

いや、何故か、ではない。すっかり織姫の虜になったニコレットが、渋るセルファースを説き伏せて同行したのだった。

領主の妻と長女が、急遽一緒に外出する事態となり、館は上を下への大騒ぎになる。

まだ勇の件は伏せられているため、騎士団でガチガチに固めるわけにもいかず、最低限の武装した騎士と、私服に着替えた騎士が守りにつくことになった。

領主家の紋章の入った馬車が外周の最上段にあるメインストリートを進んでいく。

昨日、門から館へ来た時の方向とは逆方向だ。

帰ってきた時と違い、アンネマリーは顔を出していないため、住民たちは足を止めて道を開け、馬車が通り過ぎるのを静かに待っていた。

十分ほど進んだ所、大きな建物の前で馬車は止まった。

背の高い塔が左右に配された、尖った屋根が印象的な青い建物だった。

馬車から降りた一行は、正面にある大きな入口へと進んでいく。

「ここが教会ですか。綺麗な青色ですね」

教会イコール白亜の建物というイメージの強かった勇は、鮮やかな青色に驚く。

「はい。創造神様の教会です。誕生と終焉である海と空の色を表しているといわれています」

「なるほど。私のいた所だと白い建物が多かったので、ちょっと新鮮です」

「内装には白が多く使われていて、外壁の青との対比が綺麗だと思います」

教会に足を踏み入れると、アンネマリーの説明通り壁も床も真っ白だった。

しかし、勇の目を奪ったのは、正面の祭壇らしきものの上部にある、大きなステンドグラスだった。

ガラスかどうか分からないので、ステンドグラスではないのかもしれないが、濃い青から淡い青色まで、微妙に色味の違う半透明の板を組み合わせたそれは、非常に神秘的で圧巻だ。

「すごい……！　綺麗だ」

思わずそう呟き、呆然と立ち止まって見上げているとバタバタとかけてくる足音が聞こえた。

「アンネマリー様！　それにニコレット様まで！　ようこそいらっしゃいました!!」

息も絶え絶えに走ってきたのは、この教会の責任者か何かだろうか。

ゆったりとした青いローブを着た、壮年の男性だった。

「お出迎えできず申し訳ございません。ほ、本日はどのようなご用向きで？」

連絡もよこさず、領主の妻と娘が突然朝からやってきたのだ。慌てるのも当然だろう。

「朝早くから連絡もせずすみません、ベネディクト神官長。本日は至急かつ極秘にお願いしたいことがあってまいりました」

「至急かつ極秘、ですか??」

「ええ、その通りです」

神官長の問いかけに、ニコレットが首肯する。

「まず、こちらのお方をご紹介します。この度、我がクラウフェルト子爵家が後見させていただくことになった、迷い人のイサム・マツモト様です」

「イサム・マツモトです」

「なっ……。こ、これはご丁寧に。クラウフェンダム教会で神官長を務めさせていただいております、ベネディクトと申します」

突然迷い人を紹介されて狼狽えながらも、きちんと挨拶を返すベネディクト。

さすがは神官長だ、場数が違う。

「正式決定だけど、まだ領民には公開していないから、他言は無用よ」

ニコレットが、ウィンクしながら釘をさす。

「王都へ行っていたアンネが、つい昨日ご案内したところなの。しかも道中、すでに命を救っていただいているわ」

「なんと！　それは誠ですかな!?　さすがは迷い人様ですな……」

賞賛の目で勇を見るベネディクト。

「そしてイサム様が、元の世界からお連れになったのが、こちらの愛らしいオリヒメ様よ」

「にゃう～ん」

勇に抱かれた織姫がひと鳴きする。

「おぉ、確かに非常に愛らしい！　こちらは、マツモト様の使い魔なのですかな？」

「使い魔というより、家族に近い存在ですね」

やはりエーテルシアでは、懐いている動物イコール使い魔のようだ。

「それで、本日のお願いと言うのが、こちらのオリヒメ様を鑑定してほしいのよ」

「は？　マツモト様ではなくオリヒメ様をですか??」

「ええ。先程、マツモト様に助けていただいたと話しましたが、その時一緒に助けてくださったのがオリヒメ様なのです。元の世界ではそのようなことはなかったとのことなので、こちらにいらっしゃった時にマツモト様と同じく天啓を受けたのでは、と思いまして」

「な、なるほど……しかし、人以外の鑑定をするなど前例がないので、私の一存だけでは何とも……」

それはそうだろう。これまで何百年も人を鑑定するのに使ってきたのだから、いきなり猫を鑑定しろと言われても混乱するに決まっている。

「そう……それは残念ね。分かったわ、隣町の教会まで行って、鑑定してもらうわね」

「えっ!?」

呆気なく引き下がったニコレットに、ベネディクトが間抜けな声を出す。

「鑑定できぬと言うのであれば、用向きはないもの。現時点での最重要事項なので、見てもらえる教会を探すまでよ。ああ、鑑定して何かしらのご加護やスキルを授かっていることが分かれば、それを初めて行った者として後世に名を遺すでしょうね。では、急ぐので失礼……」

「お、お待ちください!!」

聖職者というのは、物質的・物理的な欲はあまり強くないのだが、こうした権威には弱いものが非常に多い。

貴族もそうだが、死してなお、自身の名が残ることを誉れとするものが多いのだ。

「直ちに鑑定の準備をしますので、少々お待ちを！」

「あら、そうなの？　それは助かるわね」

よくもまぁしれっと言ったものである。

「ああ、ごめんなさい。急いで出て来たものだから、喜捨の用意もしていなかったわ……」

「いつも喜捨いただいておりますので、今回の喜捨は不要です！」

「悪いわね。でも助かったわ」

チラリとこちらを振り向き、ベネディクトに見えないようペロッと舌を出すニコレット。

「お母様……」

領主権限でねじ込んででも鑑定させる、と言っていたアンネマリーも苦笑するしかない。

そんなものを使わず、さらには代金まで踏み倒す。もはや役者が違う。

貴族は恐ろしい……勇がそれを心に刻み込んでいるうちに、鑑定の準備が終わる。

出てきたのは、迷い人の門で使ったものによく似た魔法具だった。

載っている水晶が小振りなこと以外は、ほぼ同じ構造に見える。

「神眼の魔宝玉に似ていますね。これも上に手を乗せて使うのでしょうか？」

「はい。こちらは鑑定の魔水晶と言うもので、使い方は同じです。違うのは、こちらの魔法具ではスキルや加護のみを調べることができるという点です」

やはりルドルフの言っていた通りだ。

もっとも、スキル値についてはどちらでも良かったので何も問題はないが。

「よし、じゃあ織姫、ちょっとこの水晶玉の上に手を置いてくれ」

「にゃっ」

勇のお願いに、分かった、とばかりにポンと水晶玉の上に右手を置く。

「よしよし、えらいぞ。じゃあ、ちょっとそのまま待っててな」

「な〜〜」

しばしの沈黙。

自分が鑑定した時は、しばらくすると水晶玉が光ったはずだが……？　などと勇が思い出していると、織姫の右手の下にある水晶玉も光を放つ。

「おおぉ⁉」

「こ、これはっ⁉」

勇とベネディクトの声が重なる。

光が徐々に弱まり、空中に文字が描かれる。

オリヒメ・マツモト
獣神化：バステト

「なんじゃこりゃ――――っっ!!」

思わず勇はそう叫んだ。

今までにない大声で叫んだ勇を、皆がビックリして見ているが、それどころではない。

何だこれは。わずか二行のクセに、ものすごい破壊力だ。

織姫の名字が自分と同じになっていたのは正直嬉しかったが、そのほのぼのさを全て打ち消す次の一行が強力すぎる……。

まず獣神とは何だ？　某魔物をストライクするゲームか？　てか神化て!!

そりゃ神懸かり的にかわいいけども！

で、バステトだ。完全に猫の神様だ。

それも、神話や宗教にそれほど詳しくない勇でも知っている、超メジャーな猫の神様。

確かエジプトの神話か何かに出てきたはずだ。

しかしバステトは黒猫ではなかったか？　あれは、ゲームの中だけの話なのか？

「あ、あの……イサム様？　大丈夫でしょうか？」

「……はっ!? す、すみません、あまりの驚きに取り乱しました」

大声で叫んだかと思うと、わなわなと震えながらぶつぶつと独り言を言い出した勇を見かねて、アンネマリーがそっと声をかけてくれた。

「ふぅ……すいません、落ち着きました」

「マ、マツモト様、それでこのバステト、というのは……?」

ベネディクトが恐る恐る勇に尋ねる。

「あぁ、はい。バステト神は私の元居た世界の神様の名前ですね。とても有名な猫の神様で、確か女神様だったと思います。色々なご加護があったはずですが、覚えていません。確か家庭の守り神でもあったと思います」

「おぉぉ、ということは、オリヒメ様には神のご加護があると!?」

みるみるベネディクトの顔が紅潮していく。

「この、獣神化、というのがどういうものか分からないので何とも言えませんが……何らかの神様の加護を授かったのは、間違いないと思います。そうでなければ、こちらに来てからの織姫の変化が説明できないので」

「なんと! 素晴らしい!! 迷い人様がいらっしゃっただけではなく、その眷属《けんぞく》が神の使徒だったとは!!」

もはやベネディクトは狂喜乱舞だ。

神に仕える身であるならば、その喜びは一入《ひとしお》なのだろうか。

というか、別の世界の神がタブーではないところを見ると、こちらは多神教なのだろう。これが一神教であったなら、ややこしいことになっていたかもしれない。

場合によっては神の名を騙る悪魔として葬り去られていた可能性すらある。

「うふふ、まさかオリヒメちゃんが、神様の使者だったとはね……。ビックリだけど、可愛さが変わるわけじゃないし、問題ないわね。ベネディクト、分かっているとは思うけど、当面この件は口外禁止よ？　折を見て、迷い人マツモト様の話と同じく、領主から発表するから」

ニコレットは笑顔を見せつつも、きっちりクギを刺しに行く。

「委細承知しました。して、お約束通り……」

「ええ。発表の時は、ベネディクト神官長がこれまでの慣例を勇気をもって打破し鑑定した結果、としっかり付け加えるから安心なさい」

「おぉ、有難き幸せ。このベネディクト、クラウフェルト家のためであれば、どんな協力も惜しまない旨、お約束しますぞ！」

苦笑しながらニコレットが約束すると、ベネディクトは大喜びだ。

「さて、あまり長居しても、他の方の迷惑になるし、そろそろ戻りましょうか。ベネディクト、世話をかけたわね」

全員が落ち着きを取り戻したのを見計らって、ニコレットが切り出す。

「分かりました。ベネディクトさん、今日はありがとうございました。おかげで、織姫の秘密が少しだけ分かりました」

「いえいえ。私も非常に貴重な体験をさせていただきました。クラウフェルト家同様、マツモト様、オリヒメ様のための協力であれば惜しみません。困ったことがあれば、いつでもお越しください」

こちらが普段の顔なのだろう。

落ち着きを取り戻したベネディクトは、穏やかな笑みを浮かべている。

「では、失礼します」

一同はベネディクトに礼を言い教会を後にすると、来た道を戻ることにした。

「何かしらのスキルか加護があるとは思ってたけど、まさか神様だったとはねぇ……。オリヒメちゃん、あなたとんでもない子だったのね！」

帰りの馬車の車内、勇の膝の上で丸まっている織姫の額を撫でながら、ニコレットが言う。

「そうですね。私でも知ってるくらいの有名な神様だったのには驚きましたが……」

「先ほどもそう仰ってましたね。イサム様のいた世界には、そんなに沢山の神様がいらしたんですか？」

「う～ん、そうですね。世界中に色々な宗教があって、それぞれに神様がいました。ただ一柱の神様だけを信じて崇める宗教もあれば、多数の神々を信仰する宗教もあります。私のいた国はとびきりの後者で、全ての物や事象には神が宿っている、という考え方でしたね。なので、八百万も神様がいると言われてましたよ」

笑いながら勇が答えた。

「は、八百万ですか!?　それはとんでもないですね……」

そのあまりの数の多さにアンネマリーが目を白黒させる。

「あはは。ただ全てにいえるのは、実在性よりも考え方や教義、道徳に重きを置いていた点です。先ほどの私の国でいうと〝全てのモノに神が宿るのだから、全てに感謝し大切にしなさい〟という感じですね。まぁ排他的だったり教義が過激だったりする宗教もあるので、それが暴走したり教義の対立が深刻化したりして、大きな戦争になったことも一度や二度ではないですが……」

「そうだったんですね。エーテルシアにも複数の神がいらっしゃって、広く信仰の対象になっています。どの神様を信仰しているからといって、他の神様を信仰している人と争いになることはほとんどないですね。創造神様を中心に、基本的に教会に全ての神様が一緒に祀られていますし」

「へぇ。対立がないのは良いですね。ニコレットさん、織姫のことは住民の皆様にはどう説明します？」

話の流れで、勇が気になっていたことを聞いてみる。

「そうねぇ。まぁ迷い人であるイサムさんが、向こうで大切にしていた使い魔。で、大切にしていたことを見ていた向こうの世界の神様が、イサムさんがこちらに来ても困らないように御使いとして遣わした、って感じかな？」

「なるほど……」

中々に都合の良い話なのだが、実情としてはほぼほぼあっているだけに質《たち》が悪い。

神様が見ていたかどうかは分からないが……。

「それであればまぁ、筋は通りますね。実際に鑑定しても神って出てますしね」

「ええ。後はもう少し時間をかけて、イサムさんに色々見て、体験してもらい、迷い人として公表しても良い、と思えたら、一緒に発表しましょう」

「ありがとうございます。でも、そんな悠長な感じで良いんですかね？」

「良いのよ。だって望みもしないのに来てしまった世界なんだもの。気に入ってもらえるとそりゃあ嬉しいんだけど、気に入らなくたって当たり前よ」

ケラケラと笑いながらニコレットが答えた。

「ま、気張らずやっていきましょ。まずは魔法を使いたいんでしょ？　魔法であれば私も教えられるし、アンネも中々の腕前だからね。戻ったら早速勉強しましょうか？」

「はい、お願いします!!」

そんな話をしているうちに、馬車は領主邸へと辿り着く。

「じゃあ、私は旦那に伝えてくるわね。二人は先に食堂でお昼でも食べてらっしゃい」

そう言い残してニコレットはセルファースの寝室へと向かって行った。

その後、寝室からは「なんだって――」と言う領主の叫びが聞こえたとか聞こえなかったとか……。

昼食後、早速勇の部屋で魔法に関するレクチャーが行われていた。

ちなみに、年頃の娘が男の部屋に入って良いのかとニコレットに確認したのだが、全く問題ないとのことだった。

「こちらが、水の初級魔法の呪文が魔法語で書かれた本になります。通称〝呪文書〟と呼ばれていて、何の魔法の何級のものなのかを繋げて呼びます。今回のこれは、水の初級呪文書、ですね」

アンネマリーが持ってきてくれたのは、装丁のしっかりした一冊の本だった。まだ印刷技術が発達していないのか、写本のようだ。相当値が張るに違いない。

「以前にも簡単にお話ししましたが、魔法を使うための手順は三段階です。一段階目が、魔力を集中させること。二段階目が、使いたい魔法の結果をイメージし、魔力の質を変化させること。そして最後の三段階目が、呪文を唱えることでイメージを具現化、魔法として発動させることです。この順番を守れば、魔力さえあればひとまず魔法は発動します」

「なるほど……」

以前にも聞いたが、プロセス自体はそこまでややこしいものではない。集中させる、とか結果をイメージする、とか、抽象的な内容が多いので、そのあたりの難易度は不明だが。

「では、各段階について、もう少し詳しく説明しますね。まずは一段階目です。魔力は体内に万遍なく流れていて、これを使って魔法を使います。しかし、魔法として発動させるには、魔力を一定以上の濃度に集める必要があるんです。伝説の大魔導士のように、体に流れている状態でその濃度があれば別ですが、普通はそんな濃度はありません。なので、魔力の流れをコントロールして、魔力を一か所に集めてやる必要があるんです。集める場所は何処でも良いのですが、少なくとも最初は、一番わかりやすい手の平に集めるのが良いと思います」

「ああ、だからアンネマリーさんは顔の前に手をかざしていたんですね」

「その通りです。その後に発動させる時も、どこから発動させるかイメージする必要があるので、大体の方が手ですね。余談ですが、伝説の大魔導士は体中から魔法を発動させていたらしいですよ」

なんだそれは。体中から火の玉やら電撃やらを飛ばすとか、もはや兵器だ。伝説の大魔導士とやらは、どうやらとんでもない輩だったらしい。

「次に二段階目です。これは、以前にイサム様のスキルの調査をした時にやった部分ですね。使いたい魔法のイメージが明確にできると、魔力の質がそれに必要なものに変換されます。水球《ウォーターボール》であれば、水の魔力といった具合ですね。この変換ができないと、魔法を発動させる魔力にならず、魔法は使えません」

「大事なところですね。ちなみに、何故イメージするだけで魔力の質が変わるのでしょうか？」

「それは残念ながら分かっていないのです。魔法だけではないのですが、エーテルシアの歴史には最低千年ほどの空白があることが分かっています。魔法は、その空白前に理論が完成したものらしいのですが、空白以前の魔法に関する資料は、ほとんど残っていません。なので、我々が知っているのは千年の空白後の魔法のみなのです。空白後の魔法研究は、ほんの少しだけ残っていた資料と推測を頼りに、手探りで行われて今に至っています。もっと乱暴に言うなら、〝よく分からないがやったらできた〟ことの積み重ねですね」

「そうだったんですね……」

驚きの事実だった。かなり魔法が浸透しているので、てっきり高度な魔法学ができているかと思ったのだが……。まさかの習うより慣れろだったとは。

「では、最後の三段階目ですね。この本に書かれているような魔法語で、使いたい魔法の呪文を唱えます。唱えた呪文と、イメージにより変換された魔力が一致したら、魔法が発動します。二段階目までできれば、三段階目は呪文を覚えるだけなので大丈夫だと思います。まぁ、普段使っている言葉とは全く異なるので、ちょっと覚えるのが大変かもしれませんが……」

アンネマリーが軽く苦笑する。

「ちなみに、この魔法語の発音に関する資料だけが、奇跡的に空白の千年の前の遺跡から発掘されたのです。それがなければ、恐らく私達が魔法を使うことはできなかったと思います。とはいえ、資料が残っていたのはあくまで発音に関してのみで、どんな意味なのかはほとんど分かっていません。複数の同系統の魔法に同じフレーズが出てくるので、恐らくこれは水を表しているに違いない、というレベルで一部推測されていますが、確かめる術が今のところないので……」

「なんと……呪文は音を丸暗記する感じなんですね。確かにそれは覚えるのが大変かもしれませんね……」

お互い渋い表情で首をすくめる。驚きの事実その二だ。まさか呪文もただの丸暗記だったとは。せめて寿限無くらいに意味があってくれれば、覚えるのも楽なのだがなぁ、と益体もないことを考え、何気なく呪文書をめくった。これが呪文書か。確かに発音がこの国の共通語で書かれている。

その下に、魔法語が書かれているが……？

「……。すいません、アンネマリーさん。この共通語の下に書いてある文字が、魔法語なんですよね⁉」

「はい。そうなります」

「なるほど……」

呟きながら、勇は穴が開くほど呪文書を見入ったまま動かない。

「ど、どうされましたか？」

心配してアンネマリーが尋ねる。

「う――――ん……。驚かないでくださいね。アンネマリーさん。私多分、この魔法語の意味が分かります……」

「えっ⁉」

頭をポリポリ掻きながら言う勇に、絶句するアンネマリー。

「ははは－。スキルのせいですかねー」

乾いた笑いしか出てこない。

しばし空気が停滞する。

数秒後、停滞した空気が爆発した。

「な、な、なんですって――――――っっ！！？？」

後に〝お嬢様史上最大音量〟と語り草になる、アンネマリーの大絶叫だった。

魔法語の意味が分かるかもしれない……。

エーテルシアで魔法を齧った者であれば、間違いなく全員驚愕するであろう事実が判明する。

あまりの驚愕に、絶叫したアンネマリー。屋敷中に響き渡ったその声に、家中の者が勇の部屋に駆け込んでくる。

当のアンネマリーが、驚きのあまり人が来ても固まったまま動かなかったため、すわ不祥事か!?と訝しむ関係者の冷たい視線が勇に突き刺さる。

原因が原因だけに、勝手に説明するわけにもいかずおろおろするしかない勇。アンネマリーが一刻も早く再起動することを切に願う。言葉にはしないが、〝何をしたんだ〟と言わんばかりの沈黙が痛い。三分ほど経過した後、ようやくわなわなとアンネマリーが動き出した。

「お、お嬢様⁉」

尋常ならざる状況に、ベテランメイドが恐る恐る声を掛ける。

「イサム様っ‼」

「はひぃっ‼」

突然のアンネマリーの呼びかけに、情けない声を上げて驚く勇。

「イサム様っ！　これはとんでもないことになりますよ……ルドルフっ！　お母様をお父様の寝室に大至急お呼びしてっ！　私とイサム様はこのまますぐに向かいます。そして人払いをしておいてっ！　イサム様っ、行きますよ⁉」

メイドの呼びかけを無視し、ルドルフに矢継ぎ早に指示を出すと、呪文書を抱えたまま勇の手を引っ張っていく。

勇をぐいぐいと半ば引きずるようにしながら廊下を進んでいき、ノックはしたものの返事も待たずセルファースの寝室へ突撃した。

「どうしたん……」

返事も待たず入ってきたアンネマリーに驚き、さらに勇を引きずっていることで二度驚いたセルファースは、そこで言葉が止まる。疑惑の目を勇に向けると、何もしてません！　とばかりに、慌てて両手と首をブンブン振っている。

はぁ、と小さくため息をついて、アンネマリーに語り掛ける。

「そんなに慌ててどうしたんだい？　アンネ」

「お母様が来たらお話ししますが、この国、いやこの世界の魔法が変わるかもしれません」

「魔法が変わる？　いったいどういう……」

要領を得ないアンネマリーの答えにセルファースが首を傾げていると、バタバタと廊下を走る音が聞こえ、ニコレットが飛び込んできた。相当急いで来たのか、軽く息が上がっている。

「アンネ、大至急の用事っていったい何事？　しかも人払いまでして……あぁ、イサムさんも一緒だったのね」

「さて、アンネ。どういうことか教えてもらえるかな？」

「すみません、お父様お母様。驚きすぎて、いささか取り乱しました。しかし、事が事なだけに、とても冷静ではいられませんでした」

時間が経過したことで少し落ち着きを取り戻したのか、まずは謝罪するアンネマリー。

しかしまだその言葉は、どこか熱を帯びているようだ。すーはーと深呼吸をひとつして、再度口を開く。

「イサム様には、魔法語の意味が分かるそうです」

「ほう、魔法語の意味がな……。……んん?! 魔法語の意味が分かっただと!? 今、そう言ったのか??」

あまりにシンプルなアンネマリーの説明に、そのまま流しそうになったセルファースが、言っている意味を理解して慌てて聞き返す。

「ちょっと、アンネ。それ本当?」

ニコレットも驚愕して同じく聞き返している。

「はい。本当です。ですよね、イサム様?」

自分より慌てている人を見ると落ち着くというが、両親の狼狽ぶりにアンネマリーが冷静さをようやく取り戻し、勇に話を振った。

「ええ。まだ数ページ見ただけですが、呪文書にどういう意味が書かれているかは分かりますね。例えばこれ、水球《ウォーターボール》の呪文ですが、ここには〝水よ、無より出でて我が手に集わん〟と書かれていますね。いかにも水球《ウォーターボール》っぽいですよねぇ。次にこれ、水流刃《ウォーターカッター》? でいいのかな? こっちだと〝逆巻く水よ、束となり万物を切り裂く刃となれ〟ですね。どんな魔法か知りませんが、これを見た感じだと圧縮した水で対象を切り裂くような魔法でしょうか? と、まぁこんな感じなんです、け……ど、ぉ??」

　あまりに何でもないように魔法語の意味を語る勇に、領主夫妻はフリーズしたまま動かない。

「水の呪文ですが、こちらの文字が〝水〟を表しているというのが、最新の研究トレンドです。今イサム様に訳していただいたものも、まさにこの部分を〝水〟と訳していました。まだ一例ではありますが、何の予備知識もないイサム様が、それをズバリ言い当てられたのです。追調査の必要はあると思いますが、イサム様は魔法語が読める、と断定して良いと思います」

　真っすぐ両親の目を見据えて、アンネマリーが言い切った。

　しばし呆けていたセルファースだが、アンネマリーの言葉に我を取り戻す。

「確かに、魔法についてまともに教えて差し上げたのがつい先ほどだったんだから、アンネの推察が正しいかもしれないね。ルドルフ、もう二冊ほど、水以外の呪文書を持って来てくれないか？」

「かしこまりました。すぐにお持ちします」

　そう言って退室するルドルフを見送りながら、なおも続ける。

「追検証はこれで良し。まぁ多分必要ないけどね。イサム殿が嘘をつく必要なんてないんだし。で、問題はそれが本当だとしたうえでどうするか？　という話だね」

「そうね。内容が内容だけに、下手に漏らしたら大変なことになるわ。アンネが人払いしたのは良い判断だったわ」

「ありがとうございます。私も、具体的にどうなるかまでは考えておりませんが、大事になるのだけは分かりましたので……」

真剣な表情で話し合う領主親子。

対する張本人の勇には、いまいちピンと来ていなかった。

「あの――――、魔法語の意味が分かる、というのは、そんな大変なことなんでしょうか??」

「ふむ。そう言えばイサム殿は魔法のない所から来たのだったね。エーテルシアの魔法、特に空白の千年についての話はもう聞いたかい？」

「ええ。ぽっかり記録のない期間があって、歴史的にも文明的にも、そこで断絶しているものが多いのだとか……」

「その通りだ。その断絶した影響が最も多いのが魔法だといわれていてね。空白の千年の前の魔法を旧魔法、その後の魔法を新魔法と、我々は分けて呼んでいるんだが、何故か分かるかい？」

「それをお聞きになるということは、単に時期や区切りのためだけではない、ということですか？」

「その通り。わざわざ言い換えないといけないくらい、魔法の内容が違うんだ。旧魔法は〝中身の魔法〟、新魔法は〝上辺の魔法〟とも呼ばれていてね。我々が使っている新魔法は、旧魔法の形だけをどうにか真似て無理やり使っているに過ぎないんだ。だから、威力や効率も悪いし、応用も利かない、酷く不格好な魔法なんだよ。旧魔法時代の逸話によれば、もっと個人個人が魔法に手を加えて自由に使っていたそうだ。その最大の原因が、魔法語だ」

「原因？」

「ああ。魔法というのは、イメージとそれを具現化する呪文が組み合わさってできているのは知っているね？」

「はい、そのあたりは聞いていています」

「じゃあ、具現化する際の呪文の意味を知っているのと、知らずに音だけ真似たもの。どちらがより強くイメージを具現化できると思う？」

「っっ！　なるほど、そういうことですか……」

「ああ。当然意味を正しく把握した呪文のほうが、より具現化する力が強いだろうね。このあたりは仮説にすぎないがね、後で実験してみたらすぐ事実だと分かるんじゃないかな。そんなわけで、世界中で今も旧魔法を再現すべく研究が進められている。そりゃそうだよね、それができればより便利でより強力な魔法が使えるようになるんだもの」

「そうですね……」

勇は相槌を打ちながら、だいたいオチが見えて来て憂鬱な気分になる。

「ふふ、その様子だと気付いたみたいだね。迂闊にイサム殿が魔法語が読める、なんて話を広めたら、世界中で取り合いの戦争になるよ。当然我が国はそれを秘匿したいだろうから、〝厚遇する〟とかいう名目で事実上監禁されるんじゃないかな。他の貴族からならまだしも、王家に言われたらウチもどうすることもできない。で、周りの国は当然開示を求めるだろうね。だって旧魔法を独占されたら、戦っても絶対勝てなくなるんだもの。個人的に独占しようとするような輩も沢山出てくるだろうしね」

やはり。新しい技術の独占が悲劇と混乱を生むのはどの世の中も変わらないのか……。これでは却って、クラウフェルト家に迷惑をかけるだけではないか。

「どうしましょうか……？」

「う～ん、どうしたものかね……？　少なくとも当面秘匿するのは決定事項だが……」

弱々しい勇の問いかけに、セルファースも困り顔だ。

「そんなの、簡単じゃないですか！」

重い空気を取り払ったのは、アンネマリーの明るい声だった。

「ふむ。簡単とはどういうことだい？」

セルファースが先を促す。

「寄こせと言われても、いや寄こせと言われないだけの力を我々が身に付けた後、公表すればよいだけです」

「ふむ、力を付けるとはどういうことだい？」

「そもそも、イサム様の取り合いになるのは、簡単にイサム様を奪えると思われているためです。であれば、容易にイサム様を奪えないようにすればよいだけのこと」

「それは道理だが……具体的にはどうする？」

「それも簡単です。というか一つしかありません。我々の泣き所がイサム様であると同時に、最大の武器もまたイサム様です。まずは我々家族と一部の側近に限定し、魔法語の意味を教えていただきます。すでに魔法が使える者なので、さほど時間をかけずに旧魔法が使えるようになるはずです。それと同時にイサム様にも魔法を覚えていただきます。魔法語が読めるうえ、魔力が見えるイサム様であれば、あっという間にこの国有数の魔法使いになられると思います。そうなれば、直接イサム様をつけ狙うような輩なぞに、そうそう後れを取ることはないでしょう。そのうえで、徐々に自領の魔法使いや兵に、旧魔法を広げていきます。近い将来、クラウフェルト領は世界最強の魔法使い軍団となるでしょう。それまでの間、イサム様のスキルを秘匿するだけです」

アンネマリーが一気に言い切った。その目には微塵の揺らぎもない。

瞑目しながら話を聞いていたセルファースは、アンネマリーの話が終わると静かに口を開いた。

「なるほどね。一見乱暴な話だけど、考えてみたらそれしかないのかもね。ふふふ。うん、確かに簡単な話だったね」

「いいわね。クズ魔石屋と揶揄された私達が、最強の魔法使い軍団になる……夢があるわ」

ニコレットも楽しそうだ。

「はい。すでに私はワクワクしています」

一貫してアンネマリーの表情は、期待に満ち溢れている。この場で唯一浮かない顔をしているのは、勇だけだ。

「あの――……まだどうなるか分からないのに、話が進み過ぎていると言いますか……。いや、ぶっちゃけ私にそんな価値ありますかね⁉」

「あるね」

「あるわね」

「あります！」

三人の声が見事に揃う。表情も全員〝何を言っているんだコイツは〟といった顔だ。

「そ、そうですか……」

あまりの圧に勇がたじろいでいると、ノックの音が響いてきた。

「呪文書をお持ちしました」

「すまないな。入ってくれ」

ルドルフが、火と風の初級呪文書を抱えて戻ってきた。勇はさっそく呪文書の魔法語を確認していく。

「うん、やっぱり全部意味が分かりますね。この前アンネマリーさんが使っていた突風刃《ブラストエッジ》は〝風よ。重なり刃となって飛べ〟ですね。〝無より生まれし火球は、爆炎となって敵を打ち倒す〟、多分これがリディルさんとマルセラさんが使った爆炎弾《ファイアブラスト》っぽいかな」

呪文書をめくりながら、次々とその意味を口にする勇に、皆呆れ顔だ。

「読めるって分かっていても、実際に目で見るとやっぱり驚くねぇ」

「ホント。絵本でも読んでいるみたいにスラスラ読んでいるんだもの」

「さすがイサム様です！」

約一名、評価のベクトルがずれているが、気にするものはいなかった。

「ただ、やはり私が分かるのは〝文字〟だけのようですね。音を聞いただけでは、どういう意味であるかは分かりません。今後、意味と音の組み合わせを覚えていけば、見たことのある言葉は耳で聞いても分かるようになるとは思いますが」

「スキルの説明通り、〝視て〟理解するのですね」

そう、調べていて分かったのだが、勇が分かるのは目で〝視た〟もの限定だった。音で聞いて、その意味が頭に浮かぶようなことはなかった。もっとも聞いて分かっていたら、もっと早く気付いていただろうが……。

「うん。これでイサム殿が魔法語を読めるのは確定として良いね。それで十分過ぎるよ。無理に聞いて分かるようにしなくても大丈夫。じゃあ、いよいよ旧魔法の再現実験と行こうじゃないか。ルドルフ、裏庭の鍛錬場に人除けと魔除けを張っておいてくれ」

「かしこまりました。ただちに」

「アンネとニコ、すまないが車いすを押してくれるかい？　さすがにこの実験は、自分の目で確認しないと駄目だからね」

「ええ、わかったわ」

「ご無理をなさらぬよう」

「どれくらいの威力が出るか分からない。今日のところはアンネの一番得意な水魔法だけにしておこうか」

「分かりました」

「ああ、ニコ。ついでにイサム殿に魔力操作の方法を教えてくれないかい？　イサム殿にも、早く魔法を使ってもらいたいところだからね」

「まかせて」

セルファースがてきぱきと指示を出し、あっという間に魔法実験の準備が整っていく。

裏庭に出た一同は、若干緊張した面持ちだ。いよいよ旧魔法に挑むのだ、仕方がないだろう。

「じゃあアンネ。まずは普通に水球《ウオーターボール》を使ってみて」

「分かりました。『ミズよ、ムよりイでてワがテにツドわん……水球《ウオーターボール》』」

淀みない詠唱が終わると、以前見たのと同じような水球《ウオーターボール》が浮かぶ。

「うんうん。相変わらず流れるようなきれいな魔法だね。そのまま的にぶつけてみて」

セルファースの指示に、コクリと頷き『ツッコめ』と魔法語を呟き水球《ウオーターボール》を飛ばすと、見事的に命中し、弾け飛んだ。

「よし、じゃあいよいよ旧魔法を試してみようか」

「分かりました。イサム様、今一度水球《ウオーターボール》の詠唱の意味を教えてもらえないでしょうか？」

「はい。水よ、無より出でて我が手に集わん……、ですね」

「ありがとうございます。その言葉の意味を意識して、使ってみますね」

ふ――っと息を吐き気持ちを整えると、先ほどと同じように集中していく。

『水よ、ムよりイでて我が手にツドわん……水球《ウオーターボール》』

そしてついに、アンネマリーが意味を込めた詠唱を唱えた。同時に、勇の目には先ほどより強く輝く魔法陣と、密度が増した水色の光の粒が見えた。そして、先ほどより一回りほど大きな水球《ウオーターボール》が顕現する。

「!!」

自分で唱えておきながら、その差にアンネマリーが驚きの表情を浮かべる。

「アンネ、そのまま的にぶつけてみて」

我に返ったアンネマリーが、再度『突っ込め』と魔法語を呟き水球《ウォーターボール》を飛ばす。

先程よりもやや速い速度で水球《ウォーターボール》が飛んでいき的に命中、弾け飛ぶとともに的を粉砕した。

「……」

その結果を見て、魔法を唱えたアンネマリーが言葉をなくす。全く同じ呪文を同じ魔力量で唱えているのに、この威力の違い。実験を見守っていた勇以外の全員が、新しい魔法時代の到来を確信していた。

魔法語の意味を理解したうえで呪文を詠唱することで、威力が上がることは判明した。アンネマリーは、引き続き水球《ウォーターボール》で消費魔力量の調査を行うようだ。同じ魔力で威力が上がったので、威力の調整もやり直す必要がある。

その間に勇は、ニコレットに魔法の一段階目、魔力の操作方法を教えてもらうことにした。

「魔力の操作は、ものすごく感覚的なのよね。何より、自分の身体にある魔力の感じ方が、人によって全然違うからそうなるんだけど……。例えば私の場合だと、背中を中心にして体中に広がってるような感覚なの。でもアンネはお腹のあたりに感じる温かいものが、体を巡っているっていう感覚なんですって。他にも体の表面を万遍なく覆っている感じ、って言う人もいるし、これが正解だって形がないのよね」

「それはかなり個人差がある感覚ですね。魔力量の大小は関係ないんですか？」

「多い方が多少分かりやすいとは言われているけど、自分以外の魔力量を体感することなんてできないから何とも言えないわね」

「あ――、そりゃそうですね……」

「唯一共通していることといえば、体の中とか外、場所は関係なく、〝巡っている〟という感覚があることね。魔力操作のスキルを持っている人に言わせると、魔力は常に体の端から端まで回ってるモノらしいわよ」

「なるほど……」

血液のようなものなのだろうか？　もしくはその血液によって運ばれている酸素や栄養のような感じなのか？

自己分析では、勇のスキルは、今の所魔力そのものを無条件で見ることはできない。

魔法として使おうとした段階で、初めてその属性と共に見えるようになっている気がする。

もし魔力が見えているのなら、今もニコレットの体にある魔力が見えるはずだし、何より自分の魔力が見えているはずだ。それが見えないということは、そういうことなのだろう。

逆に、魔法を発動させようとしている魔力に関しては、はっきりと視認できる。それも色付きで。

ただ体内に存在している状態の魔力と、魔法の素として使われようとしている魔力には、きっと明確な違いがあるのだろう。そして特定の条件を満たした魔力だけが、勇の目に見えているのだ。

そう考えると、順番は逆だが、まずイメージして呪文を唱えてみたらどうだろうか？

魔力を集めていないので濃度が足りず、魔法は発動しないだろうが、その手前まで行かないだろうか？

たまたま近くにある魔力が、微量でも発動用に変換されれば見ることができるので、後はそれを元に集中すれば、魔力を感じられるようになるのでは？　そう仮説を立てると、早速検証してみることにした。

検証に使う魔法は、アンネマリーと同じ水球《ウオーターボール》だ。何度も見たのでイメージもしやすいし、詠唱の内容も分かりやすい。

（えっと、確か〝水よ、無より出でて我が手に集わん〟だったな。水が無から出るイメージ……いや実際は魔力を水に変えてるんだ。無じゃなくて、そこらに水の素になる魔力が漂ってて、それが手に集まって水になる感じか？　うん、それなら何かアニメとかゲームのエフェクトっぽいから、イメージしやすそうだ）

そう結論付けて、早速集中し始める。

手に集わん、なのでアウトプット先は手の平。左手で右手首を掴み、右手の平を上に向け、そこに水が集まることをイメージして集中する。

三十秒ほど集中してイメージを固めると、少し考えて、呪文を詠唱してみた。ただし、魔法の名前は言わずにおく。

『水よ、無より出でて我が手に集わん……』

すると、手の平を中心にして水色の光が飛び出し拡散、その後拡散した粒子にくっつくような感じで空中から光が集まるのが見えた。

しばらくその状態が続いていたが、勇の集中力が途切れた途端空気中に霧散して消え去った。

右手を何度かグーパーすると、もう一度同じ作業を行う。

傍から見ると、右手をじっと見て呪文を途中までしか唱えない危ないヤツにしか見えない。

ニコレットは、勇が集中しているようなのであえて黙っているだけで、何をやっているのかと聞きたくて仕方がないだろう。

三回それを繰り返した勇は、小さく頷くと四回目の作業に取り掛かった。

ただし、今回は……

『水よ、無より出でて我が手に集わん……水球《ウオーターボール》』

最後まで呪文を唱え切った。

すると今度は、ビー玉サイズの水球《ウオーターボール》が、勇の右手の平の上に浮かんだ。

そのまましばらく水球《ウオーターボール》をとどめていたが、フッと息を吐き集中を解くと、水球《ウオーターボール》は地面へ落下、ぱしゃりと音を立てて地面に染みを作った。

「ちょ、ちょっとイサムさん！　もう魔力が操作できるようになったの!?　っていうか、どう見ても今、水球《ウオーターボール》が発動してたわよね!!」

一部始終を見ていたニコレットが驚愕の表情で尋ねてくる。

「あはは。そうですね、多分水球《ウオーターボール》の魔法は発動したんじゃないかなぁ、と思います」

「多分って……」

勇のあまりの物言いに呆れるニコレット。

「いや、ちょっと感覚的過ぎて魔力を感じるのが難しそうだったんですよ。私のスキルでは、どうやら素の魔力は見えないようですし……だったら、呪文の内容により近いイメージを明確に持って呪文を唱えれば、それほど濃度が濃くない状態でも魔法が発動するんじゃないかと考えたんです。いや、正確には、魔法を発動させようとするんじゃないか、ですね。発動させようとすると、その魔力は私の目に見える魔力になるので、それを見れば魔力の操作イメージがしやすいな、と。何度か発動の手前まで行ったことで、何となく魔力の感じが掴めたので、最後は呪文を唱え切り、魔法が発動した感じです。まぁ、まだまだ全然魔力を集められていないので、すごく小さいのが発動しただけですけどね。ははは」

恥ずかしそうにポリポリと鼻の頭を掻きながら、何を考えて何をしていたのかを勇が説明する。

それを聞いたニコレットは、まん丸に見開いていた目をさらに丸くする。

人の目はここまで丸くなるのだな、などと勇が考えていると、ものすごい勢いで詰め寄られる。

「いやいやいや、そんな魔法の使い方初めて聞いたわよ?? 確かに、魔力の量が相当多ければ、集めなくても濃度が高いから魔法は発動するわ? でもそんなの、それこそ伝説の魔導士クラスの魔力がないと無理よ。あなたも普通よりは魔力は多いようだけど、とてもそこまでの魔力量があるとは思えないわ……。いったいどういうこと??」

「ちょ、ちょっと近い近い、近いですニコレットさん！！！」

鼻と鼻がくっつくくらいの勢いで迫られ、ちょっとドキドキしてしまう勇。

二児の母とは言え、あのアンネマリーの母親、相当な美人なのだから無理もない。

「ふう。仰る通りです。でもさっき、アンネマリーさんが魔法を使ったとき、同じ魔力量で威力が上がったじゃないですか？　ということは、イメージが詠唱の内容に近いほど、最低限発動に必要な魔力量は少なくて済むということだと思いませんか？　まぁ、イメージと近いかどうかなんて、誰がどう判定してるんだか謎過ぎますけどね……」

勇の返答を聞いてもニコレットの丸くなった目は元に戻らない。

「そ、それはそうかもしれないけど……」

「さて、おかげで魔力を操作する感覚がちょっとだけ分かったので、少し練習してみます」

一方勇の方はといえば、もう説明は終わったとばかりに、魔力操作の練習を始めようとしていた。

「あー、イサム殿、ちょっといいかい？」

これまで黙ってみていたセルファースが勇に声を掛ける。

「はい、なんでしょう？」

「もし、ある程度魔力操作のコツが分かって魔法を使うのであれば、込める魔力は控えめにしてもらえないかい？」

「ええ、問題ありませんけど、それが？？」

「ああいや、念のためにと思ってね。全開で魔力を込めて思いもよらない威力が出ると、裏庭の結界では保たない。被害が外部に及ぶと、報告の義務が発生して色々調べられるからね。イサム殿にとって、面倒なだけでしょ？」

「確かに!!　ありがとうございます。そこまで気が回ってませんでした」

セルファースからのアドバイスに納得し、素直にお礼を言う。

「はっはっは。じゃあよろしく頼むよ」

「わかりましたー！」

「さてさて、どうなることかね」

嬉しそうに魔力集中の練習をする勇を眺め、楽しそうにセルファースが呟いた。

それから一時間ほど。

勇は魔力操作の練習をしていたが、状況は芳しくない。どうにか野球ボール大の水球《ウォーターボール》を作れる程度にはなったが、魔力操作の感覚が上手く掴めないのだ。

「う――ん、腕の辺りにある魔力だけしか集まってない感じだよなぁ」

勇の自己分析通り、放出対象である手に近い所にある魔力は、手の平に集まっている。ある程度水の魔力に変換された時点で可視化されるので、集まっている様子も見えている。

しかし、逆に言うとそれ以外がさっぱりだった。本来、体中にある魔力を循環させて集めなくてはいけないのだが、集まらないと目にも見えないというジレンマだ。

結果、たまたま手の近くに流れている魔力だけを集めるにとどまっているのだ。

「目で見えちゃうから、逆にそれが仇《あだ》になってるのかなぁ……？　某ジークンドーの達人も言ってたもんな、考えるな、感じろって……」

そんなことを呟きながら、やや意気消沈している勇。

一方それを見守っていた子爵夫妻は、驚きの色を隠せない。

「見たかい、ニコ。もう普通に水球《ウォーターボール》が発動してるよ」

「ええ……。恐ろしい才能ね。まだ上手く魔力集中できてないみたいだけど、まだ一時間も経っていないのにあそこまでできてるのは異常よ。魔力操作のスキル持ちと変わらないんじゃない？」

そう。魔力の操作は、そもそもそんな簡単に身に付くものではないのだ。

魔力が見える魔力操作のスキル持ちは例外中の例外で、普通は最低一ヶ月は必要だ。一週間でできるようになれば、天才であると評価される。

そんなこととは露知らず、なおも試行錯誤を続ける勇。昔から、コツコツとトライアンドエラーを繰り返すのは性に合っていた。少しずつでも、確実に前に進んでいる感覚が、勇は好きだった。

システムエンジニアという仕事は、ある意味天職だったかもしれない。

プログラムは思った通りに動かない。書いた通りに動く。

想定していない動きをしたということは書き方が違うということなのだ。それをいかに発見し修正できるかがシステムエンジニアの腕の見せ所で、その地道な作業が勇は嫌いではなかった。

魔法とプログラム。一見両極にありそうな両者が、実は根っこの部分では近いのではないか？

それは勇にとって、この世界で初めて実感できた手応えだった。

昼食後からほぼぶっ通しで、勇が魔力操作の訓練、アンネマリーが魔法語の意味を理解した詠唱の訓練をした結果、二人仲良く魔力切れ寸前でヘトヘトになっていた。

どうにか夕飯を食べて身体を拭き着替えたものの、そこで体力の限界が来た二人は早々に眠ってしまった。

第四章 魔法具

そして翌日。ぐっすり眠った二人は、目覚めの鐘が鳴ると同時にスッキリと目が覚めた。

この世界では、全ての街や村に教会があり、教会にある鐘の魔法具の音で時間を知らせている。

朝の四時頃に鳴るのが目覚めの鐘で、そこからは正時ごとに鐘が鳴る。そして十九時の夜の鐘が、一日の最後をしめくくるのだ。

ちなみに何度か時計で確認したのだが、一日は奇跡的に地球と同じ二十四時間だった。

もっとも、時計の方がエーテルシア時間に最適化された、という可能性もあるが……。

朝食を一緒に取った二人は、魔法の勉強と共に勇のやりたいことである、魔法具の工房を訪ねることにした。

魔法具の工房は、無属性の魔石を産出する近辺に固まっている。掘り出した近くで作るのが一番手間がかからないので、自然とそうなったそうだ。

結果、すり鉢状をした街の底、通称〝最深層〟は、魔石鉱山と工房が立ち並ぶエリアとなっている。馬車に乗った二人も、護衛と共に最深層を目指して、坂道を下っていた。

「一直線で下まで下っているわけではないんですね」

上から数えて三段目、丁度真ん中の階層へと下る坂道を下りたところで勇が尋ねた。

「そうですね。最初は一直線の道だったそうなんですが、馬車や物が一気に下まですごい勢いで転がる事故が結構ありまして……。危ないということで、今のような道になったそうです」

階層を繋ぐ坂道や階段は、中心方向に向かって作るのではなく、円周に沿う形で作られている。また、一直線にならないように、階層ごとにジグザグに折り返すように作られていた。

「あ――、確かに止まらず下までいっちゃうと、かなりスピードが乗って危なそうですね……」

積荷を積んで坂を爆走する馬車を想像して、勇は小さく震える。

「はい。坂の正面にある工房は、事あるごとに大破して大変だったそうです」

三叉路《さんさろ》にある家みたいなものだろうか？　時々車が突っ込んだ、というニュースを見た覚えがある。

そのまま順調に坂を下っていき、最深層へと辿り着いた。他の階層では全てすり鉢の壁面に沿って建物があるのに対して、ここだけは平地に建物が建っている。普通はそれが当たり前なのだが、壁面に建物があるのに慣れると、逆に新鮮味があるから不思議だ。

建っているのは石造りの建物と木造と思われる建物が半々くらいで、それほど高い建物はない。

底面のほぼ中心には穴が口を開けている。魔石鉱山への入り口だ。

頑丈そうな門が立っており、勝手に入ることがないよう二十四時間体制で衛兵が詰めている。

クズ魔石とは言え魔石には違いない。相応のセキュリティは必要ということだろう。

ぱっと見、よく似た町工場が集まったような感じだが、エリアごとにある程度棲み分けされているそうだ。

そもそも魔法具を作る工程は、大きく三工程に分かれている。
①魔法具のケースであり本体である筐体《きょうたい》を作る工程
②魔法具の心臓部である魔法基板を作る工程
③基板を筐体に組み込み仕上げる工程
である。

魔法基板は、魔法陣と魔石からできており、魔法陣はさらに起動・終了を行うための起動陣と、魔法具としての機能を発揮する機能陣に分かれる。

クラウフェンダムで請け負っている作業は、設計図通りに魔法陣を描き、そこへ無属性の魔石をセットするまでがメインだ。

以前アンネマリーが説明してくれた通り、元々は魔石を単体で売っていた。

しかしそれだと、売り上げに対する輸送費の割合が大きいため儲けが少ない。

魔法インクで魔法陣を描いたものとセットで無属性魔石を売ることで、付加価値を高め単価を上げ、輸送費のインパクトを抑えるのが狙いである。

半面、属性魔石の埋め込みや、完成した魔法基板を筐体に組み込む仕事はあまりない。

自領で属性魔石を産出する領地の貴族や商人は、自領の魔石を運んでまでクラウフェンダムで組み立てを行うメリットがあまりない。

属性魔石で無属性魔石の代用ができるうえ、結局魔石を輸送するコストがかかってしまうためだ。

なのでクラウフェンダムの商売は、魔石産出領に対する基板と無属性魔石のセット販売か、属性魔石を買い付けて魔法具を作っている商会相手がメインだ。

こういった商会であれば、元々国中から魔石を買い付けるため、そこまで輸送コストを気にする必要がない。属性魔石を埋める手前まで出来上がった魔法陣を安く作れるし、魔石とインクと基板を別々に運ばないので効率も良い。常に必要分だけ購入するので、無用な在庫を持つ必要がないのも地味に大きい。

そんな事情もあって、エリアごとに棲み分けられているといっても、魔法基板を作る工房が七割以上を占めている。そのおかげか、地球の町工場の集まる地域にありがちな喧噪はほとんどなく、かなり静かで整然とした印象を受ける。

「このあたり一帯は、魔法陣を魔法インクで描いている工房になっています。仕事量の半分以上が、この魔法陣を描く仕事ですね」

「へぇ。魔法陣の図案はどうしているんですか？」

「設計図というか、下書きを元に清書をする感じですね」

「なるほど。……あれ？　でもそれだと、どんな魔法陣だとどんな効果があるのか、とか技術を盗めるのでは？」

「ええ。どんな効果があるものなのかは分かります。でも、それを技術として習得することはできません」

「あれ？　魔石から抽出した魔力を魔法陣で具体化させるんですよね？　こう、魔法陣に意味というか法則性みたいなものはないんですか？」

「もちろんあるとは思うのですが、魔法陣を見ただけでは、我々にはどんな効果があるのかは分からないのです。決められた位置に魔石を埋め込み、起動させてみて初めてどんな効果がある魔法陣なのか分かるのです。なので、いくら魔法陣をたくさん描いたところで、我々が新しい魔法陣や魔法具を作ることはできないのです……」

悲しそうにアンネマリーが事実を語る。

アンネマリーの話によると、そもそも今の人々は魔法陣を一から作ることはできないそうだ。

数少ない過去の資料や、古代の遺跡から時々産出するアーティファクトと呼ばれる古代の魔法具を分解し、そこに描いてある魔法陣をそのまま使うのだと言う。

基本的には全てをそのままの形で使うのが普通で、組み合わせることはするが、カスタマイズすることはないというかできないらしい。

これまでにも、魔法陣をいじって効果を強めたり別の効果を発揮させたりできないか試したものは大勢いたが、悉《ことごと》く失敗したそうだ。

少しでも手を入れたり省略したりすると、途端に全く起動しなくなることがほとんどで、いつしか誰も手を入れなくなったと言う。

新製品として売りに出される魔法具は、新たに発掘されたアーティファクトのコピー商品か、既存魔法具と筐体が異なるだけのものがほとんどとのことだ。

極稀に、既存の魔法陣を複数組み合わせて新たな魔法具が生み出されることがあるらしいが、虱《しらみ》潰しに組み合わせてたまたま上手く動いたものに限定される。

そんな状況なので、未知の魔法陣やアーティファクトを使った魔法具を販売する場合は、国に報告する義務があり、秘匿するのは大罪として処罰される。

もし貴族がそれを行った場合は、お家取り潰しになると言うのだから相当厳しい処分だ。

その代わり、十年間の専属利用権が与えられ、その後百年間は魔法陣の使用料を徴収することができる。

現代地球の特許のような制度だ。

「なるほど……。そういう事情があったんですね」

「はい。使い古された魔法陣を使ったもの以外は、そもそも自領以外で作ることも少ないです……こちらでも、少しは属性魔石を組み込んで完成品まで作っているものもありますが、大量に作ることでコストを下げる価格勝負の魔法具か、凝った筐体で価値を高めた貴族向けの高額商品の二択という状況です」

地球における中国や東南アジアのような感じだが、技術を盗んだ時のリスクが地球の比ではないので、逆転することも難しい気がする。

中々ままならないものだなぁ、と勇が考えていると申し訳なさそうにアンネマリーが口を開いた。

「すみません、イサム様。せっかく魔法具に興味を持っていただいているというのに、こんなお話しかできずに……」

「いえいえ!!　そう簡単な話じゃないのは当然ですよ！　それに、魔法陣を描くための道具をより良いものにするとか、組み立ての効率をよくするとか、色々な方法がありますから！　それにはやっぱり、実際に作っているところを見せてもらわないと始まりません！」

考え込んでいたのを落ち込んでいると取られたようなので、慌ててブンブンと両手を振りながら勇がフォローする。

「……ありがとうございます。そうですよね！　やり方は色々ありますよね！　それでは、早速こちらの工房をご案内します。珍しく完成までの工程を一通り行っている数少ない工房なので、魔法具作りがどういうものなのかご理解いただけると思います」

少し表情が明るくなったアンネマリーに案内されたのは、そこそこ大きな石造りの工房だった。

工房の入り口上部には〝メイイェル工房〟という看板がぶら下がっていた。入り口に鍵はかかっておらず、躊躇することなくアンネマリーが扉を開く。

入ってすぐの場所は受付のようだが、今は誰も見当たらない。

四畳半程度のスペースの奥に小さなカウンターとカウンターチェアが二脚、空いたスペースに丸テーブルと椅子が四脚置いてある。

「こんにちは！　エトさん、いらっしゃいますか～？」

人がいないのも気にせず、アンネマリーが奥へと声を掛ける。

エト、というのが工房の責任者なのだろうか？

しばらく待っても返事がないので、アンネマリーが再度呼びかけると、今度は返事が返ってきた。

「誰じゃ。まったく。そう何度も呼ばんでも聞こえておるわい」

お世辞にも機嫌がよいとは言えないセリフを吐きながら、奥から小柄な人物が出てきた。

「すみません、エトさん。お忙しいところ」

「なんじゃ、嬢ちゃんか。いや、すまんすまん、別に忙しくなぞないから問題ないぞ。むしろ嬢ちゃんならいつでも大歓迎じゃ」

訪ねて来たのがアンネマリーだと分かると、エトと呼ばれた男は一転して破顔する。見事な手の平返しだ。

しかしそれ以上に気になるのが、その風貌だった。

身長は小柄なアンネマリーよりもさらに小さく、小学生くらいだ。しかし顔つきは大人のそれだし、口調に至っては割とおっさんくさい。そして、人より二回りほど大きい耳の先がやや尖っている。

「イサム様、こちらが工房長のエト様です。エト様は、ノームと呼ばれる種族の方で、こう見えて百歳を超えてらっしゃるんですよ？」

「こう見えて、とはどういう意味じゃ？　どこから見てもダンディさしかなかろう？　なぁ、そこのお前もそう思うじゃろ？　誰か知らんが」

くすくす笑いながら説明するアンネマリーに対して、嬉しそうに言葉を返すエト。

異種族キタ――、などと思ってやり取りを見ていたら、速攻で声を掛けられる勇だった。

「ええ、まぁ、はい」

急に話を振られて、何とも適当な言葉を返す勇。

「ぷっ……イサム様、無理に肯定されなくても大丈夫ですよ？」

それを見て噴き出すアンネマリー。

「なんじゃそのいい加減な返事は」

エトも呆れ顔だったが、気を取り直してアンネマリーに問いかける。

「で、何用だ？　そっちのイサムとかいうのと関係ある用事か？」

「はい。ちなみに本日は、お弟子さんはもういらっしゃってますか？」

「いんや、今日は昼からだな。今んとこ俺だけだ」

「承知しました。あらためましてこちらはイサム・マツモト様。先日我がクラウフェルト子爵家が正式にお迎えした迷い人様です。まだ街の皆様にはお話ししていませんので、くれぐれも内密に願います」

「!!」

飄々としたエトだが、さすがに迷い人には驚いたようだ。目が点になっている。

「……なんと、まぁ。これまた珍しいモン拾ってきたもんじゃなぁ、嬢ちゃん」

「エト様、イサム様はモノではありませんよ。まったく……」

「はっはっは、わりぃわりぃ。イサムだったか？　俺はこの工房で工房長をやってるエト・メイイエル。聞いての通りノームじゃ」

「初めましてエトさん。イサム・マツモトです。元居た世界で、こちらの魔法具に使われている魔法陣に近いものを作っていたので、ご無理言って工房を見せてもらえないかお願いしたんです」

お互いにごく簡単な挨拶を交わすと、勇は早速本題に入る。

「ほう。そっちの世界にも魔法具があったのか？」

「魔法がなかったので、正確には魔法具ではないんですが、考え方やできることはとてもよく似ていますね。向こうのものは、ほとんど持ってこられなかったんですが、一つだけ身に付けていたものがこれです」

そう言って腕時計を外してエトに手渡す。

「何じゃこりゃ。とんでもなく透明なガラスを使っとるな……。外装は金属だが……鉄じゃあねぇな。それにこの針、どんだけ細ぇんだ……」

「これは、時間を計るための道具なんです。ここに書いてあるのは私の世界の数字ですね。この長い針の一周が、こちらの一鐘とほぼ同じ時間です。一番細い針の一目盛りが、時間の最小単位で、これが一周すると長い針が一目盛り進みます。そして長い針が一周すると、短い針が数字一つ分進みます。で、短い針が二周で一日になるようになってます」

「なるほど……。それぞれの針が全部連動しとるのか。しかもずっと動き続けとる……。この顔みてぇのは何じゃ？　これだけ雰囲気が違うようじゃが……」

「これは月齢と言って、夜空に出る月の満ち欠けの様子を表してます。向こうでは、大体三十日で一回りしてましたね」

勇がしている時計は、マリー・アントワネットも顧客だったという高級時計メーカーのものだ。

ムーンフェイズという月の満ち欠けを表す窓と、ゼンマイの残りを表すパワーリザーブ・インジケーターが付いている。シンプルながら綺麗な青い針に一目惚れして数年前に衝動買いした、人生で一番大きな買い物である。

ちなみにお値段は、そこそこな日本車が新車で買えるくらいだ。

結構な高給取りな割に、釣りと織姫くらいしか趣味がなかった勇は、これをキャッシュで買っても大丈夫なくらいの蓄えはあったのだ。

「はぁ……大したもんじゃな、コイツは。どういう原理かは分からんが、とんでもねぇってことだけは分かる。あんがとよ、良いもん見せてもらったわい」

完全に職人の目で時計を観察していたエトが、良い笑顔で時計を勇へ返す。

「嬢ちゃん、俺のとこに来たってことは、一通り全工程を見るってことでいいんじゃな?」

「はい。まずはどうやって魔法具が作られているか、通して見ていただくのが一番良いと思いまして」

「分かった。つっても、あんなもんを見せられた後に見せるのも気が引けるが……。まぁええ。今この工房ではな、手持ち式の光の魔法具を作っておる。これじゃな」

そう言ってカウンター下から魔法具を取り出す。見た目はカンテラのようだ。

正面だけがガラス張り、背面と側面は金属板で覆われた筐体内に乳白色の石がはめ込んであり、その周りに模様が描かれていた。

背面側には手で持てるよう取っ手が付いており、スイッチのようなものが一つついていた。

「これは、警備兵や冒険者が夜警に使うための灯りじゃ。魔法カンテラと呼ばれておる。仕組み自体は魔法具の中でも極めて単純じゃ。光の魔石から取り出した魔力をそのまま光の魔法にして光らせとるだけじゃからの。魔法具の基本みたいなもんじゃな。まずはコイツの工程を見て、勉強するのが良かろう」

モノ作りはシンプルな基本から。世界が違っても、これは不変の定理のようだ。

そう言えばプログラムを初めて勉強した時は、多くの学習書に最初に書いてある基本中の基本、〝Hello world〟って画面に表示したなぁ、などと勇は思い出していた。

「まずは、魔法陣を描くところからじゃな。魔法インクで模様を描くことができりゃ、土台はまぁ何でもええ。薄い金属か木の板なんかが使われるのが一般的じゃろうな。で、コイツが魔法インクじゃ。粉にした魔石を、偽銀液に混ぜ合わせてある」

「偽銀液?」

「ああ。銀と付いとるが別に銀を溶かしたものではない。河原の砂の中やら石を割った中やらには、偽銀っつう金属が割と含まれとる。少し熱してやるとすぐ溶けるんじゃがな、どういうわけかコイツに魔石の粉を混ぜると、冷えても液体のままになる。そいつをインク代わりに使っとるわけじゃな。で、面白いのが、この魔法インクは魔力を加えてやると、一気に固まるんじゃ」

そう言いながら、エトは板の切れ端に魔法インクでサラサラと簡単な花の絵を描き、手をかざす。

勇の目には、エトの手から透明な魔力の光が生まれ、花の絵に吸い込まれていくのが一瞬見えた。

「ほれ、このとおりじゃ」

エトが板の切れ端を逆さ向きにして、インクが完全に乾いていることを示す。

勇も触れてみるが、アルミホイルを貼ったような手触りはあるものの手に付いたりすることはなかった。

「へぇ、これは面白い性質ですね。込める魔力は少しで良いんですか？」

「ああ。魔力量が十もありゃあ余裕じゃな。で、一度固まると、もう一回魔力を込めても何も起きんし、よっぽどの高温じゃない限り再度溶けることもない」

エトの話によると、魔法陣は、魔石の粉が正しい図形状に配置されていれば動くらしい。

なので、必ずしも魔法インクを使う必要はない。

ただ今のところ、これ以上に便利な代替品は存在せず、魔法インクに欠点があるわけでもないので、ずっと使われ続けているとのことだ。

「次は実際に魔法陣を描く工程じゃな。俺はもう飽きるくらいこの魔法陣を描いてきたから覚えちまってるが、普通はこの見本を見ながら薄めた普通のインクで下書きする。その下書きの上から魔法インクでなぞって完成じゃ。まずはちゃんと下書きができるようになって、職人としてはようやく半人前ってとこじゃな」

エトが見せてくれた十五センチ四方程度の木の板には、うっすらと模様が描かれていた。

色が薄く何が描いてあるかはよく見えないが、細かい記号のようなものが集まって大きな模様を形成しているようにも見える。

するとエトは、先ほどのペンと魔法インクで手際よく模様をなぞっていく。大学時代に漫画家デビューした友人がいたが、その友人が原稿にペン入れをしているのに似ていた。

下書きの上に迷いなくペンを走らせる様は、まさに職人技だ。

「まぁ、こんなもんだな」

ものの数分で、銀色に輝く十センチ四方の魔法陣が描きあがり、先ほどのように魔力を込めて定着させた。

「で、コイツの場合はこの部分に光の魔石を定着させる。魔石の定着も魔法インクを使うんじゃ。魔法陣を描いたやつよりちょっと濃い、魔石用のインクじゃな」

そう言ってエトは、直径二センチほどのやや白っぽい魔石に魔法インクをひと塗りすると、魔法陣の右上あたりに置いて定着させた。

「これで、光る部分の基板は完成じゃ。ただ、魔法具はこれだけでは動かん。起動用の魔法陣、起動陣を組み合わせないと、何故か動かんのじゃ」

そして今度は、十センチ四方ほどの一回り小さな基板を取り出す。

「こいつが起動陣じゃ。こっちは機能陣のように種類は多くない。俺が知ってる限りだと、せいぜい十種類くらいじゃな」

「へぇ、そうなんですっっ!?」

そして勇はそれを見て息を呑む。魔法陣を凝視して動かなくなってしまった。

「おいおい、大丈夫かイサム？」

「え、ええ、大丈夫です。さっきの魔法陣とは大きさも形も違うのでビックリしちゃいまして……」

「まぁ確かに、だいぶ違うわなぁ」

「ええ。あと、こちらはすでに魔法インクで描いたものがあるんですね」

少し心配そうに見てくるアンネマリーに小さく頷きながら、勇はエトに質問を投げかける。

「種類が少ないから、ある程度魔法陣を描いた状態で取っておいてあるんじゃ。弟子の練習にもちょうどいいしの。あとは無属性の魔石を取り付けるだけじゃな」

そう言ってエトは、直径二センチほどの小さな透明の魔石を取り出す。

「で、ここにこいつを定着させる、と。これで基板は完成じゃ。後は、筐体に基板を組み込めば、魔法具の出来上がりじゃが、組み立てる上で一つ注意点がある」

「注意点ですか??」

「ああ。機能陣と起動陣を、決まった場所で繋げる必要がある。この魔法具だと、機能陣の右下と起動陣の左上じゃな。ここを繋げるようにして組み立てる必要がある。逆に言えば、ここさえ繋げちまえば基板は起動する」

こんな風にな、と言いながらエトはむき出しのままの基板に埋め込まれた無属性魔石に触れた。

フォンという音がして僅かに無属性の魔石が光ったかと思うと、その光は起動陣を一瞬で伝い機能陣へと向かう。

機能陣に光が到達すると、今度は光の魔石が淡く発光し、ついには機能陣の中央部分から直径五センチ程度の光球が浮かび上がった。それを見た勇が好奇の眼差しを向ける。

「おおぉぉ……。すごい、これが魔法具……」

感嘆の声を漏らし、なおもキラキラした目で見続ける勇を、エトがこれまた嬉しそうに見ていた。

「なんじゃ、嬉しそうな顔しおって。そんなに気に入ったのか？」

「ええ、そりゃあもう。魔法具って、魔法陣自体がこんなに綺麗だったんですね……」

「はっはっは、変わった奴だなイサムは。そんなに気に入ったんならコイツはそのまま持ってけ！

あんまり長時間は光らねぇが、しばらくは楽しめるはずじゃ」

「いいんですかっ!?」

エトの提案に勇が食いつく。

「おう。この領地へ来た祝い代わりじゃ。持ってけ!!」

「ありがとうございます!!」

「おう。そうだ、消すときはもう一回この魔石を触るだけじゃ」

そう言ってエトは無属性の魔石に触れ、灯りを消した。

「これが起動と停止の切り替えになってるんですね」

「そう言うこった。嬢ちゃん、今日のとこはこんなとこでいいか？」

「はい。お忙しい中ありがとうございました」

アンネマリーが小さくペコリとお辞儀をする。

「いいってことよ。しかし面白れぇヤツ連れて来たもんじゃな。イサム、興味があるならいつでも遊びに来い！　時間がありゃまた色々みせてやる」

「はい。ありがとうございます！」

勇も勢いよくエトにお辞儀をする。

そして、お土産にもらった基板を袋に入れてもらうと、二人はエトの工房を後にした。

帰りの馬車に乗り込むやいなや、興奮気味にアンネマリーが勇に問いかける。

「イサム様、先ほど驚かれていたのはもしかして……？」

「ええ。起動陣の方だけですが、何かが書いてあることが分かりました。まだ詳しく内容を理解できているわけではないんですが、この魔法陣、ただの模様じゃないです。なんらかの法則を持って書かれた言葉の集合体ですよ」

「っっ!?」

「明日からしばらく、これの解読に取り掛かろうと思います。どういうわけか機能陣の方は読めないというのも気になるところですし……」

勇はそう言って先ほど貰った基板を袋から取り出すと、眩しそうに目を細め愛おしそうな眼差しを向けた。


館に戻った勇は、アンネマリーと昼食をとると、早速魔法陣の解読作業に取り掛かる。

勇に与えられた部屋には、寝室のほかにリビングとミニキッチン、そして小さな書斎までついていた。

最初はリビングで始めたのだが、一人で使うには広すぎて落ち着かず、今は書斎に籠る形となっている。アンネマリーには、他に見ることができる魔法陣がないか探してもらっていた。

勇は、エトからもらってきた起動陣と機能陣を並べて、あらためて見比べてみる。

「う～ん、やっぱり機能陣は、どういう意味なのか全く分からないな……。何かが書いてあることまでは分かるけど、意味が分からない。同じように魔力が流れると魔法が起動するのに、何の違いなのかサッパリだ……」

エトの工房で見た時と同じく、やはり機能陣については何が書いてあるか分からなかった。

なので、ひとまず起動陣の解読に集中することにする。

「で、どう考えてもこれ、スクリプトだよなぁ。いや、文字より記号に近いからフローチャートか？」

二時間ほど集中して読み解いた勇の結論は、〝起動陣はスクリプトである〟だった。

「これを見ると、魔石をはめた瞬間からすでに待機状態で魔法具は起動してるんだな。で、これが魔石に触れた時の状態を判別する判定式で、こっちが魔石から魔力を吸い出す命令か。そして吸い出した魔力を機能陣に渡す、と。機能陣側でどう使われてるのか分からないけど、引数みたいなものか？　まぁ機能としては恐ろしくシンプルなプログラムだなぁ。命令が少なすぎるから、これ単体ではいかんともしがたいか……」

比較対象や、もう少し手本となる魔法陣がないと、これ以上の解読は無理だと結論付ける。

休憩を兼ねた経過報告と他の魔法陣の入手状況確認のため、勇が書斎から出ると、リビングには織姫に赤ちゃん言葉で話しかけているアンネマリーがいた。

「おーよしよし、オリヒメちゃんはかわいいでちゅね〜〜」

「……」

こちらに背を向けたまま織姫に話しかけるのに夢中なのか、勇が書斎から出てきたことにアンネマリーは気付いていない。

織姫は勇が部屋から出た瞬間に気付いていたが、できる女なので、一瞬耳だけ勇の方に向けた後はされるがままになっている。

「そうでちゅか〜、のどが気持ち良いんでちゅか〜。そ〜れもふもふもふもふ〜〜」

「………」

絶好調である。

さすがにそろそろ限界と感じたのか、織姫が香箱座りを解いて立ち上がり、勇に向かって「にゃ〜ん」と鳴いた。

「あら〜、どうしたんでちゅっっ!!!」

なおも気付かなかったアンネマリーは、織姫の見ている方へ振り返って絶句した。

「いいいい、いさ、イサム様、いいいいい、いつからそこに⁇」

やたらと〝い〟が多い。

「つい先ほどです」

「そそそそ、そうですか。そそそ、それでどうされましたか？」

今度は〝そ〟が多くなった。

「ええっと、起動陣の解読が一通り終わりまして。ちょっと他の魔法陣と比べたいなと思いまして」

ここは自分の部屋で、魔法陣の解読をすると宣言していたのになぁと思いつつ、慌てふためくアンネマリーを見ながら勇は答える。

「そ、そうでしたねっ!? というか頼まれていた他の起動陣の写しがあったので、見ていただこうと持って来たんでした……」

「おぉ、そうだったんですね。助かります」

どうやらちゃんと依頼をこなしたうえで、最後の最後で織姫トラップにかかったらしい。

まるでゴール一マス前にある十回休みくらいえげつないトラップだ。

「じゃあ、お茶でもしますか？　休憩も兼ねて、報告しようと思っていたところだったので」

「良いですね。カリナ、お茶の準備をお願いします」

「かしこまりました」

部屋の隅の方で待機していたカリナが、軽く礼をしてからお茶の準備に取り掛かった。

「へぇ、この起動陣にそんな意味があったんですね……」

「はい。ただこれは、本当に一番シンプルな起動陣なんだと思います。何の条件も調整もしてないですしね。なので、他のものと見比べてみたくて」

「そうなんですね。屋敷の資料室を軽く探したところ、起動陣の写しが二つ見つかったのでお持ちしました。探せばまだ出てくるかと思いますので、この後また探しに行ってきますね」

「ありがとうございます。私は早速、いただいた起動陣も解読してみます」

三十分ほどの休憩を終えると、それぞれまた自分たちの作業に戻っていった。

アンネマリーから新たにもらった二つの起動陣の解読を始めて三時間ほど。

勇は自分の腹の音で我に返った。空腹を忘れるくらい没頭していたようだ。

「ん～～、一口に起動陣と言っても色々なパターンがあるってことかぁ。そう考えると、最初に一番シンプルなのが見られたのは良かったのかもしれない。やっぱり〝Hello world〟からだなぁ」

軽く伸びをしながら、勇が独り言ちる。

アンネマリーが持って来てくれた起動陣は、エトからもらったものと比べると随分複雑なものだった。

判定式や制御式が使われており、なんと魔力の量も数値化されていた。

「これは思ったより予約語に種類がありそうだな……。スクリプト言語っぽいと思ってたけど、もっとしっかりしたプログラム言語だ。オブジェクト指向っぽくはないけど、判定式があるんだ。最低でも変数とGOTO文みたいなものはあるんじゃないか？　関数とかがなくても、その二つが発見できれば、一気に視界が広がるぞ」

勇の第一印象は少し覆り、簡易プログラムともいうべきスクリプト言語ではなく本格的なプログラム言語に近いと考えをあらためる。

ちなみに判定式とは二つ以上の数値を比較して処理を分岐させるもの、変数は色々な数字や文字を入れておく入れ物で、GOTO文はプログラムの任意の場所に処理を移動させる命令だ。いずれもプログラムを作る上で基本かつ非常に重要な要素である。

起動陣を目で追いつつ、勇は初めてプログラムを学んだ時のことを思い出していた。新しい命令を覚えて、次々とできることが増えていったあの頃。それが楽しくて寝食を忘れ没頭し、親に何度も怒られていたあの頃。

「ふふふ、まずは徹底的に起動陣をいじってみるか。今解ってる命令だけでも、何か改良できることがあるはずだ」

アンネマリーから提供された起動陣の解読を終えた勇は、今ある起動陣の改良作業に着手した。ルドルフに頼み、無属性の魔石をいくつかと魔法インク、魔法陣を描くための基板を用意してもらう。

「そうだ、ルドルフさん。この魔法カンテラって、気になる点とかってありませんか？」

そして着手前に、まずは使用者の話を聞いてみることにした。

「気になる点でございますか？　そうですね……こういうものと思って使っておりますので……。強いてあげるなら三点ですね。ひとつは大きくてかさばること。もう少し小さく軽くなれば有難いですね。ふたつ目は、明るさの強弱が付かないこと。明るいので夜警には良いのですが、それ以外では明るすぎて少々扱いづらいのです。そしてみっつ目ですが、あまり長持ちしないことです。無属性の魔石の消耗が激しくて、二晩程度で石を入替えねばならないのが、少々煩わしいですね。もっともみっつ目は、そのおかげで魔石が売れるので痛し痒しでございますが……」

少々苦笑しながらルドルフが気になっている点を教えてくれた。

「ありがとうございます。どうにかできないか、ちょっと色々試してみますね！」

そういうと勇は、早速基板に魔法陣の下書きを始めるのであった。

「重さと大きさについては、機能陣側をどうにかしないと焼け石に水だなぁ。まぁこのやたら無駄の多い起動陣だけでも十分の一くらいの大きさにはできるけど、魔石はめる所がないと駄目だから限界があるし……」

ぶつぶつと呟きながら、構想を練っていく。昔からアルゴリズムを考える時は、言葉にすることで客観視できるような気がして、呟きながらやるのが癖になっていた。

「明るさについては、ひとまず機能陣へ供給する魔力を減らして明るさが変わるか試してみよう。それで変わらなければ、起動陣側からのコントロールはちょっと難しいと判断するしかない。まぁ、無属性魔石の寿命は延びるだろうから、問題ないけどね」

そうして方針を決めた勇は、下書きに着手した。

まずはやたらと無駄な言葉や分岐が書かれている部分を削っていく作業だ。

「そもそもなんでこんな無駄を？」

勇が困惑するのも無理はない。

プログラムでいうところのコメントのようなものや、全く機能していない条件式のようなものが書かれており、必要な部分は十分の一にも満たないのだ。

ちなみに、コメント部分についてはコメントであることは分かるのだが、書いてある内容までは理解できなかった。

条件式のほうは、意味の有無にかかわらず内容が分かるところを見ると、スキルで分かるのは、いわゆる〝予約語〟にあたるものに限られるのかもしれない。

「いや、待てよ……？　これ、そもそも内容的な意味なんてないんじゃないか？　見た目のため……？　アスキーアートみたいなものなんじゃ……？」

そういう目線で見てみると、何かしらの模様を形どっているようには見える。それが何を表しているかまでは分からないが……。

「確か、たまたま動く形で発掘された奴を参考にしてるって言ってたけど、土産用の奴とか、誰かが悪ふざけで作った奴が交ざってるんじゃ⁇」

道具と言うのは、性能を追求していくと、基本コンパクトになっていく。

使いづらいサイズにしても仕方がないので、外観の大きさは必要以上に小さくならないが、内部は原価低減のためにもどんどんシンプルになるものだ。

それはこの世界でも同じなはずだ。なにせコストの概念はきちんとあるのだから。

であれば、この起動陣は無駄に意味があるはずだ。もしくは無駄のあることが仕方がないものなのだろう。

もっとも、それがどういうものだったのか知る由はないので、どうしようもないのだが……。

次は、無属性の魔石から供給される魔力の量を減らす工夫に取り掛かる。

魔法カンテラの起動陣は、スイッチオンと同時にデフォルトの威力で魔力を吸い上げ続ける極シンプルな仕組みだ。対して、アンネマリーに見せてもらった起動陣には、明確に魔力の量を数値化して吸い上げているものがあった。

それを魔法カンテラの起動陣に組み込んでみることにする。

「デフォルトがどれくらいの数値なのか分からないからなぁ……。ひとまず何パターンか作って、実験してみるか。しかし、よもや十六進数が採用されてるとは思わなかったなぁ」

この世界も、通常使われているのは十進数だ。地球と同じく片手の指が五本なので、そうなるのだろうか。しかし魔法陣で使われている数字はまさかの十六進数だった。

十六進数は、コンピュータの世界でよく使われる数字で、16で桁が上がる数字だ。9までは普通の十進数と同じだが10では桁が上がらずAとなり、16になって初めて桁が上がり10となる。

「良かったよ、二進数と十六進数を勉強しておいて。さて、まずは魔力量16くらいから試してみるかな……」

アンネマリーが見せてくれた起動陣のひとつは、機能陣に送る魔力を二つに分割するタイプのものだった。それぞれ魔力量が異なっており、小さい方が16、大きい方が48という数値だったので、その小さい方に合わせた形だ。

「ヨシ、これで魔力量が足りてれば動くはずだ」

記念すべき勇の魔法陣第一号は、三センチ四方に収まる非常にコンパクトなものだった。

魔石を埋める都合上基板自体は五センチ四方くらいあるが、魔法陣自体は非常に小さい。

機能陣へ魔力を送り込む部分を接続して、いよいよ起動実験を行ってみる。

「さーて、どうなることやら」

ワクワクしながら起動スイッチ代わりになっている魔石に手を触れる。

元となった魔法陣と同じように、無属性の魔石が淡い光を放ち、その光が魔法陣を伝って機能陣へと流れ込んだ。

そして……

「おおっ！　光った!!　成功だ！！！」

一発で成功するとは、中々幸先が良い。

「よし。じゃあ、最低いくつで動くのかを試すか……」

そして魔力量1から順番に数字を上げていく地味な作業に没頭すること一時間。

勇は最低起動魔力量が11であることを突き止めた。

「よしよし。これで後はどの程度魔石の持ちが変わるかだなぁ。明日もう一度エトさんの所に行って、何台か組み上げてもらおう。それと、デフォルトだとどの程度の量なのかも実験したいから、もう少しパターンを作って放置実験してみるか」

勇は、放置実験用として数値を変えたいくつかの基板も用意しておく。

「ふふふ、明日が楽しみだなぁ」

出来上がった基板を並べて嬉しそうに眺めていると、書斎のドアがノックされた。

「はい！」

「イサム様、夕食の準備が整いましたので、お手を止めていただくことは可能でしょうか？」

呼びに来たのはカリナだった。

もう夕食の時間とは……。恐ろしい速さで時間を溶かしたものだ。

この辺りも初めてプログラムを学んだ時と同じだなと苦笑しながら返事をする。

「はい、ちょうどキリがついたところだったので、すぐに伺いますね。ありがとうございます！」

「承知しました」

勇は返事をすると、解読の結果と実験の結果を引っ提げて、足取りも軽くダイニングへと向かって行くのだった。

「えっ!?　起動陣に何が書いてあるか分かったの!?」

夕食が始まり、今日何をしていたのかの話から自然と起動陣の解読に成功した話をしたところ、ニコレットは目を丸くして完全に食事の手が止まってしまった。

あ、フォークからブロッコリーが落下した……。

「ええ。何故か機能陣は何が書いてあるかサッパリなんですが、起動陣は読めたんです。アンネマリーさんに二つ別の起動陣も見せてもらったんですが、そちらも読めました」

まるで初めて泳げたことを嬉しそうに話す子供のような笑顔で勇が話をする。それを聞いているアンネマリーもニコニコと嬉しそうだ。ひとり心中穏やかではないのがニコレットだ。

「そ、そうなのね……」

（いやいや、軽く言ってるけど、何百年も誰も解読できなかったのよ？　それをまぁ、こんなにあっさりと……。これは思ったよりも早く隠せなくなるわね。対策を前倒ししないと……）

迷い人である勇を、クラウフェルト家が保護したことは全貴族に知れ渡っている。

それればかりでなく、フェルカー侯爵家が譲ったこと、どんなスキルを持っていて、どんな能力値なのかまでも。

そうなると、クラウフェルト領で何かこれまでとは異なることが起きた場合、迷い人である勇に端を発するだろうと予測するのは簡単だ。

ましてやその変化が、勇のスキルの効果だと予測しやすい魔法に関することだった場合、さらに確信を深めることができる。自分から譲ったフェルカー侯爵家など、何を言ってくるか分かったものではない。

プライドの塊のような貴族だが、実利のためであれば簡単にそのプライドを投げ捨てられるのもまた貴族だ。勇の真価が露見した場合のことを想定し、ニコレットは思考を巡らせる。

そんなニコレットの苦悩を知ってか知らずか、勇はさらに爆弾を投下していく。

「それで早速、新しい起動陣を作ってみました。ルドルフさんから、大きいのと燃費が悪いのが問題だと聞いたので、一応それを改善するのが狙いです」

「ブフッ!!」

「まぁ！　さすがイサム様ですわ!!　もう新しい起動陣を作られてしまうなんて!!」

無邪気にいう勇に、ニコレットは飲んでいたワインを吹き出してしまう。白ワインだったのが不幸中の幸いだ。赤だったら大惨事になっていただろう。

アンネマリーは変わらず手放しで喜んでいる。

「げほげほっ、ちょっと待って頂戴。聞き間違いかしら？　今新しい起動陣を作ったって聞こえたのだけど？」

「いえ、間違いではないですよ。新しい起動陣です。こちらですね。すでに起動実験もして、魔法カンテラが起動することを確認してますよ」

そう言って足元の箱の中に入っていた新しい起動陣を組み込んだ魔法カンテラの基板を取り出す。

何か持ってきていると思ったら、まさかの新しい起動陣だったとは……。しかもすでに起動確認済みとは恐れ入る。

しかし人類長年の夢を具現化したと言って良い代物が、よもや粗末な箱の中に無造作に入っているとは、神様でも思うまい……。

事実を受け入れるしかない、と分かったニコレットの切り替えは早かった。

「随分と小さくなったわね」

「はい。筐体と機能陣がそのままなので、すぐに小型・軽量化は無理かもしれませんが、半分くらいのサイズにはできる可能性があります。まぁ、小さくなったのは無駄を省いたことによるついでみたいなもんですけどね」

「……。ついでで半分のサイズにされたらたまったもんじゃないわよ、全く。で、燃費の方はどういう理屈なの？」

「そっちはまだ稼働時間実験が終わっていないので何とも言えないのですが……これまでの起動陣は、魔力量を全く考慮せず魔石から吸い出していました。別の起動陣に、たまたま魔力の量を指定して吸い出すプログラム、いえ回路が書かれていたので、それを応用しました。ただ、何の指定もせずに吸い出した場合にどれくらいの量が吸い出されているか分からないので、明日両方を比べる実験をするつもりです。あ、一応起動可能な最も少ない魔力量を調べてあるので、短くなることはないと思います」

「またとんでもないことをサラッと言ったわね、あなた……。起動陣によって魔石の寿命が違うことは分かっていたけど、その原因は謎だったの。まずそれを解き明かしただけでとんでもないのに、魔力の量を調整できるようになったって……。しかも起動する最低魔力まで突き止めて……。こんなこと、他の貴族や王家に知られたらとんでもないことになるわよ？　絶対他言しちゃダメよ。アンネもよ？」

「分かりました」

「はい、もちろんです」

「あ――、でもそうなると……」

何かに気付いたのか、勇のテンションがみるみる下がっていく。

「どうされましたか？」

心配そうにアンネマリーが尋ねる。

「いや、明日もエトさんのところで実験するつもりだったんです……でも、他人に知られたらダメとなると、それも無理ですよねぇ」

「そうね……エトは信頼がおける人物だから問題はないけど、弟子もいる中で実験するのはあまりに不用心すぎるわ」

「ですよねぇ……」

さらにテンションが下がっていく勇。

「お母様、どうにかならないのでしょうか？」

「そうねぇ。イサムさんの可能性を潰すようなことはしたくないから、好きなだけ実験はしてもらいたいのよね……」

アンネマリーのお願いに、しばし考え込むニコレット。

「アンネ、明日の朝一でエトのところへ行ってらっしゃい。明日までに書状を書いておくから。それを持って行って、エトに館まで来るように伝えて」

「分かりました」

「あとはルドルフ。裏庭に今は物置にしている離れがあったでしょ？　あそこをすぐに使えるようにしてちょうだい」

「かしこまりました。中の物はいかがいたしましょうか？」

「ひとまず別の倉庫に突っ込んどいて。仕分けは後でいいわ。仕分けに時間を使うくらいなら、離れの準備を優先して。力仕事用に騎士団からも人を出させるわ」

「承知いたしました。ただいまより早速準備に取り掛かります」

「お願いね」

ニコレットがテキパキと指示を出していく。その様は流石子爵夫人だ。

ぽかんと見ていた勇だったが、我に返る。

「え――っと、エトさんを呼んで離れを使えるようにするということは……？」

「ふふふ、そうよ～。もうここに、あなた用の工房を作っちゃうわ。で、顧問としてエトを雇うわ。ウチの領地に彼以上に魔法具に詳しい人はいないから」

勇の質問に、片目をつぶりながら楽しそうにニコレットが答える。

「え？　私専用の工房⁉　いいんですかっ⁉」

「良いも悪いもないわ、当然のことよ。そこで好きなだけ研究しなさい。で、ある程度研究したら、計画を立てましょう」

「計画ですか？」

「そう、計画。読めないと言っていた機能陣の研究もそうだし、他の魔法具をとにかく全部手に入れてバラしても良い。冒険者に頼んでアーティファクトを取ってきてもらって、それを研究するのも良いわね。とにかく、足りないものや必要なことをリスト化して、何をやるか決めましょう。そうすれば、同時に色々動かすことができるから、一気に研究も進むはずよ。まぁ、最初はそのとっかかりを作るためにも、手元にあるものを徹底的に調べることになると思うけど」

「ありがとうございます！　確かにＴｏＤｏリストは作ったほうが良いですね。あ、ＴｏＤｏリストと言うのは私の国の言葉でやることリストみたいな意味ですね。少しでもお役に立てるように頑張ります！」

　勇の目に再び光が灯った。

「お礼を言うのはこっちのほうよ。と言うか、すでにとんでもないお土産をいくつももらってるのよ？　今の調子で、好きなようにやって頂戴。多分、それが一番あなたにとっても私達にとっても良い結果に繋がるはずよ」

「分かりました！」

「あ、でも最初の頃だけは、午前中は旧魔法について、午後から魔法具の研究をお願いしても良いかしら？」

「はい、もちろんかまいませんよ。私も魔法はちゃんと使えるようになりたいですしね」

「ありがとう。ウチの中に早く旧魔法を普及させたほうが良さそうだから、助かるわ。あ、夜は好きなことをしてて良いわ。そのかわり朝食だけは皆で一緒に取るように。寝坊しちゃだめよ？」

「はい！」

「イサム様、良かったですね！　明日からも魔法を教えてくださいね！」

「こちらこそ。教えてもらうことは、私の方が多いですし、これからもよろしくお願いします！」

「はい。お互い頑張りましょう！」

　後年振り返った時に気付いたことだが、勇の異世界での運命は、この日この時をもって完全に決定付けられたと言える。

　それはこの世界初の〝魔法エンジニア〟誕生の瞬間であり、忘れ去られた〝魔法理論《マギ・アルゴリズム》〟復活の瞬間でもあった。


翌朝、朝食をとると、アンネマリーは書状を携えてエトの元へと向かった。

「おはようございます。エトさん、いらっしゃいますか？」

相変わらず入り口に鍵はかかっておらず、アンネマリーも躊躇せず中へと入っていく。

「なんじゃ、嬢ちゃんか。二日連続とは珍しいな。昨日のイサムとやらは一緒じゃないのか？」

昨日とは違い、すぐにエトが出て来た。

「連日すみません。今日は領主の遣いとして来ています。まずはこちらの書状を確認ください」

「なるほど……頂戴しよう」

アンネマリーから渡された書状をエトが確認していく。そして文章の最後の部分でその動きが止まった。

「おい、ここに書いてあることは本当か？」

鋭い視線でアンネマリーを見る。

「はい。間違いありません。ただ、全てでもありません」

「何？」

エトの目が、さらに鋭さを増す。

「ここではお話しできない、書面にもできないこともある、とだけ」

ニコレットから託された書状には、クラウフェルト家の敷地に直営の工房を立てること、そこの主任研究者に勇を立てること、工房長にエトを抜擢したいことが書かれていた。

そして最後は、新しい起動陣が見つかったかもしれない、と締め括られている。

これだけでも驚きの内容なのだが、まだ続きがあるとは……。

アンネマリーの言葉にニヤリと笑うエト。

「良かろう。この話、受けさせてもらう。じゃが、流石に全部ほっぽり出してすぐに行くわけにもいかん。当面、午前はこっち、午後はそっちに顔を出すのでもかまわんか？」

「はい。もちろん問題ありません」

「助かる。では、早速今日の午後からそっちへ顔を出そう。どうせ工具も何もないじゃろ？　最低限の物だけまずは持って行ってやるわい」

「お見通しですか……。ありがとうございます」

「昨日からの流れを考えるとな……。大方昨日の夜にでも急遽決まったんじゃろ？　他に持ってくもんはあるか？」

「昨日の魔法カンテラの機能陣を、いくつかお願いできないでしょうか？　それと、魔法カンテラ以外の魔法具もいくつか」

「分かった。何に使うかはそっちに行ってから聞くことにしよう。じゃあ俺は早速引継ぎに取り掛かる。また午後にな」

エトはそう言うと工房の奥へとさっさと行ってしまった。

数秒して、「えええええ～～～～～！！！」と言う弟子たちの見事な斉唱が聞こえてくる。

アンネマリーはくすりと笑い、工房を後にした。


一方館に残っていた勇は、自身の魔法の練習をしながら、騎士団から選抜された魔法が得意なメンバーに旧魔法を教えていた。そこには、王都からの護衛にも加わっていた、リディルとマルセラの顔もあった。

「えっと、風刃《ウインドカッター》は〝見えざる刃よ、風と共に刈れ〟ですね」

「分かりました、やってみます！」

風刃《ウインドカッター》は、風属性の基本攻撃魔法のひとつで、火や水の魔法と比べて周囲への影響が少ないため、よく使われている。

『ミえざる刃よ、風とトモにカれ。風刃《ウインドカッター》!!』

まずはリディルが、言葉の意味を聞き、イメージを膨らませて魔法を唱える。

一陣の風と共に的に向かった不可視の刃が、的に深い傷をつける。

「おいおい、本当かよ……三割は威力が上がってるぞ」

自分で撃っておきながら驚いて的を撫でているリディルに、勇が声をかける。

「どうですか、リディルさん。威力上がりましたか？」

「はい、イサム様。間違いなく威力が上がっています。凄いですね、これは……」

「それは良かったです。アンネマリーさんしか試していなかったので、他の人でも効果があるのか不安でしたが、大丈夫そうですね」

そう言いながら、ほっとした表情を見せる勇。

「イサムさまーーっ！　次は私が行きますねーーっ!!」

今度はマルセラが撃つらしい。射撃位置から大きな声がかかった。

「分かりましたー。すぐ下がりますね～」

その声に勇も大声で答えながら、安全な所まで下がり、手を振ってマルセラに合図を送る。

『見えざる刃よ、風とトモにカれ。風刃《ウインドカッター》!!』

勢いよく振り下ろされた腕から、透明な刃が的へと向かっていく。取り巻く風が、先ほどのリディルのものより強い気がする。

そして、ざんっ、と言う音と共に的が斜めに切断された。これまた撃ったマルセラが、驚きのあまり固まってしまった。

「……凄い。多分一・五倍は威力が上がってますよ、コレ」

「おい、マルセラ！　お前どんなイメージで撃ったんだ？」

自分より威力が上がっていそうなのを見て、リディルがコツを聞き出そうとする。

「えーっとですねぇ。透明な鎌みたいなのが、ぶわーっと吹いてる風と一緒にびゅーんって飛んでって、ズバッと切る感じ!!」

「……。お前に聞いた俺が馬鹿だったよ」

「えーーっ！　なんですか、それ？　ものすごく分かりやすいじゃないですか!!」

どうやらマルセラはかなりの感覚派のようだ。しかし難しく考えない分、相性が良いのかもしれない。

ひとまず理論派のリディルに対しても一定以上の効果があることが判明したことと、感覚派はハマれば凄そうなことが分かったので今日の実験は良しとした。

その後、勇も自身の魔力操作の精度を上げようと練習するが、一日やそこらで目に見えて上達するはずもなく昼食の時間となった。


エトの工房から戻ってきていたアンネマリーと共に昼食をとると、二人は工房となる予定の離れを見にきていた。こちらもこの街では珍しい、レンガ造りで二階建ての立派な建物だ。やや古そうではあるが、その分頑丈そうである。

離れといいつつも建築面積で三十坪はありそうな総二階なので、現代日本で言えば普通に二世帯住宅レベルの立派な屋敷だ。

「すごい……綺麗に片付けられてる……」

倉庫時代を知っているであろうアンネマリーが、中を見て驚いている。

「ホントだ。元倉庫にはとても見えないですね」

玄関を入るとちょっとしたホールがあり、二階への階段と扉がいくつかあった。

その中でも両開きの大きな扉を開くと、リビングダイニングとして使う想定なのか、暖炉のある広い部屋があった。

隣にはキッチンとして使うのであろう竈《かまど》が付いた部屋がある。

「ここをメインの工房にする感じかなぁ……？」

「そうですね。棚や機材を置くことを考えると、ある程度の広さは必要なので、ここが最適かもしれませんね」

勇の意見にアンネマリーも同意のようだ。

「やっぱり一階の広い部屋を工房にして、それ以外の部屋は倉庫にする感じが良さそうですね」

「そうですね。そして二階はイサム様の書斎兼執務室、休憩室、資料室あたりでしょうか？」

「住み込むわけではないので、そういう感じになるのかな？　というか、かなり贅沢な使い方じゃないですか、これ!?」

「どうせ倉庫として使っていましたし、その倉庫もほとんど開けることもありませんでしたから……。逆に生きた使い方ができて良かったと思いますよ！」

「だったら良いんですが……」

流石は貴族だ。元倉庫とは言え、この広さの家屋を丸々ぽんと提供してくれることに恐れ入る。

「思ったより綺麗に片付いていたので、早速機材やら素材やらを運び込まないといけないですね」

「そのことですが、この後エトが最低限必要なものを持ってくる、と言っていましたので、ひとまずそれを使えばよいかと。使っていく中で足りないものが出てきたら、都度買い足しましょう」

「あ、エトさんが持ってきてくれるんですね。それは有難いですね」

「本人が楽しそうにしていましたから。しばらくは午前は自分の工房、午後からはこちらへ来てくれるそうです」

そんな話をしていると、離れの外から「おーい、嬢ちゃん！」とエトの声が聞こえてきた。

「あ、来ましたね」

勇はアンネマリーと共に出迎えのため扉へと向かった。

「ようイサム。昨日ぶりじゃな」

「エトさん、わざわざありがとうございます。それに必要な道具まで……」

「何、少し古いのも交じっとるし、問題ないわい。まあ筐体関係に本格的に手を出さなければ、この程度の道具で十分じゃ」

そう言うエトが持ち込んだ道具類は、荷馬車一台分程度だった。

一番大きいのは作業用のテーブルで、基板を固定するためかエッジ部分が一段高くなっていた。

それと椅子が何脚かと手元を照らすためであろう魔法具の照明、チェスト類、あとは筆やペン、魔法インクと言った小物類、そして数々の魔石だった。

「それよりも、新しい起動陣が見つかった、というのは本当か⁉」

居ても立っても居られない、といった感じでエトが聞いてくる。

「えーっと、見つかったというか――」

「そのお話は、中に入ってからにしましょうか。まずは道具類を運び込みましょう」

答えようとした勇の言葉を途中で遮るようにアンネマリーが被せる。

「む、それもそうじゃの。さっさと運んでしまうか」

促されて荷物をさっさと運び入れる。量も多くはないのであっという間だった。

「すみません、エトさん。どこで誰が聞いているか分かりませんので……」

ひとしきり搬入と設置を終えたところで、アンネマリーがエトに詫びる。

「ああ、別に気にしとらんよ。言えん事情もあるじゃろうしな」

「事が事ですので……」

アンネマリーは軽く呼吸を整えると、あらためてエトを見て話し始める。

「書状では新しい起動陣が見つかったかもしれない、と書きましたが、厳密にはちょっと違います。まず、見つかったかも、ではなく、見つかって起動することまで確認済みです」

「なんじゃと!?」

アンネマリーの言葉に驚愕するエト。無理もないだろう。新しい起動陣が見つかるのは久方ぶりなのだ。

新しい魔法具は遺跡などから偶に発見され、その度に機能陣の新しいものは見つかる。

しかし、どういうわけか起動陣はすでに発見されているものと同じものを使っている場合がほとんどだ。

「それともう一つ。見つけたではなく、作った、が正解です。それも、ここに居るイサム様が、昨日の夜のわずかな時間で作り、起動実験までお一人で終わらせています」

「はぁぁぁぁあっっ！！？　作ったあぁぁぁぁぁぁっ?!」

「フシャ――――ッ!!」

先程の驚きようも大概であったが、今回の驚き方はそれに輪をかけている。

突然の大声に、勇の膝でウトウトしていた織姫が飛び起きて尻尾を膨らませた。

「はい。昨日エトさんから頂いたものと、こちらの屋敷にあった別の起動陣を解析して、作ってみました」

織姫をなだめながら、大口を開けたまま固まっているエトに見えるよう、自身の作った起動陣が接続された基板を机の上に取り出した。

勇が基板を置くと、エトは固まったままギギギと顔だけをゆっくり基板の方へ向ける。

そして起動陣を見た瞬間、凄まじい速さで顔が起動陣ギリギリまで近づいた。

そのまま凝視して、また動かなくなってしまった。

三分ほど眺めると落ち着いたのか、目頭を揉みながらドサリと深くソファへ座り込んだ。

「ふぅぅ……確かに全く新しい起動陣じゃな。これをイサムが作ったのか？」

エトが、無属性魔石のスイッチを入れたり切ったりしながら勇に問いかける。

「はい。昨日いただいた魔法カンテラの起動陣は非常に無駄が多かったので、それを省いています」

「無駄、とな？」

「ええ。機能とは全く関係のないものが、かなり書かれていました。多分装飾というか、魔法陣自体の見栄えをよくするためだと思います」

「魔法陣の見栄えか……ん？　ちょっと待て。なぜ機能と関係ないと分かった？　まさかっ!?」

さらりと勇の説明を聞き流していたエトだが、そもそもおかしいことにようやく気が付いた。

新しく作った。機能と関係ないものが書かれていた。無駄を省いた。それではまるで………。

「まさかと思うが、お前は起動陣の意味が分かるのか??」

自分が辿りついた事実に驚愕しながらエトが尋ねる。

勇はチラリとアンネマリーに目をやり、彼女が小さく頷くのを見てから口を開く。

「ええ。読めますし意味も理解できています。機能陣に関しては何故か読めませんが……」

勇の答えにエトが頭を抱え込みましても動かなくなってしまう。

しかしすぐに、肩が小刻みに揺れ始めた。

「く、くく、く、く……」

「く？」

「くっくっく……がーっはっはっはっは!!　そうか!?　魔法陣の意味が分かったか!!　そりゃあ素晴らしいっ！　これでついに、ついに新しい魔法具を自らの手で作り出せる可能性が出てきたぞっ！　はっはっは！　何て素晴らしいんじゃ！　イサム、いやイサム様よ。あんたは俺にとっちゃ今日から神様じゃ!!」

勢いよく立ち上がり、大笑いをしながら勇をバシバシと叩くエト。

「いたっ、痛いですってエトさん!!」

「がーっはっは、すまんすまん!!」

謝りながら尚もバシバシと勇の背中を叩くエト。

結局エトが落ち着くまで五分ほど、勇はエトにバシバシと叩かれていた。

「ふい～、ようやっと落ち着いたわい。で、無駄を省いたとはどういうことじゃ？」

「さっきも言った通り、元々あの起動陣の機能自体はとてもシンプルなものなんです。それが、その機能とは関係のない、いわば装飾のようなもので埋め尽くされていたので、不要なものをすべて省いただけのものがこれです」

そう言って、先ほど見せた完成状態の基板ではなく、小さな起動陣を見せる。

「……さっきの以外にも起動陣を作っておったのか……。しかしほんとにシンプルじゃな。十分の一以下になっとるんじゃないか？」

「そうですね。そのくらいにはなってると思います。で、アンネマリーさんに見せてもらった他の起動陣には、魔法カンテラの起動陣にはない機能がいくつかあったので、それを魔法カンテラ用の起動陣に応用したのが、最初にお見せした起動陣になります。目的は大きく二つ。一つ目は小型、軽量化です。これはシンプルに起動陣を小さくすることで、最終的な魔法具のサイズを小さくできないかという試みですね。筐体自体を作り変えないと駄目なので、ちょっと時間がかかるかもしれないですが……」

勇の説明を聞いて、エトが改めて新しい起動陣を見る。

元々二十センチ四方程度だった起動陣が五センチ四方に収まっていた。

確かにこれなら、筐体を作り直せばある程度小型化は容易だろう。なにせ面積で言ったら十六分の一になっているのだから。

「二つ目の目的が稼働時間の延長です。魔石から魔力を吸い出す際、本来はどの程度の魔力を吸い出すのか指定ができるんです。ところが魔法カンテラの起動陣は何故かそれが指定されていない。なので、魔法具を起動できる最低限の魔力に絞ったものと、比較実験用にそれより魔力が多いものを何パターンか作ったんです。最低の魔力量のものができてるので、最悪でも最初のものと同じ時間は稼働します。魔法カンテラをいくつか持ってきていただいたのは、この稼働時間の実験をしたかったためです」

「おいおいおい、さらに複数の起動陣を作ってるじゃねぇか……。それに魔力の量を調整できるってのが本当なら、とんでもない話じゃの。くくく、嬢ちゃんが万一にも聞かれないように、と言ってた意味がようやく理解できたわい」

「はい。流石にこの話が漏れると、とんでもないことになると思いますので……」

「ああ。間違いないじゃろな。でも隠し通せるようなもんでもないぞ？　どうするつもりじゃ？」

「いくつか手は考えていますが……ひとまず当面はこの工房だけで作れるだけ新しい魔法具を作ります。そしてある程度魔法具が溜まった時点で、あらためて戦略を練ります。しかし量産はしませんし、世の中にも出しません」

「ほう？」

「どんなものが新たに生まれるか分かりませんので……。戦略が決まってから初めて、世の中に出そうと思ってます」

「そうじゃな。それが無難じゃろうな」

「イサム様、すみません。せっかくの素晴らしい功績を隠すようなことになってしまい……」

「いやいや、気にしないでください。この世界に疎い私にも、迂闊に世に出すことがいかにマズイのかくらいは分かりますし。それに……」

勇は一度そこで言葉を区切り、真剣な表情でアンネマリーを見て言葉を続ける。

「上手くいけば、このクラウフェルト領を豊かにする切り札になるはず……。であれば、失敗はできませんからね。違いますか?」

ニヤリ、と勇が笑った。

「っ!! ……ふふふ、お見通しでしたか。そうです。何としてでも〝クズ魔石屋〟の汚名を返上し、領地を豊かにしたいのです。これまで付いてきてくれた民のために、何としても……。イサム様、お力添えいただけますでしょうか?」

「もちろんですよ。最初から私の力で少しでも恩返しができればと思っていたので。だから今はワクワクしてるんですよ。ようやくお力になれそうなことが分かって」

「イサム様……」

「そういうことなんで、エトさん。まずはその第一歩目。魔法カンテラの稼働時間延長に関する実験にご協力をお願いします」

再びニヤリと笑った勇が、エトに右手を差し出す。

「くっくっく、そういうことか。任せろ。俺も長年の夢がかなえられそうでワクワクしておる。いくらでも協力してやるわい」

エトもニヤリと笑い勇の右手を握り返した。

「よし。そうと決まればこうしちゃおれん。まずは稼働時間の実験じゃったな。こっちのカンテラは好きに使え。俺は同じ大きさの魔石を見繕っておく」

「分かりました。私の方ではカンテラをバラして起動陣を入れ替えます。あ、アンネマリーさんは、カンテラごとの魔力吸収量が分かるように紙か何かに数字を書いてもらえますか？」

「はい、イサム様」

こうして魔法アルゴリズム研究所の最初の実験が開始された。


五日後、魔法カンテラの稼働時間延長実験の第一弾は、良好な結果をもって終了する。

まず、最低限の魔力量である11で作ったカンテラは、なんとほぼ丸五日間稼働した。

そして、それ以外に用意した、魔力吸収量20、30、50、１００のものはそれぞれ、約四十時間、二十六時間、十六時間、五時間の稼働だった。

比較用に稼働させた現状の魔法カンテラが十六時間の稼働だったので、無指定時のデフォルト数値は50と推察された。

「くっくっく、イサムよ、最初から中々派手な成果じゃないか？　五倍以上じゃぞ？」

「そうですね、エトさん。単純に魔石の消費を五分の一にできますからね。まぁ公表しちゃうと無属性魔石が売れなくなるという、ジレンマがありますがね……」

嬉しそうなエトに、これまた嬉しそうだが若干苦い顔の勇。

そのやり取りを見ていたアンネマリーも嬉しそうだ。

成果はすぐに領主夫妻に報告され、早速、夜警用魔法カンテラの改修が着手された。

また、並行して他の起動陣の解読も行っていた。

エトが持っていたものも合わせて、六つの起動陣の解析が終わっている。

アンネマリーからもらった起動陣からは、省エネに使っている魔力流量の指定以外に、魔力属性の判別とそれを使った分岐命令を発見していたが、それ以外に新たな発見として大きいものは、変数と不等号による判定式を見つけたことだ。

また魔力を一時的に蓄積できるコンデンサのような魔力変数なるものも見つかっている。

こうした変数と等号・不等号を使った判定式を組み合わせることで、様々な条件による分岐制御が可能になることを意味していた。

そして七日目。この街にある最後の起動陣である八つ目の起動陣を解析した結果、ついに勇が待ち望んでいた、待望の制御命令を発見した。

そう、ＧＯＴＯ文の発見である。


「よっしゃ――――――！！！　やっぱりＧＯＴＯ文はあったんだっ！！！　父さんは嘘つきじゃな

かった！！！」

勇のハイテンションな叫びが、工房に響き渡った。興奮のあまり、台詞が某天空の城風だ。

すぐ近くで、省エネ魔法陣を描いていたエトが飛び上がる。

「エトさん、これを見てください！ ついに、念願の、ＧＯＴＯ文を手に入れたんですっ！ ほらっ、これ！ しかもラベルまで使えるっ!! はぁぁ、嬉しいなぁ……」

エトに、ＧＯＴＯ文だと言う場所をぐいぐいと押し付けるが、当然エトには読めるわけもなく、困惑する一方だ。

「構造化はされてないしサブルーチンもないし関数なんかもないけどとりあえずＧＯＴＯ文があれば何とかなる後は書く方が間違えずに書けば無限ループにもならないし」

「えぇぇいっ！ いい加減に落ち着かんかっ!!」

「っ!!」

言葉からついに句読点がなくなってしまった勇に、業を煮やしたエトがついに怒鳴り声を上げる。

雷鳴のような一喝にようやく我に返る勇。

「はっ!? 俺は何を??」

「まったく……で、何が見つかったって？ ごーつーぶんとはなんじゃ？」

「ああ、そうなんですよ。ＧＯＴＯ文が見つかったんです。簡単に説明するのは難しいんですが、これでできることが百倍くらいになったと思ってもらえれば良いですね」

「はぁぁ!? 百倍じゃと？」

「はい。冗談ではなくそれくらい一気に可能性が膨らむのがＧＯＴＯ文なんですよ。例えば……。これまでって、小さすぎる魔石って、魔法具には多分使えなかったんじゃないですか？」

「うむ。魔石は基本、大きさが魔力量と出力に直結するからな。あまり小さい魔石は使えんのじゃ。精々粉にして魔法インクに入れる程度じゃから、二束三文じゃの」

「ですよね？　それが、このＧＯＴＯ文があれば、使えるようになる可能性がある、と言ったら？」

「なんじゃと!?　どういうことじゃ??」

勇の発言に、思わずエトが前のめりになる。

そもそも小さい魔石が使えないのは、魔力の出力が足りないからだ。

しかしこのＧＯＴＯ文と、先に見つかっていた判定式、魔力変数を組み合わせることで、疑似的に出力を上げることができる可能性がある。

例えば、発動に10以上の魔力が必要だったとする。

魔力を５しか出力することができない魔石を普通に使っていたら、永遠に発動しない。

しかし、コンデンサのように魔力を蓄えることができる魔力変数と、処理を繰り返すことができるＧＯＴＯ文を使って、［魔力を取り出して魔力変数に入れる］という処理を魔力が10以上になるまで繰り返せば、小さな魔石でも理論上動かすことが可能になるのだ。

取り出せる魔力の値が分かっていれば、同じ処理を連続して書くことで似た結果にはなるが、魔石の出力は一定ではない。しかも繰り返す回数が多くなるほど魔法陣もどんどん大型化してしまう。

それらを解決できるのがＧＯＴＯ文なのだ。

「もちろんこれは、あくまで例の一つです。もっともっと、無限の可能性を秘めているものが見つかった、と思っていただければ」

「ほぅ、正直俺にはまだ凄さがよく分かっておらんのじゃが、イサムがそこまでいうなら凄いんじゃろうな」

「はい。ようやく必要だった最後の一つを手に入れました。これで、私の元の世界での知識が役に立てられるはずです」

「うむ。しかし僅か七日でこの成果じゃ。そんなに焦る必要はなかろう」

「あははは、そうなんですけどね。最初は役に立とうと必死だったんですが、どんどん楽しくなってきちゃいまして……。今もどんなことができそうか考えるだけでワクワクしちゃってます」

苦笑しながら申し訳なさそうに言う勇に対して、エトはニヤッと笑いながら答える。

「なに、それがモノ作りをする人間という物よ。お前さんがな、初めて魔法陣を見た時から俺らと同類じゃと確信しとったんじゃ。かっかっか。これから楽しくも忙しくなるぞい？」

「あはは、バレてましたか。そうですね。ひとまずこれで起動陣の分析は終わったので、いよいよ機能陣を本格的に調べてみます。合わせて、もっともっと沢山の魔法具を見たいですね」

「うむ。明日からは、工房にある色々な魔法具を持って来てやるから、まずはそこからじゃ」

「はい、お願いします!!」

こうして勇の魔法陣研究は、次のステップへと進むのだった。

午後に魔法陣を研究する一方で、午前中は引き続き旧魔法のレクチャーと、勇自身の魔法の練習に充てられていた。

クラウフェルト領を代表して旧魔法を先行して習得中なのは、領主の妻であるニコレット、娘であるアンネマリー、騎士団からリディル、マルセラの四名だ。

もちろん勇も、最初から旧魔法で魔法を習得するという大胆な方法で挑戦中だ。

領主のセルファースも候補なのだが、体調が優れないため偶に見学するに留めている。

森に囲まれたクラウフェルト領は、クラウフェンダム近辺こそ魔物が少ないものの、逆に他は他領と比べて魔物の脅威が大きい領地である。

そのため、年に最低一回、一～二ヶ月かけて魔物討伐の遠征に行くそうなのだが、その遠征部隊のメンバーがよくかかる病気がある。通称〝遠征病〟と呼ばれる病で、原因不明の出血死に至ることもある恐ろしい病だ。今回はセルファースもこの病にかかってしまい目下療養中、魔法の練習ができない状況なのだ。

新魔法の腕前、特に威力は、ほぼ投入する魔力量に依存する。そのため威力の強い順に、
ニコレット≫リディル＞マルセラ＞アンネマリー＞勇

となる。クラウフェルト領の中では、ニコレットの魔力量は突出しており、〝森の魔女〟の異名を持っている。

ところがこれが旧魔法になると、
アンネマリー＞マルセラ＞勇≫ニコレット≧リディル
となる。

もちろんつぎ込む魔力量を増やせば差は縮まるが、同一魔力量でもかなり威力に差があるのが旧魔法の特徴だろう。

ちなみに勇の場合は、まだ魔力操作が拙く、標準的な魔力量で魔法が使えないための暫定順位だ。

旧魔法の威力の違いは、今のところ〝イメージ力の違い〟であると、アンネマリーたちは考えていた。

『見えざる刃よ、風とトモにカれ。風刃《ウインドカッター》!!』

アンネマリーの詠唱後、見えない刃がうなりを上げて正面に立つマルセラへと飛んでいく。

『渦巻く風よ、マモれやマモれ。風壁《ウインドウオール》!!』

対するマルセラの周りを魔力に満ちた旋風が覆う。同じ風属性の防壁魔法を唱えてこれを迎え撃つ構えだ。

アンネマリーの風刃《ウインドカッター》がマルセラの風壁《ウインドウオール》に直撃する。

パキン、という甲高い音がしたかと思うと両者の魔法がそこで解除され、あたりに突風をまき散らした。

「やるわね、マルセラ」

「お嬢様こそ、可愛い顔してえげつない威力ですよ？」

勇から魔法語の意味を教えてもらって三日ほどで、二人とも風と水の初級魔法を旧魔法としてある程度使えるようになっていた。

これ以上威力を上げると、的がいくつあっても足りないのと、実戦で使うとどうなるのかを検証すべく、二人は模擬戦形式の訓練を取り入れていた。二人以外は、まだ威力が安定しないため引き続き的当てだ。

「いやぁ、ここまで威力が違うのか……。もはや別の魔法だね」

「ええ。多分私が全力で魔力を込めた新魔法と、アンネやマルセラの全力の旧魔法の威力はそう違わないでしょうね。脅威としかいいようがないわ……」

旧魔法で楽しそうにやりあう二人を見ながら、セルファースとニコレットが真剣な表情で話をしている。

「初級魔法でこれだから、もっと威力や規模の大きい魔法だとどうなることやら……。楽しみではあるけど、色々と気を付けないと駄目だね」

「そうね……。後は、感覚派の二人以外がちゃんと使えるようにならないとね。私とリディルは未だに使いこなせてないけど、今後広めることを考えるとねぇ」

「あの二人は、先生役には向いていないからねぇ。今後、領内に広めていくにあたって、ちゃんとコツを言葉にできる人は必須になる。苦労かけるけど、頼むね」

「ええ、もちろんよ。それに、このまま使えないのは悔しいもの。絶対ものにして見せるわ！」

楽しそうにそう言う妻を見て、やはり親子だなとセルファースは一人納得していた。

一方勇も、旧魔法の習得には苦戦していた。

もっとも勇の場合は、新旧関係なく魔法そのもの、もっと言えば魔力の操作に苦戦しているのだが……。

「う――――ん、やっぱり上手く魔力を集められないな……」

依然として、掌周辺の魔力が集まっているだけにすぎない。

本来、体内を巡っていると言う魔力を感じて、それを集めなくてはならないのだが、どうにもその巡っている魔力を感じ取れないのだ。

リディルやマルセラにも、どんな感覚なのか聞いてみたのだが、やはり勇には感じとることができなかった。

「魔法の発動と違って、魔力の操作の方は感覚的すぎるんだよなぁ……」

ザ・理系。マニュアル&検証大好き人間の勇にとって、言語化されていない感覚というのは天敵なのだ。

ここまでやってほとんど成果が出ないことから、勇はアプローチの方向を変えてみることにした。

これまでは発動のイメージがしやすく、可視化された魔力が見やすいことから、掌から発動させる魔法で練習していた。

しかしそれだと、手の近くにある魔力しか集まってこないため、魔力がほとんど動かない。動かないのだから感じ取れない。

なので、掌ではなく全身が発動場所となる魔法を使えば、全身の魔力を使うことになるのだから、動きを感じ取りやすいはずだ。

そう思い至り、初級以外の呪文書も手配してもらって、実験に使えそうな魔法はないか探したのが昨日。

いくつか候補を見つけたので、今日はそれを試してみるつもりでいた。

勇がピックアップしたのは三つ。

浮遊《レビテーション》、気配遮断《ハイドアウト》、そして全身強化《フルエンハンス》だ。

詠唱内容から想定すると、浮遊《レビテーション》は自身を宙に浮かせる魔法、気配遮断《ハイドアウト》は人や魔物に見つからなくする魔法、全身強化《フルエンハンス》が身体全体を強化する魔法だと思われる。

危ない魔法もあるかもしれないので、勇はアンネマリーとニコレットにまずは確認してみることにする。

「また難しいわりに微妙な魔法を選んだわね……」

というのがニコレットの第一声だった。

勇としては、どれも非常に有用そうな魔法に思えたのだが、どうもそうではないらしい。

「浮遊《レビテーション》は便利な魔法なんだけど、維持するのに魔力がかかりすぎるのよ。イサムさんの魔力量だと、五メートルくらいの距離が限界じゃないかしらね……」

魔力消費量が大きいのは、練習時間が短くなってしまうのでちょっと問題だ。

「気配遮断《ハイドアウト》はいまいち効果が分かりづらいのよね。自分で自分の気配を感じられるわけではないでしょ？　気配を感じられる人に見てもらわないといけないんだけど、旧魔法の練習は当面今のメンバー限定だから難しいのよね」

こちらもそう言われると確かにそうだ。

結局、消去法で全身強化《フルエンハンス》の魔法で試してみることとなった。

「イサム様、全身強化《フルエンハンス》の魔法は、特定のスキルのみを強化する魔法と比べると、どうしても効果が落ちます。それで、ほとんど実戦で使う人がいない魔法となっているんですが……。旧魔法の練習を始めた今だから分かったんですが、多分これ、特定のスキルだけ強化するほうがイメージしやすいからなんでしょうね……。そう考えると、イサム様であれば全身強化《フルエンハンス》も上手く使えるかもしれませんね！」

「だと良いんですけど、私の場合まずはその前の段階ですからね……。これで魔力が動く感覚が、上手く摑めると良いんですが」

キラキラしたアンネマリーの期待の眼差しが痛いが、勇としてもこれ以上足踏みしたくはないので頑張るしかない。

あらためて詠唱文を確認する。

（滾る血潮よ、魔力を糧に巡れよ巡れ。奇跡を起こす飛沫となりて、我が身に力を与える新たな血肉とならん。か……。魔力を血のように全身に巡らせて、それがさらに細かい粒になって筋肉を強化する感じか？　なんだろ、これまでの魔法と比べると、だいぶ具体的と言うか科学的な感じがするなぁ。まぁ、地球人にとっては分かりやすくて良いんだけど……）

全身強化《フルエンハンス》の魔法は、上級魔法に分類されている。

詠唱も長く、中々発動させられる人がいないためだ。しかも発動したとしてもアンネマリーのいう通り効果が薄い。そりゃそうだろうな、と勇は思う。こんな内容をイメージできる人など、居たら逆に怖いくらいだ。

ただし、勇自身を除いて……。

水球《ウォーターボール》の魔法を初めて使ったときと同じように、魔法名の手前まで詠唱して様子を見てみようとする勇。

（えーっと、まずは血の中に魔力の粒子が入っている状態をイメージ、と。で、それが血管から染み出して全身に行き渡るようにする感じだな。……うん、何とかなりそうだ）

頭の中で何度かイメージのシミュレートを繰返し、イメージが固まった。

「じゃあ、ちょっと練習してみますね」

見守っているニコレットにそう断ってから、詠唱を始める。

『滾る血潮よ、魔力を糧に巡れよ巡れ。奇跡を起こす飛沫となりて、我が身に力を与える新たな血肉とならん』

その瞬間だった。勇の体が、金色の光に包まれる。

勇の目にだけ見える魔力も金色だが、魔法の発動手前の状態としてもうっすら体表が金色に光るようだ。

「うぉ、なんだ、これ……身体の中が熱い……」

しかし当の勇はそれどころではない。

身体の中を何か熱い液体が駆け回っているような感覚に困惑する。

強い酒を飲んだ時に喉から胃が順に熱くなるが、それが頭の先からつま先まで、ずっと続いているような感覚なのだ。だが、奇妙な感覚ではあるものの不思議と苦痛ではない。

（これが魔力なのか……？）

そう考えた勇は、一度集中とイメージすることを止めて、そっと目を開ける。

フッと体の芯から熱が消えた。まるで風呂から冷房の利いた部屋に出たようなスッキリとした感覚だ。

目の前では、ニコレットがまたもや目を丸くしていた。

近々目玉が転がり落ちるのではないかと心配になってくるレベルの丸さだ。

「イサムさん、今のは何⁇　なんか全身が光ってたけど⁉」

食い気味にニコレットが聞いてくる。やはり近い。いつもながら距離感が近すぎる。

「ニコレットさん、近い、近いですって‼　……ふぅ。全身強化《フルエンハンス》の魔法の詠唱イメージを浮かべながら呪文を唱えたんです。そうしたら、何かこう熱いものが頭のてっぺんからつま先まで巡っているような感覚がありました。あれが魔力が巡っている感覚なんでしょうか？　っていうか光ってたんですね……。私の目に見えるのだけかと思ってましたが。ははは！」

「熱いものが巡っている感覚か……。人によって熱を感じるって言うから、正解かもしれないわね。しかし、全身強化《フルエンハンス》で身体が光るって話は聞いたことないわね……」

「そうなんですね。じゃあ、もう少し呪文だけ唱えてみたら、試しに発動させてみます」

そして再び、呪文を詠唱してみる。

やはり、熱をもたらす液体が体内を駆け巡っているような感覚が再現された。

今度は、見えるようになった金色の魔力の光をしっかり目で追ってみると、体の中から万遍なく放出されているようだった。

どうやら、勇の感覚通り全身に魔力が巡っているようだ。

金色なのは、おそらく全身強化《フルエンハンス》の魔法が光属性だからだろう。

勇は、体から漏れ出る金色の光を頼りに、魔力の操作を試してみる。

見えたからと言って、いきなり操作できるわけではないが、目安も何もなかったこれまでと比べると、雲泥の差だ。

それから三十分ほど魔力操作の練習をしていた勇だが、極度に集中しているため疲れも大きく、集中力が乱れてくるのが分かる。

これ以上は集中力が持たないと判断した勇は、ふぅ――――っと一度長く息を吐き出す。

「ちょっと集中力も限界なので、ここらで魔法を発動してみますね！」

「分かったわ！　魔力消費が激しいかもしれないから、気を付けてね」

ニコレットがそう声を掛けてくれる。

いつの間にか、模擬戦をしていたアンネマリーとマルセラもその横で見守っていた。

勇はそちらに向けて小さく頷くと呪文を唱えはじめる。

『滾る血潮よ、魔力を糧に巡れよ巡れ。奇跡を起こす飛沫となりて、我が身に力を与える新たな血肉とならん………全身強化《フルエンハンス》』

唱え終えるや否や、勇の目には空中で発生した金色の光が、一気に体内に入っていくのが見えた。

それを受けて一段強くなった体内の光は、極小の粒子となって体中に吸収される。

そして勇は、急に身体が軽くなったような感覚に包まれた。両足で立っているが、まるでそこに身体がないような感覚だ。それと同時に、体内を巡っていた熱が消える。

「成功、してるのか⁉」

全身を強化すると言うことだが、見た目が変わるわけではないようなので、発動しているかどうかイマイチ分からない。

両手をグーパーしてみるが、違和感もなければ特に力強さも感じなかった。

そう言えば身体が軽くなった感じがしたな、と思い出した勇は、その場で軽くジャンプしてみた。

「え？」

情けない声を上げた勇の体は、一メートルほどの高さまで跳び上がっていた。

感覚としては〝ぴょん〟と跳んだ程度のつもりが、地球であれば世界記録レベルに跳躍している。

ざっ、と着地するが、足には特に衝撃も何も来なかった。

「……」

着地後しばし考え込んだ勇は、今度はかなり強めにジャンプしてみた。

「は!?」

今度は、風を切る音がはっきりと聞こえるような速度で跳び上がった。そう、もはやジャンプというレベルではなく、跳び上がったのだ。

館の三階が正面に見える所を見ると、五メートル近くは跳んでいるのだろう。

上向きの力が止まった所で下を見てみると、目を丸くして見上げる面々が小さく目に入った。

ダムッ、という力強い音と共に着地する。今度も特に足に衝撃は感じなかったことにホッとする勇。ジャンプ力だけでなく、身体の強度も同時に上がっているようだ。

「す、す、す、すごいですっ!!」

「ちょっと今の何?」

アンネマリーとニコレットが驚愕の表情で駆け寄ってくる。

「ちゃんと発動してるか心配でしたが、どうやら大丈夫っぽいですね」

「大丈夫どころじゃないわよっ！　跳躍強化《ハイジャンプ》の魔法くらい跳んでたわ……」

相変わらず食い気味にニコレットが詰め寄ってくる。

「イサム様、行きますよっ!!」

と、突然マルセラが拳を固めて殴りかかってきた。

「うわっ!?」

思わず腕をクロスさせて身を守ろうとする勇。

ゴッツ、と硬いもの同士がぶつかったような鈍い音がする。

音の出どころは、勇自身の腕だった。防いだ腕にマルセラの拳がぶつかったのだ。

「いててて っっ!!」

全力ではないだろうが、結構な力で殴ったマルセラが、拳を押さえて痛がる。

一方勇の腕は、ゴムボールをぶつけられたくらいの感覚だった。

「……凄いですね、イサム様。防御力もかなり強化されてます」

少し顔をしかめ手をプラプラさせながら、マルセラがそう評価する。

「大丈夫ですか?? っていうかいきなり殴らないでくださいよ……」

そんなマルセラを心配しながらも、苦笑する勇。

「いやぁ、あのジャンプ力を見たらつい試したくなって……」

「つい、って……あ、あれ?? 世界が回って……」

マルセラの言い分に呆れていた勇の体が、急にグラリと傾く。

「ちから……が、はい、ら…………」

皆まで言い終えることなく後ろに倒れ込みながら、ついに勇は意識を手放した。

柔らかくて温かいものがお腹に乗っている感覚に気付き、意識が覚醒していく。

頭の芯がぼーっとしているが、何となくベッドに寝かされているようだということが分かる。

「むうっ……」

「……ん！　……さんっ!!」

もう少し意識をはっきりさせようと身じろぐと、勇を呼ぶような声が小さく聞こえたような気がする。

「イサムさんっ！　大丈夫ですか!?」

声の主を意識した途端、はっきりと自分を呼ぶ声が耳に飛び込んできた。

ゆっくりと目を開けると、まず目に飛び込んできたのはお腹の上で丸まっている織姫だった。

「にゃう〜〜」

勇の目が開いたことに気付くと、小さく鳴きながら体の上を歩いてきて鼻の頭をひと舐めし、また胸の上で丸まった。

「ふふ、重いよ織姫」

小さく微笑みながら、胸の上の愛猫の後頭部を優しく撫でた。

「イサムさんっ！　気が付いたんですね！　よかった……」

続いて枕元から、先ほどから自分のことを呼んでいた声が、また聞こえてきた。

「ああ、アンネマリーさん。どうしてここに……」

そこまで言ってから、ようやく記憶が蘇ってくる。

「そうか、魔法を使ってたら急に意識が遠くなって……」

「はいっ！　全身強化《フルエンハンス》が凄い威力で成功したと思ったら急に倒れられてしまって……。母は、魔力切れよと笑っていましたが、私は心配で心配で……」

そう言うアンネマリーの目には、涙が浮かんでいた。

「すみません、ご心配をおかけして……。そうか、魔力が切れるとこうなるんですね。魔力のない世界にいたので、全然分かりませんでしたよ、ははは ー」

「いえ、ご無事で何よりです。三鐘程眠られていたので、魔力は回復していると思いますが、お身体は大丈夫ですか?」

「そうですね、少し頭が重いですがもう大丈夫です」

「良かったです。昔から、全身強化《フルエンハンス》は、本来はかなり魔力の消費が多いらしい、と言われていましたから……」

「らしい、ですか?」

「はい。これまでまともに使えた人がいなかったので、魔力の消費量がよく分かっていなかったんです。ただ、全身を同時に強化する魔法なので、魔力の消費は多いだろう、と」

「あーなるほど。確かに体全体で魔力を使っていたような感じでしたね……」

「そうなんですね。でもこれで、やっぱり魔力消費が本当に大きいことが証明されました」

「ええ。魔力量の調整もできないまま、全身の魔力を使う魔法を使ったから、きっと全力で魔力を持ってかれたんでしょうね」

「そうですね。もの凄い効果で常時消費型の全身強化《フルエンハンス》が発動していましたから……。普通は徐々に減っていって体が怠くなるので気付くのですが、それを感じるより早く、魔力がなくなったんでしょうね……」

「ああ、確かに水球《ウォーターボール》とかで練習してた時は、そんな感じでしたね。でもこれで、全身に流れている魔力を視られるようになりましたからね！　発動さえさせなければ、魔力の操作の練習が効率よくできそうです」

「ふふふ。魔力切れで倒れたばかりだと言うのに、全く懲りないんですね、イサムさんは」

そう言ってアンネマリーが優しく微笑む。

「あははは、念願の魔法ですからね！　このチャンスを逃す手はないですよ」

「頑張ってくださいね！　私も応援しますから。でも、くれぐれも無理しないようにしてくださいね！」

「はい。ありがとうございます」

「では、私はイサムさんが目覚めたことを両親に伝えてきますね。マルセラも自分のせいだと青くなってましたから、聞いたら安心するでしょう」

そう言って、アンネマリーが退室していった。

（イサムさん、か……。ようやく様付けじゃなくなって良かったけど、あまり心配させないようにしないとな……）

はじめはマツモト様で、それがイサム様になり、ようやくイサムさんになった。

何かと気にはかけてくれていたが、どこか壁のようなものを感じていたのだ。

今回それが、ようやくなくなったような気がして勇は嬉しかった。怪我の功名という奴だ。

（よし、ますます頑張ろう！）

勇は、そう決意を新たにするのだった。


それからの勇は、まさに水を得た魚だった。

全身強化《フルエンハンス》を発動前の状態で止めたまま、魔力を色々と動かしてみる。

魔力を動かすことを意識すると、どうしても最初の魔法のイメージが甘くなり、魔力の変換が止まってしまう。

なので、一度の挑戦で使える時間は十秒程度だ。普通の人にとっては、決して効率が良いとは言えないし、ぶっちゃけ苦行のようなものだ。

しかしコツコツと検証を行うことが好きな勇にとっては、何も問題なかった。

そして全身強化《フルエンハンス》を使った魔力操作訓練を開始して五日目、ついにコツらしきものを掴む。

それからさらに五日。今日も裏庭で、勇は魔法の練習を行っていた。

『水よ、無より出でて我が手に集わん。水球《ウォーターボール》』

勇が魔法を発動させると、野球ボール大の水球《ウォーターボール》が突き出した右の掌の前に現れる。

「見事ね……それでどれくらいの魔力量なの？」

腕組みをして、心底感心しながらニコレットが問いかける。

「今の所コントロールできる最小の量がこれですね」

「分かったわ。じゃあ次は……そうね、今のの五倍くらいの魔力を込められる？」

「やってみます！」

そう答えた勇は、一度魔法をキャンセルすると、再度魔法を発動させる。

今度は、大きめのバランスボールほどのサイズの水球《ウォーターボール》が顕現する。

何をしているのかというと、ある程度魔力操作ができるようになった勇が、魔力量を調整する練習をしていたのだ。

最初は、あまりに漠然とし過ぎていて多いか少ないかくらいしか調整できなかったのが、今ではコントロールできる最小単位を一として、その倍率で量を調整できる所まで来ていた。

この世界の人たちは、生まれた時から魔力が当たり前にあるためか、あまり魔力を定量化することはしないらしく、最初は勇のやり方に驚いていた。

勇からしたら、「だいたい三倍くらい」とかで本当に三倍の魔力を込められることの方が信じられないのだが……。

また、魔力量の調整ができるようになってもう一つ便利になったのが、魔力量を定量化できたことだ。

こっちに来て最初にステータスを測られたときに、魔力は１０２とか言われはしたが、全く実感のない無意味な数字だった。

ところが、魔力をコントロールできるようになり、意識して使える最小の魔力量を一とすることで、勇の魔力は勇の中で完全に定量化された。

そして、「魔力の残りが半分を切ると、身体が怠くなってくる」という、この世界で常識となっている経験則を使って魔力量の比較を行うのだ。

その結果、勇は最小魔力の魔法三十一回前後で、体が怠くなってくることが分かった。枯渇するまで無理をすると、六十回ほど使える計算となる。

一方、同じ測り方でアンネマリーが測ったところ、四十五回前後で体が怠くなるらしい。

およそ勇の一・五倍程度あることにはなる。

ちなみに〝森の魔女〟の異名を持つニコレットは百五回前後と、文字通り桁が違った。

本人は「魔力量の違いが戦力の決定的な差ではない」と、某赤い彗星のようなことを言ってはいたが、小鼻が膨らんでいるのを勇は見逃さなかった。

こうして魔力操作を覚え自身の魔力量を把握した勇はようやく満足し、翌日からは当初の予定に戻し、午後の時間を全て魔法具の研究に充てることにした。

第五章 街歩き

「う――ん、これも読めないな……」

久々に午後一から魔法具の研究を始めた勇は、当初の予定通りエトの工房にある魔法具の機能陣を順に調べていた。

以前、魔法カンテラの魔法陣を調べた際、起動陣は読めたものの機能陣は読めなかった。

正確には、文字が書かれているのは分かるのだが、意味が分からない。

今も、この日二つ目の魔法具の機能陣が読めなかったところだ。

「何なんだろう、これ……。魔法具としてちゃんと動いてるんだし、同じように書けば同じように動くんだから、絶対意味はあるはずなのに……」

「まぁ確かにの。動かないなら分かるが、動いとるのに分からんというのが余計に謎じゃな」

勇が腕組みして唸っていると、エトがそう声を掛けてくる。

「そうなんですよ、エトさん。そこが一番納得いかないんですよね。起動陣を見る限り、不要なことは書いてあってもいいけど、無意味だったら魔法陣は動かないはずなんです」

そう呟きながら、次の魔法具を手に取り機能陣を見ていく。

「どうじゃ？」

心配したエトが聞いてくるが、勇はフルフルと力なく首を振るだけだった。

その日は五種類ほどの魔法具を確認し、翌日も四種類の魔法具をつぶさに確認したのだが、結果はすべて同じ。

この二日でエトの工房にあった魔法具は全て確認したが、いずれも空振りに終わった。

二日間目を皿のようにして機能陣を見ても成果が得られず、落ち込んだ素振りの勇を見かねて、アンネマリーは勇を気分転換に誘っていた。

実際の勇は、別に落ち込んではおらず、何故読めないのかと言う思考の沼に浸かっていただけだったのだが、まだあまり街を見ていなかったので喜んで誘いに乗っていた。

しかし、いざ一緒に街歩きをしようとすると、それはそれで課題にぶち当たる。

まず、王都からの帰還時の様子でも分かるように、アンネマリーは住民からの人気が非常に高い。

現代日本で言えば、アイドル並みの人気だ。

そんなみんなのアイドルが、どこの馬の骨かも分からない男と二人きりで歩いていようものなら、たちまち噂になるだろう。

血の気の多い者がいたら、物理的な手段で問い質《ただ》される可能性すらある。

中途半端に変装した所で恐らくバレるだろうし、バレた場合のダメージは変装していた時の方が大きくなる。

そこで、他国から視察に来た客人を案内する、という体裁を取ることになった。

幸い勇は、この国では珍しい黒髪なので、他国からの客人と言っても違和感はない。

うっかり会話の中で「私の国では」と言ってしまっても問題ないのもありがたい。

客人なので当然騎士団の護衛が付くが、要人ではないので数名程度だ。

それに、これで大手を振って家紋入りの馬車で移動もできる。

〝二人きりでのお出かけ〟を楽しみにしていたアンネマリーからは不満の声が上がったが、背に腹は代えられない。

ということで、ルドルフ、フェリクス、リディル、マルセラというういつもの面子をお供に、二人は街へと繰り出した。

軽く午前の魔法練習をしてから出かけたので、お昼まであとちょっと、という非常に小腹が空く時間帯だった。

そこで二人は、まずは露店巡りをすることにする。

露店の半分は食べ物を売る屋台なので、買い食いしつつ街を見て回ることができる。

二階層目にある露店が集まる通りは、さながら市場といった感じだ。

外周側には小規模な店舗が所狭しと軒を連ね、その通りを挟んだ向かい側に露店が立ち並んでいた。すり鉢状の街なので、当然露店の後ろ側は何もない。

一応安全のため背の低い柵が立てられてはいるが、あまり役に立つとは思えない。

その代わり、出店するための費用が安いのだと言う。

落ちる人はいないのか？　と言う勇の質問に、

「この街の住人は小さい頃から口を酸っぱくして、崖の一メートル以内には絶対に入るな、と言われて育つので、落ちる人はいないんですよ」

と、アンネマリーが笑って答えてくれた。

何年かに一度、酔っぱらったりで転落死する事故が発生するようだが、そんなものは自己責任なので遺族さえ文句は言わないそうだ。

「らっしゃい、串焼きはどうだい？」

「ポメの実はいかが？　甘酸っぱくて美味しいよ！」

「パタテ芋だよ〜。今夜のおかずにどうだい？」

「さあさあ採れたてのボレット茸だ、見ていってくれ！」

呼び込みの声がそこかしこから聞こえ、非常に活気がある。

そろそろ昼の書き入れ時を迎えるので、呼び込みにも熱が入るというものだ。

そんな喧噪の中にお供連れのアンネマリーが現れると、呼び込みのボルテージがさらに上がる。

クラウフェンダムは作りが珍しいため客人を案内することは度々あり、住民もそのあたりは弁えてはいる。それでも尚ボルテージが上がる辺りに、アンネマリーの人気が窺えた。

「お嬢様、ウチの串焼きを食ってってくれ！」

「お客人にポメの実のジュースをどうぞ！」

最早買わなくてもお腹いっぱいになるのでは？　という勢いで商品を提供しようとする主人たち。

しかしアンネマリーは笑顔で丁寧に断り、きちんとお金を支払って購入していた。

この通りには一定間隔で街路樹が植えられており、その木陰にベンチとテーブルが置かれている。時折そこに座って屋台飯を堪能した二人は、二時間ほどかけて飲食屋台のエリアを通過し、一息ついていた。

「アンネマリーさん、すごい人気でしたね」

「お恥ずかしい限りです。皆さん良い人ばかりで、本当に感謝しているんです」

勇のストレートな物言いに、少しはにかみながらも、どこか誇らしげにアンネマリーが答えた。

「ええ。本当に良い人ばかりでしたね。どこの馬の骨か分からない私にも、好意的に接してくれましたし」

「ふふ、イサムさんの人当たりが良いからですよ」

「あはは、ありがとうございます」

「これでもうお昼は大丈夫だと思いますが、まだ何か食べますか？」

「いやー、流石にお腹いっぱいです。この先の露店は、どんなものを売っているんですか？」

「ここから先は通称〝ガラクタ通り〟と言われていて、骨とう品や古代の魔法具がメインですね。迷宮から掘り出されたものも多いので、時にはアーティファクトと呼ばれる逸品が並ぶこともありますよ？」

ダンジョンからの戦利品。なんと男心をくすぐる響きだろうか。

人並み以上には、ゲームやマンガを嗜んできた勇にとっては、大好物といって良いだろう。

「それは面白そうですね！　そちらも回ってみたいんですが、大丈夫ですか？」

「はい、もちろんです！」

目を輝かせていう勇に、笑顔でアンネマリーが答えた。

そこはまさに〝ガラクタ通り〟の名に相応しい所だった。

美しい紋様が彫り込まれた短剣、蛇のような絵が描かれた壺、銀色に鈍く光るスプーンといった、これぞアンティークといった品々。

それらに交ざって、見ただけでは何か分からないものが所狭しと売られている。

さらにその中には、古代の魔法具や使い道の分からない魔法具、壊れていると思われる魔法具など、普段は見かけない魔法具も並んでいた。

それらを一軒一軒覗く勇の目は輝きっぱなしで、まるで秋葉原に初めて来た海外のオタクのようだ。

機能陣を見せてもらえるものは見せてもらったが、やはり意味が分からないものばかりだった。

それでも残念がることなく楽しそうな勇を見て、アンネマリーも嬉しそうに笑っている。

ガラクタ通りも後半に差し掛かったあたりに、少々他の店とは趣の異なる露店があった。

掲げてある小さな看板には〝魔法陣墓場〟と書かれており、店先には大小様々な無数の魔法陣だけが雑多に並べられていた。

どれひとつ魔法具の形をしておらず、完全な魔法陣の専門店のようで、割れたり欠けたりしていてもお構いなしに並んでいる。

思わず足を止めた勇が、店主らしき男へ声を掛けた。

「こちらは魔法陣だけを扱っているんですか?」

「やあ、いらっしゃい。うん、見ての通り魔法陣だけを集めて売ってるんだ。良かったら見ていってよ」

丸メガネをかけ、ダボっとしたローブに身を包んだ男はよく見ると意外に若く、まだ三十歳前後だろう。

「凄い数ですね……どうして魔法陣だけを集めているんですか?」

「おや、お兄さんは魔法陣に興味があるのかい? 僕はね、魔法陣の造形が好きなんだ。機能や意味があるのに、意匠として見ても美しい。名剣と呼ばれる剣なんかもそうだろ? 武器として優れているだけでなく美術品としても価値がある。魔法陣もそれと同じだと思ってる。最初はね、魔法具を集めていたんだ。で、ある程度集めると売ってるモノじゃ満足できなくなってきた。それで自分で遺跡やダンジョンに入って、古代の魔法具を探すようになった。そして知った。遺跡には今では使い道の分からない、魔法具と切り離されてしまった魔法陣が大量に落ちていることを。元々魔法陣が好きで魔法具を集めていたわけだから、魔法陣だけが落ちてるならそのほうが都合が良いだろ? 何よりお金がかからない。それからはもう、ひたすら魔法陣を集めまくって今に至ってるんだよ」

心底楽しそうに男はそう言った。

趣味は人それぞれだ。勇のいた地球には、マンホールマニアやブロック塀マニアなんて人もいたくらいだ。魔法陣マニアが居ても何の不思議もない。

「良いですね。私も魔法陣の機能的な美しさは大好きですよ。でも、動かない魔法陣だけを扱って、商売になるのですか？」

「あはは、心配してくれてありがとう。でもね、意外に魔法陣そのものも好きだ、という人も多くてね。それに研究者や魔法具を作ってる商会とかからも需要があるから、食べていくくらいは十分稼げてるんだ。たまに、完品の魔法具が見つかることもあるしね」

「へぇ、そうなんですね。ご趣味を商売にできるなんて素晴らしいですね。少し見せていただいても？」

「うん、是非見ていってよ！」

雑多に並べられているようだが、どうやら見た目でグループ分けされているようだ。

基板の色や魔法陣の密度、全体が丸いのか四角いのか三角なのか……。

美術品としてコレクションするのなら、しごく当たり前の分類方法だろう。

勇はその中でも、基板自体が大きく情報量が多そうなグループに目を付けて確認し始めた。

大きいため、重ねて置かれているので、上から順番に一枚ずつ持ち上げてみていく。

そして、僅か二枚めくったところで、運命の出会いを果たすのだった。

三枚目の魔法陣を凝視したまま動かなくなる勇。隅から隅にまで、目を走らせている。

動かなくなった勇に気付いた店主が声を掛けてくる。

「どうしたんだい？　ああ、それが気に入ったのかい？　お兄さん、中々お目が高いね。ちょっと他の魔法陣と雰囲気が違うだろ？　なんていうか、密度は控えめだけど秩序があって固い感じがする。僕は、ハチの巣シリーズって呼んでいるよ。ほら、ハチの巣って同じ形が並んでるじゃない？」

「な、なるほど……。シリーズと言うことは、似たような感じのが他にもあるんですか？」

「そうだね。今は大きさとかの分かり易い違いで分けてるので交じってるけど……。えーっと、例えば……、コレとかコレとかがハチの巣シリーズかな」

流石コレクターだけあって、自分の所持している魔法陣は全て把握しているらしい。

勇が見ていた山だけでなく、他の山からもいくつかのハチの巣シリーズを見繕ってくれる。

そしてそれを見た勇は、またしても驚愕する。

「こ、これは……」

「どうです？　中々美しくないですか⁉」

勇がフリーズしているのを見た店主が、営業トークを仕掛けてくる。

「そ、そうですね。私もこのシリーズがとても気に入りましたよ。今出していただいたもの、全てでお幾らでしょうか？」

「おや？　お買い上げいただけるのですか？　しかも六枚も⁉　いやぁ、嬉しいなぁ、同志に出会えた気分ですよ。そうですね、大きいのは一枚三百ルイン、中くらいのが二百ルイン、小さいのは百ルインです。今回は大きいの三枚と中くらいのが二枚、小さいのが一枚なので……全部で一四〇〇ルインですが、まとめて買ってくれるなら、小さいのはおまけして一三〇〇ルインでいかがですか？」

ついつい価格を聞いてしまったが、勇は今だ居候の身ゆえ、手持ちのお金など持っていないことに今更のように気付く。

ちなみにルインはこの国の通貨だ。これまで見てきた食べ物や雑貨などからおおよそ一ルイン百円くらいの価値と言えるだろう。

もちろん物価や消費に対する優先度が違うので一括りにはできないのだが、価値観として大きなズレはないはずだ。

そのレートから考えると、およそ十三万円のお買い上げということになる。

迷い人というだけで、ほぼタダ飯喰らいの人間がねだって良い価格ではないのではないか？　と当たり前の結論に辿り着いた勇が慌てて断ろうとすると、

「一三〇〇ルインですね。分かりました。ルドルフ、支払いを」

「かしこまりました、お嬢様」

これまで黙って様子を見ていたアンネマリーが、さっさと支払いをしてしまった。

思わずアンネマリーの方を見た勇に、ニコリと笑顔が返ってきた。

「よいお土産ができて良かったですね、イサム様」

「お土産？　ということは、他の国から？」

「はい。国名は伏せさせていただきますが、西方から無属性魔石鉱山の視察にいらしております。我が国の通貨をお持ちでないので、街でのお買い物は我々が立て替えてお支払いし、帰国時に精算することになっています」

「なるほど。そういうことだったんですね。いやぁ、嬉しいなぁ、他所の国にも魔法陣の美しさが

分かる人がいて。ああ、すいません、名乗りもせず。僕はヴィレム。もし滞在中に魔法陣を見たくなった時は、いつ来てもらってもかまわないからね」

「これはご丁寧に……。私は勇。是非また寄らせていただきます」

「イサムさんなら大歓迎だよ。帰国するまでは、ハチの巣シリーズは売らずに取っておくからね」

購入した魔法陣を手渡すヴィレムと挨拶を交わすと、アンネマリーから声がかかる。

「それではイサム様、そろそろお時間ですので一旦お屋敷に戻られますか？」

「そうですね。よろしくお願いします。ヴィレムさんもありがとうございます」

「こちらこそお買い上げありがとうございました！　またいつでもどうぞ」

ヴィレムに別れを告げた勇たちは、まっすぐ馬車へと戻っていった。


馬車へ入るなり、アンネマリーが声を掛けてくる。

「イサムさん、もしかしなくてもこの魔法陣、読めたんですよね⁉」

「あはは、やはり分かりましたか」

「そりゃあもう。初めてエトさんの所で起動陣を見た時と同じ顔をしてましたから」

クスクスと笑いながらアンネマリーが答える。

「ちょっと分かりやす過ぎましたかね」

「いえ、傍から見たらヴィレムさんの言うように、魔法陣の綺麗さに感動しているような感じでしたよ。ところで、それらはどんな魔法陣なんでしょうか⁇」

「まず、出してもらった六枚中四枚が当たり、読めるものでした。すみません、あそこで読めるものだけを選ぶのも不自然かと思って、全て買わせてもらいました」

「いえいえ、全くかまいませんよ」

「ありがとうございます。まだ詳しく見ていないのでどういう効果がある魔法陣かは分かりませんが、どうやら複数の言語が組み合わされています。起動陣に使われている文字に似たものもありますし、呪文書にある魔法語っぽいものも使われていますね」

「複数の言語、ですか……」

「ええ。スキルのおかげで意味が直接頭に入ってきていますが、見たことない文字もあります。そう考えると、ヴィレムさんは相当な目利きですよ……。全く予備知識がないのに、デザイン的な感性だけで読める魔法陣を七割くらいの精度で分別できるんですから」

「……確かに。今後、読める魔法陣を仕入れてもらったりできるかもしれないので、当家で雇うのも手ですね」

「そうですね。まぁ、まずはこの魔法陣を読み解いて、本当に魔法具として使いものになるのか調べないといけませんが」

「ふふ、調べるのが楽しみで仕方がない、と言う顔をしてますよ？」

「あ――――、うん、はい。はっきり言って楽しみ過ぎます」

「ふふふ、良かったです。ここのところ少し元気がないようで心配していました。でもこれで大丈夫ですね！」

「すいません、ご心配おかけして……。もう全然大丈夫です！　早速戻って色々調べてみます！」

アンネマリーは、完全復活した勇をみて、ほっと胸をなでおろした。


屋敷へ戻って来たのは午後三時の鐘がなる頃だった。

帰宅するなり、勇は買ってきた魔法陣を大事そうに胸に抱いて、いそいそと研究所へと向かう。

アンネマリーは、事のあらましを両親へ伝えると言い残して、セルファースの寝室へと足を向けた。

「ほら、織姫見てご覧。これが読める機能陣だよ」

「んな～」

織姫を膝に抱きながら、嬉しそうに魔法陣を並べた勇が、織姫に話しかける。

「さて、まずは欠損の少ないコレから調べてみるか」

そう言ってまず手に取ったのは、七十センチ四方はある大振りの魔法陣だった。

勇が最初に目を留めたもので、右上が五センチほど欠けているが、ほぼ完品に近い魔法陣で、細かい文字がびっしりと書かれている。

まずはざっと流し読みのように言葉の意味を拾っていく。

店頭でも確認できたように、起動陣と同じ文法で書かれている箇所と、呪文書にある魔法語によく似た文字で書かれている所、そして見たことのない第三の言語で書かれた部分に分かれているようだ。

一通りの流れを把握した勇は、馴染みのある起動陣と同じ文法で書かれている箇所から、細かく読み込んでいく。

「うーん、ここは具体的な魔法を発現させるんじゃなくて、それ用の魔力を準備しているような感じだなぁ」

順番に読み解いていくと、起動陣と同じように魔石から魔力を抽出して、何やらそれを変換してから保持しているようだ。

「魔石の魔力を、魔法陣で魔法を発動できる形に変換し、発動に必要な量を確保してるのかな?」

この部分の機能について、一旦そう仮定した勇は、次に魔法語に似た言語で書かれた部分の解読へと移る。

「えーと、これは要約すると、火の魔力で火は出さずにモノを温めろ、ってことが書いてあるのか? 随分と回りくどいと言うかバカ丁寧と言うか……。魔法の詠唱文は随分と感覚的な書き方だったのに、こっちはガチガチに定義してる感じがするなぁ。なんだろ、魔法を唱える時みたいに感覚的じゃダメってことなのか?? まぁ全てを自動で行うんだし、使う人によって効果が変わるんじゃ道具としては欠陥品だからな……」

魔法語に似た言語で書かれている部分は、魔法陣の中でも大きな割合を占めていた。

勇が言った通り、その書き方は冗長ともとれるもので、イメージを補助するための呪文の詠唱文とは大きく異なっていた。

例えば、今勇が解読している魔法陣には、要約すると次のように書かれている。

『火の魔力は火を生み出すもの。しかし火は温度が高くなった結果起きる現象に過ぎない。であるならば、火の魔力は温度を上げることができると言える。

それすなわち、火の魔力を用いて対象となる物体の温度を上げることができるということに他ならない。また魔力を用いると言うことは、利用する魔力の量に応じてその温度を変えられるということに他ならない。

ここにその現象を、熱の付与《エンチャント・ヒート》と定義する。』

これでも要約した内容であり、実際の文章量はこれの何倍もある。

書いた人間の、少したりとも例外は認めない、と言う強い意志の表れにも見えた。

「まぁ、どの程度きっちり書かなくちゃいけないかは、実験してみるしかないな。しかし、使える単語は今見た分しかないわけだから、当面はほとんどコピペせざるを得ないな……。これは早急にボキャブラリーを増やさないと駄目だ。ただ、これで熱の付与《エンチャント・ヒート》は発動させられるってことでもあるか」

魔法語に似た部分は、どんな現象を起こしたいのか定義する部分、と断定した勇は、最後の未知の言語の部分の解読を始めた。

「あ――、なるほど。ここで、ここまでに準備してきたものを制御して使うのか。これが開始で、こっちが終了……。あー、これは魔力量、出力の最終調整か？　後は安定化とかそんな制御もやってるな……。だからここは数式みたいな言語になってるのか。ま、意味もなく違う言語になってるわけはないもんな。ん？　ここだけちょっと毛色が違うぞ……。お――、これ、セーフティー機能か!?　はー、何千年も前だってのに大したもんだ」

最後の部分は、どうやら魔力と魔法を制御して実際に発動、コントロールする部分のようだ。ここは必要なことだけが、非常に理路整然と書かれているため解読も早かった。

これで、一通りのルールについては解読が終わったことになる。

「うーん、これは非オブジェクト指向のクラシカルなプログラムって感じだなぁ。カテゴリで明確に場所が分かれてるから、ＣＯＢＯＬなんかの構造に近いのか？　大規模なものを作ることも少ないだろうし、作った後に改修することもないだろうから、この方が効率は良いのか……。まぁ、ソースの解析がしやすいからありがたいけども」

勇の感想通り、魔法陣に書かれていたのは処理する順番に命令が書かれている、非オブジェクト指向のプログラムに近いものだった。

また、魔力を扱う部分、魔法の定義をする部分、魔力と魔法を実行・制御する部分が明確に分かれている。

プログラムの大規模化に伴い、再利用性やリリース後の保守性等を重要視する昨今のオブジェクト指向のプログラム言語とは異なり、分かりやすいのが何よりの特徴でありメリットだ。

それは勇にとっては幸運以外の何物でもなく、スキルの力も借りて初見でも何とか把握することができたのだった。

「しかし、同じ機能陣でも、大きさが全然違うな……。発生する現象のレベル感としては、魔法カンテラと大して違わないと思うんだけどなぁ。この辺りに、読めるか読めないかの違いに繋がるヒントがありそうだけど……」

これまでの読めなかった機能陣は、もっとコンパクトだった。

処理が複雑になれば魔法陣もより複雑になるのも頷けるのだが、今解読した加熱の機能と魔法カンテラの機能を比較しても、複雑さに差はないように思える。

なのに大きさが全く異なるのは何故なのか？

このあたりに読めない魔法陣の秘密が隠されていそうだが、今それを考えても答えは出ない。

勇は頭の隅にこの問題は追いやって、二つ目の魔法陣の解読に着手することにした。

……のだが、つい先ほど夜の鐘が鳴っていたので、そろそろ夕食のはずだ。

一旦キリを付けようと立ち上がった所で、案の定研究所の扉がノックされた。

研究所まで呼びに来てくれたのはルドルフだった。

夕食の準備が整ったとのことで、勇は一緒にダイニングへと向かう。

依然として体調のすぐれないセルファースを除いた、ニコレット、アンネマリー、ユリウスに勇を加えた、家族の食卓だ。

「すいません、遅くなりました」

という勇の謝罪に、

「気にしないで。ついさっき呼びに行ったのだから当然よ」

とニコレットが返す、もはや様式美となりつつあるやり取りをしながら勇が席に着く。

するとすぐにスープと前菜が運ばれてきた。

塩漬け肉と野菜にスープストックを合わせたシンプルなスープだが、クラウフェルト家では好評の逸品だ。

そしてこのスープストックの発案者は、他でもない勇だった。

クラウフェンダムに着いて三日目の夕食時に、スープを飲んだ勇が何気なく「このスープは何で出汁をとっているんでしょうか？」と聞いたのが発端だった。

この世界には、塩漬け肉や魚を入れるとスープが美味しくなるという知識はあるのだが、骨から出汁を抽出するという概念がなかった。

そこで、鳥を料理に使う時があったら、骨を捨てずに取っておいて欲しいとお願いし、その鳥ガラを使って出汁を取ってみたのだ。

本職の人から見たら大した出来ではないだろうが、この世界の人々にとったら勇が見よう見まねで取った鳥ガラスープでも、衝撃のおいしさだったようだ。

勇が出汁を取るのに使ったのは、織姫の好物でもあるスパイクグースの骨だったのだが、これが異常に良い出汁が取れた。よもや人生最高の出汁に、異世界で出会えるとは人生分からないものだ。

それに感銘を受けた料理長が、様々な動物や魔物の骨から出汁を取った結果、あっという間に何種類かのスープストックが出来上がって今に至っている。

「ふ〜。しかしホントにこのスープは美味しいわね。スキルどうこう関係なく、これが飲めるようになっただけでイサムさんに来てもらえたことに感謝するわ……」

クラウフェルト家を虜にした勇のスープストックだが、もっともその魅力に取りつかれたのはニコレットだろう。

「あはは、喜んでもらえたのならありがたいですね。でも、私の作った物はここまでの美味しさではなかったですから。料理長を始めとした料理人の方々のおかげですよ。流石はプロですね」

「それはそうかもしれないけどね。あの、初めて飲んだ時の衝撃が凄まじくて……。ホントに驚愕したのよ」

「ええ。奥様の言われる通りです。私もひと口飲んでアレには衝撃を受けましたし、作り方を無償で教えていただけたことにまた衝撃を受けた次第です」

料理の説明とサーブに来ていた料理長が、ニコレットの言葉を肯定する。

「それにこれなら、夫も美味しく食べられるから。ホントに助かっているわ」

「セルファース様の病状は、まだ良くならないのですか？」

「ええ。最近はちょっと関節に血が溜まっているみたいなの……」

セルファースは、年一回の魔物討伐遠征で患ったという〝遠征病〟の病状が思わしくない日々が続いている。

持ち直したと思ったら、また悪くなる、といったことを繰り返しているそうだ。

そんなセルファースの病状を最近聞いて、思う所があった勇が質問する。

「あの～、ひょっとしてセルファース様って、野菜、特に生野菜が嫌いだったりしませんか??」

「ええ。よく分かったわね。昔から野菜が嫌いで、サラダなんかほとんど食べないわね」

「なるほど……後、遠征の時に持って行く保存食って、どんなものなんでしょうか?」

「そうねぇ……干し肉に固焼きパンにチーズ、干し野菜が少しというところかしらね」

それを聞いた勇が、腕を組んで考える。

「セルファース様の病気、と言うか遠征病の原因が分かったかもしれません……」

「え?　どういうこと?!」

「私のいた世界でも、昔似たような症状の病気が流行ったことがあったんですが、私の生きていた時代ではほぼ撲滅されていました」

「ホ、ホントに?!」

「ええ。私のいた世界では壊血病と呼ばれていて、遠征病と同じように長い間船に乗りっぱなしの船乗りの病気でした。それと発生した条件と病状がそっくりなので……」

「じゃ、じゃあ治療の方法も分かるの!?」

「手遅れになっていなければ、ですが、原因が同じであれば治療できると思います。私のいた世界では、特定の成分が不足すると壊血病になることが分かっていたんです」

「特定の成分、ですか……?」

勇の問いかけにアンネマリーが困惑する。

「ええ。肉を食べると身体に筋肉が付く、とかそういう考え方は、こちらにはありませんか？」

「食べ物をあまりそういう目で見たことはありませんね……。経験則から、肉を食べると身体が大きくなりやすいとか、野菜も一緒に食べないと風邪を引きやすいとか、そういうものはありますが」

「そうなんですね。私のいた世界では、食べ物には様々な成分が含まれていることが分かっていました。それぞれ色々な特徴や役割を持っていて、不足したり逆に摂りすぎたりすると病気になることが証明されているんです」

「食べ物に含まれる成分……」

考えたこともなかった内容にアンネマリーが再び言葉を失うが、無理もないだろう。

地球においても、栄養に目が向けられたのは十八世紀の終わり頃になってからだ。

「細かい話を始めるとキリがないので、それはまた追々お話しします。セルファース様にはひとまず野菜と果物を毎日多めに食べさせていただけますか？　そのままでは食べづらいでしょうから、スープにするのがおすすめです。その際、中の具だけでなく、スープも飲み干してもらうようにお願いします」

「は、はい。野菜のスープですね。他の具材も入れて良いのでしょうか？」

「ええ、大丈夫です。あと、果物は絞ってジュースにしてもらっても良いですか？　絞って飲んでもらうのが手っ取り早いので」

「わ、分かりました」

「それ以外は、いつも通りの食事で大丈夫だと思います。今言ったものを、最低でも一日二回は食べてもらってください。もし壊血病だったとして、こちらの食べ物にもそれを回復させる成分が入っているなら、これで改善がみられるはずです」

「これまで原因不明だった遠征病を治せる可能性が見えたのはありがたいわ。今までは、これと言った治療方法もなかったから、ただ見ているしかなかったのだし……。ギード、今夜からイサムさんの言ったメニューをよろしく頼むわね」

「はい！　早速今からご準備します！」

　あらためてニコレットから正式な指示をもらった料理長のギードは厨房へと走っていった。

「これで少しでも改善されると良いんですが……」

「大丈夫ですよ！　改善しなくてもこれまで通りなだけですし。それに、きっと効果があるはずですよ！」

　なおも不安そうな勇に、優しく、明るくアンネマリーは言い切った。

　果たして、早速この日からビタミンCが多いと思われる食事に切り替えたセルファースの病状は、徐々に快方に向かっていくのだった。


　ヴィレムから読める機能陣を手に入れてから丸三日、勇は研究所に引きこもりその解読に没頭していた。

流石に食事はダイニングでとっていたが、あいさつ程度で会話らしい会話もなく、食べ終えるとすぐにまた研究所に戻るという徹底ぶりだった。

エトは魔法陣を読むことができないため、勇が解読するのを見学しつつ、効率化された魔法カンテラの起動陣を作っている。

一方その間に、勇の提案した食事療法でセルファースの病状が快方に向かっていたため、ニコレットが時間を取ってほしそうだったがこれを完全に無視。

またその食事療法を提案したあと勇はスープづくりの手伝いをしたのだが、その時野菜類を洗うのに当たり前のように水魔法を使っていたことについて聞きたそうだったアンネマリーも同じく完全無視する。

おかげで女性陣の不満が大いに溜まっていくのだが、織姫によるペットセラピーが功を奏し、表面化せず無事三日が過ぎたのだった。

そして四日目の朝。手に入れた機能陣の解読がついに終わった。

「ついに機能陣の解読に成功したそうじゃな？　これまで全く読めなかったというのに、何があったんじゃ？」

勇が研究所で織姫のブラッシングをしていると、エトがやってきた。

「ああ、エトさん。今までのが読めなかった理由はまだ分かりませんね……。たまたま読める機能陣を手に入れた、というのが正しい気がしますよ」

「なるほど。ガラクタ通りの魔法陣墓場で買ったと言っておったな？　となると、おそらくアーティファクトの一部じゃろうな。高額なアーティファクトといえど、使い方の分からない魔法陣単体には、魔法具としての価値はほとんどなくてな。ヴィレムのような変わり者か、一部の研究者くらいにしか需要がないんじゃ。アーティファクトの中に読めるものがあることが分かったのなら、イサムにとっては宝の山かもしれんな」

「ええ。できれば継続して仕入れられないかと思っています。アンネマリーさんとは、ヴィレムさんを専属として雇うことも視野に相談しています」

「ふむ。それが良いかもしれんな。ところでイサムよ、解読した機能陣にはどういう効果があったんじゃ!?」

　ずっとソワソワしていたエトだったが、ついに我慢できずに本題を切り出す。

「全部で四つ、読める魔法陣がありました。そのうち二つは火系のもの、一つは水系のもの、残りの一つはよく分からないものでした」

「よく分からない？　魔法陣が読めるイサムにも分からないものがあるのか？」

「ええ。読めると言っても言葉の意味が頭に入ってくる感じなんです。で、そのよく分からないものについては、私の理解できない理論で書かれているのか、意味がよく分からないんですよね……部分的に分かる単語や表現はあるので、もう少し私の理解が追い付いてきたら解読できるかもしれません。それまではちょっと脇に置いておこうかと……」

「なるほどな。まぁまずは意味が分かった奴だけでも三つあるんだし、そっちからじゃな」

「そう思います。まず火系ですが、一つは対象を温める効果がある機能陣で、九割ほど魔法陣が残っていました。もう一つのほうは、火を起こすものだと思われますが、四割程度しか残っていないので確信が持てません。ただ、運が良いことに一つ目に欠けている部分が残っているんですよね。なので、今回はまず対象を温める機能陣で魔法具を作ってみようと思います。で、水系のほうは水を生み出す魔法具のもののようですね。こちらは六割程度が残っている感じなので、すぐに再現はできないですが、試行錯誤したらある程度いけそうな感じです」

「ほほぅ、いきなり動く機能陣が作れそうなのか……。そいつはとんでもないな」

「まぁ、何故か読めない機能陣の何倍もの大きさがあるので、魔法具にした時に大きくなっちゃいますけどね」

勇は苦笑しながら熱の付与《エンチャント・ヒート》の魔法陣を指差すが、エトがそれに真っ向から反論する。

「何を言っとるんじゃ。これまで誰も成しえなかった、独自の機能陣開発なんじゃぞ？　大きさなんぞ何の問題にもならんわい。これが実用化されたら、世界がひっくり返るぞ？　動くアーティファクトがなくても魔法具が作れるようになるだけじゃなく、長年の夢だった〝好きな魔法具〟を作れる可能性が出てくるんじゃからな」

「あはは、確かに夢は膨らみますね。じゃあ、がんばって作ってみますよ！」

「うむ、その意気じゃ。どこまで手伝えるかは分からんが、俺も魔法具師の端くれとして必ず技術を身に付けてみせるわい。スマンがこれからもよろしく頼むぞ！」

勇とエトは握手を交わすと、いよいよ魔法具の試作へと取り掛かるのだった。

「なるほどなぁ。必要な魔力を作って貯める部分、魔法を発動させる部分、全体を制御する部分に分かれてんのか……。言われてみりゃあ効率が良さそうだが、そんなことこれまで誰一人想像せんかったじゃろうな。そりゃ解読なんぞ永遠にできんわけじゃわい……」

勇に説明を受けながら試作作業を手伝っていたエトが、しみじみとそう零す。

「まぁ原理とか考え方の話ですからね。私はたまたま前にいた世界に似た考え方があったからすぐに理解できましたけど、新しい概念に自分で辿り着くのはハードルが高すぎますよ」

そう答えつつ、勇も試作用の機能陣を描いていく。

元になる機能陣を丸写しする部分も多いので、そこはエトに任せて、勇は新たに書き起こす必要がある部分を担当していた。

「えーと、ここからが起動陣からの繋ぎになる部分だから、こっちの機能陣を参考にして……」

そう言葉に出しながら作業を進めていく勇。

熱の付与《エンチャント・ヒート》の機能陣は、起動陣から連結する部分が欠けていたため、火を起こす機能陣のものを改変して使うことになる。

「見た感じ、機能陣を起動させるための魔力量と魔力変数の数が少し違うようだから、ひとまずそこだけ調整して、と……。うん、こんな感じかな。起動陣は一旦カンテラのヤツで代用できそうだから、まずはそれを使うか。エトさん、そっちはどうですか?」

「おう、こっちももうすぐ終わるわい」

こうして半日程度かけて、熱の付与《エンチャント・ヒート》を使った魔法具試作初号機がついに完成した。

今回試作された魔法具は、熱の付与《エンチャント・ヒート》の効果をダイレクトに利用したコンロのようなものだった。

熱の付与《エンチャント・ヒート》は、接触・指定した物体にその名の通り熱を加える機能陣だ。

色々な応用が考えられるが、もっとも単純な使い方として、熱伝導率の高い銅のプレートを置いて加熱、電気コンロのような効果を想定している。

消費魔力と発生する熱量の加減が全く分からないので、元の機能陣に書かれていた数値をそのまま使ったものと、半分にしたものの二種類が試作されていた。

そこへ火の魔石と起動用の無属性の魔石をセットし、コンロとしての性能を確認するために水を張った鍋も用意して、実験の準備が整った。

「ふっふっふ……ついに、ついにこの瞬間が来たか。魔法具師長年の夢、自作の魔法具を動かす歴史的な瞬間じゃ!!」

組みあがった試作機を前に、エトが感無量といった表情で声を上げる。

「ついこの前、起動陣を作ったと思ったら、もう機能陣まで作っちゃうなんてね……。ホント、規格外すぎて言葉が出ないわね」

「全くだね。しかも私の遠征病を、その傍らで治してくれたわけだし。感謝してもしきれないよ」

歴史的な実験に立ち会うため、領主夫妻も駆けつけていた。

セルファースも、万全とはいかないまでも動けるくらいには回復しており、この場へ足を運んでいる。

「さて、それじゃあ行きますね！　エトさんは、そっちの起動をお願いします」

「おう、任せておけ！」

「じゃあ、カウントダウンしますよ。3……2……1……、起動!!」

勇の合図で、同時に起動陣の無属性魔石に触れる。

フォンという独特の起動音と共に淡い光を灯しながら起動陣が立ち上がる。そしてその光の筋が、ついに機能陣へと繋がった。

ここから先は未知数だ。想定では、まず必要な魔力の変換と確保が行われるはずだが……。

固唾をのんで見守る一同の前で、まずは起動陣との接続部分の魔法回路に、淡く光が灯った。

そして次の瞬間、火の魔石に淡い朱色の光が灯ったと思うと、再びフォンという小さな音と共に機能陣全体が淡く発光する。

続けて熱の付与《エンチャント・ヒート》の効果を発揮する魔法陣が、魔石と同じような朱色の光を纏った。

「うん。ここまでは問題なさそうだ。ちゃんと熱の付与《エンチャント・ヒート》の魔法が発動しているはず！」

「……そうじゃな。あとは銅板がどれくらい温められるかじゃな」

試作機の様子を見ながら、勇とエトが頷き合う。

そのまま待つこと僅か一分ほど、まずは魔力消費量が元の数値のままの試作機の鍋から湯気が立ち上り始めた。

「い、イサムさんっ!!　お湯が、お湯が沸いています!!　すごい……」

それを見たアンネマリーが、勇の腕を摑み歓喜の声を上げる。

そのまま見ていると、すぐにボコボコと沸騰し始めた。

遅れること一分、魔力量を半分にした試作機側の鍋からも湯気が上がり始めた。

「おう、こっちでも問題ないようじゃな」

「そうですね。念のため、もう少し様子を見てみましょう。特に魔力消費が大きい方が、どこまで温度が上がるのかは確認しておきたいです」

「そうじゃの。銅を溶かすほどの熱量はないとは思うが、万一熱量が高いと危険じゃからの」

勇とエトが最も懸念していたのは、その部分だった。

温度を管理して制御するようなロジックは見当たらず、単に魔石から取り出す魔力量と魔法陣につぎ込む魔力量が数値化されているのみ。

インプットとアウトプットのバランスが全く分からない状態なのだ。

一応セーフティー機能は用意されているのだが、それが発動する閾値《いきち》がよく分からない。

ベースになった機能陣が軍事目的のものだったりしたら、超高温となる可能性もあり得る。

注意深く観察すること十五分ほど。デフォルト設定側の鍋の水が完全に蒸発した。

そこからしばらく空焚き状態で様子を見たが、銅板も鍋も溶けたり赤熱したりすることはなかった。

魔力量を減らした方も、しばらくすると鍋の水は完全に蒸発。当然こちらも溶けるようなことはなかった。

「ふー――っ、年甲斐もなくはしゃいでしまったが、実験としては大成功と言って良いんじゃないか？」

「ええ。ほぼ想定通りの結果でしたし、大成功ですよ！」

エトと勇はニヤリと笑い合うと、パン、と右手でハイタッチを交わす。

「次は、連続稼働時間の調査と魔力量と熱量の関係性調査が急務ですね」

「そうじゃな。それが分からんことには、魔法具としては使えん。逆にそれさえわかれば、すぐにでも魔法具として使えるとも言えるがの」

「まったく……もうちょっと感動するとか余韻に浸るとか、そういった情緒はないのかしら、あの二人には」

新魔法時代になって以来の偉業を成し遂げたばかりだというのに、その余韻に全く浸ることなくもう次の実験のことを考えている二人をみて、ニコレットがため息をつく。

「職人とか技術者というのは、そういうものなんだろうね。過ぎたことより次は何をするのか。それが原動力になってるんだと思う」

「そうですね。今の二人の顔は、飛び切りのおもちゃを手に入れて楽しくて仕方がないといった感じですから」

クスクスと笑いながら二人を見つめるアンネマリーの表情もまた、嬉しくて仕方がないというものだった。

そしてついに実動する機能障を作り上げた勇は、ここから一気にそのスキルの真価を発揮していくのだった。

熱の付与《エンチャント・ヒート》の試作実験を成功させた勇とエトは、予定通り次のステップとして実用性のチェックを行っていた。

使う魔力量を変えて、発熱量と稼働時間を細かくチェックする。

想定される使い道は調理用のコンロなので、火力が強くても弱くても使いづらいし、稼働時間が短いのも実用性に欠ける。

結果、火力と時間のバランスが一番良いのは、元の魔法陣に書いてあった魔力の十分の四だ、という結論に勇とエトは辿り着いた。

「しかし、一定以下の魔力消費量になると、稼働時間にほとんど差がなくなるのは意外じゃったな」

「ホントですね。下げれば下げるほど長持ちするもんだと思ってましたよ……。でも、確か無属性魔石の場合は基本下げるほど長持ちしましたよね？」

勇とエトは、実験の結果から分かった一番の発見について意見交換をしていた。

「そう言えば、そうじゃったな」

「属性によって違いがあるのか、無属性だけが特殊なのか……？」

「ふむ。起動陣と機能陣の違いという可能性もあるぞ？」

「あ――、確かに。その線もありますね。いやぁ、奥が深いというか、知らないことだらけですねぇ」

「全くじゃ。だが、それが……」

「「楽しい！」」

そう言って二人で顔を見合わせて大笑いする。

「くっくっく、イサムはどうしようもないくらい職人じゃな」

「はっはっは、エトさんこそ。知らないことが楽しいとか、変人ですよ？」

「くくく、ありがとよ。最高の誉め言葉じゃわい」

そしてまた顔を見合わせて大笑いだ。

「……。まったく、男性というのはいつまでたっても子供のままなんでしょうか？」

近くで実験を見ていたのに、全く蚊帳《かや》の外となってしまったアンネマリーがため息交じりに呟いた。もっともその目は、出来の悪い弟を見守る姉のような優しいものであったが。


そんなこんなで実験と外装の調整をすること五日。

ついに新魔法時代初のオリジナル魔法具が完成に至ったため、子爵家の極一部にお披露目されることになった。

参加するのは子爵夫妻とアンネマリー、家令のルドルフ、内政筆頭のスヴェン、そして料理長のギードだ。

魔法具の名前は、分かりやすさを考えた仮称としてそのままズバリ「魔法コンロ」だ。

新魔法時代初のオリジナル魔法具であることが最大の売りではあるのだが、それに勝るとも劣らない試みが魔法コンロには盛り込まれていた。

「これが魔法具なんですか？　すごい、とても美しいですね……」

「ホントね。外装が綺麗なのはもちろんだけど、このバリエーションの多さは素晴らしいわね」

これまでの魔法具は、魔法陣の意味が分からなかったため、元になった魔法陣の形をそのまま使うしかなかった。

その結果外見も、サイズを大きくしない限りは元の魔法具から変えることはできなかったのだ。

ところが勇は、書いてある内容を理解しているため、魔法陣のサイズや形状をある程度変えることが可能だ。そしてそれは、外装を無駄に大きくすることなく、様々な形状のものを作れることを意味する。

今回は、そのメリットを分かりやすくするため、性能は同じだが見た目の全く異なる三種類の魔法コンロを作り上げていた。

一つ目は、極限まで薄さを追求した正方形のモデルだ。

魔石の位置と起動陣との接続位置などを調整し片方に寄せることで、手前側だけ少し高さがありつつ全体はピザボックス程度の薄さに抑えている。

二つ目は、横幅をコンロ部分の幅ギリギリにした縦長のモデルだ。

単体で見ると、調理器具としての実用性はそれ程高くない。

しかしこれを応用して長辺と平行に基板を横に並べて少し調整すれば、二口コンロや三ツ口コンロが作れるなど、可能性が広がる意欲作と言える。

初回版限定
封入
購入者特典

特別書き下ろし。

織姫と料理人

※『異世界は猫と共に ① システムエンジニアが挑む領地再建の魔法具開発』をお読みになったあとにご覧ください。

EARTH STAR NOVEL

「にゃふ」

今日も薄っすらと空が明るくなってきた頃、定位置である勇の枕元で織姫は目を覚ました。

欠伸をしながらぐぐっと身を反らすように背中を伸ばすと、優しく勇の頬をひと舐めする。

「う〜〜ん」

小さく身じろぎした勇の反応を目を細めて満足そうに眺めた後、静かにベッドから降りて少しだけ空いているドアから廊下へと出ていった。

時刻にするなら午前四時頃か。

貧乏ながらも貴族であるクラウフェルト家の屋敷では、こんな時間からも活動し始めている人達がいる。

最も早起きなのは、料理番たちだろう。まだ薄暗い廊下に、厨房から灯りの魔法具の光が漏れて来ていた。

慣れた足取りで、織姫が厨房へと入っていく。

「ああ、オリヒメ様。おはようございます。今日も早いですね」

「にゃ〜お」

朝食の下ごしらえをしながら料理長のギードが声を掛け、織姫も挨拶を返す。

織姫はそのままトコトコと歩いていくと、今朝のスープであるミルクポタージュを作っている料理人の足下に頬を擦り付けた。

「お、今日はミルクをご所望か。ちょっと待ってろよ〜」

料理人は嬉しそうに返事をすると、冷蔵箱からミルクを取り出し少量を片手鍋に入れて魔法コンロにかける。

軽く湯気が出てきたくらいでコンロからおろし、同量の冷たいミルクを注ぐと、小指の先で温度を確かめた。

「うん、大丈夫だな」

人肌程度の温度になっている事を確認した料理人が満足そうに頷く。

猫舌という言葉がある通り、猫は熱いものが苦手なのだが、冷たいものもまた好まない子が多い。

勇からそんな話を聞いてからというもの、料理人たちは温度を気にするようになっていた。

「ほれ、飲みな」

浅い器に移し替えられたミルクを、織姫専用に作った背の低い小さなテーブルの上へと置く。

そして三つ目は、円形のモデルだ。

これまでは円形の機能陣をもつアーティファクトが発見されていなかったため、円形の魔法具を作ろうとした場合、正方形の基板が内接する円が限界の小ささだった。

当然四辺の外側に無駄なスペースができるため、不必要に大きくなる。

勇は、円形の基板に機能陣を収めることができるため、ほとんど四角形と変わらない大きさで円形の物を作ってみせた。

需要があるかはさておき、星形などの複雑な形状にもある程度対応できるだろう。

「料理に使うコンロだったわよね？」

「はい。簡単な料理が作れるところまでは、私の方で確認しています」

「じゃあ、それを踏まえて料理人として使い心地を確かめてもらおうかしらね。ギード、ちょっと試しに何品か作ってみて頂戴」

「はいっ！　お任せくださいっ!!」

調理に使う魔法具と聞いて、先ほどから熱の籠った目で色々と触っていた料理長のギードは、ニコレットの依頼にとても良い返事をする。

「……はぁ、あなたもやっぱり男の子ねぇ」

「ふふ、そうですね、お母様。イサムさんやエトさんと同じ目をしていますね」

ため息交じりに呟くニコレットと、くすくすと笑いながら答えるアンネマリー。

当のギードは、すでにそんな二人の様子など眼中になく、持ち込んだ調理器具をあれやこれやとセッティングしていた。

「ギードさん、コイツの使い方はもの凄く簡単です。この起動用の魔石で起動させると、すぐにこっちのプレートが熱くなります。そこにフライパンや鍋を載せてもらえば調理ができます。ただ、現時点では火力は一定なので、火力を下げたいときは距離を離すか、鍋をずらして接触面を減らすしかありません」

「なるほど、かしこまりました」

エーテルシアの料理は、薪を使った竈で作るのが一般的だ。なので、元々火力調整は距離を調整することで行っていることが多く、基本的な使い方は大きく変わらない。

「かなり高温にはなるんですが、竈と違って距離を離すとすぐ熱を感じなくなります。なので、微妙な火力調整はできないと思ってもらったほうが良いです」

「なるほど。その辺りのクセは、試してみないと分かりませんね。なに、竈でもモノによって全然クセが違いますからね。慣れたもんなんで問題ありませんよ！」

勇の心配をよそに、ギードはニカっと笑うと力こぶを作ってみせた。

「あはは、さすが料理長ですね。それじゃあよろしくお願いします!!」

「お任せください。新魔法時代初の魔法具で料理を作れる名誉をいただいたんです、美味しく仕上げるんで少々お待ちください」

ギードはそう言うと、魔法コンロを起動させ水を張った鍋を上に載せた。

ギードは、真剣だが楽しそうな表情で料理を作りはじめる。

領主一家は、普段調理の様子など見ないのだが、今回は全員がその様子を真剣な表情で見ていた。

真っ先にギードが行ったのは、火力の確認だった。

水を張った鍋をコンロに載せて、沸騰するまでの時間を計る。

それが終わると、今度はフライパンに油を薄く引き、厚みの違う肉や野菜を何種類か焼いては試食をしていた。

一通り試して確認すると、小さく頷きいよいよ本格的に調理へと取り掛かる。

コンロは都合三台あるので、並行して料理を進めていく。

今回作ったコンロは、地球でいう所の電気コンロが一番近い。

最近は見かけることが少なくなったが、あまり料理をしないことが前提のワンルームマンションなんかについているアレだ。

違いがあるとすれば、電気コンロは温度が上がるまでに時間がかかるのに対して、魔法コンロは割とすぐに高熱になることと、絶対的な温度が高いことだろうか。

それは同時に、電気コンロのデメリットがおおよそ解決されているともいえる。

もし地球に魔法コンロがあったら、かなり人気を博すだろう。

そんな実用性も十分なコンロなので、最初は使い勝手の違いに戸惑っていたギードも、慣れるにつれて手際よく調理できるようになっていた。

スープを煮込みながら空いたコンロでオムレツを作り、さらにベーコンと野菜の炒め物の準備も進めていく。軽めのメニューだが、使い勝手を見るのには良いのだろう。

そして調理をすること一時間ほどで、八人分の料理が出来上がった。

「お待たせしました。あまり時間をかけずに、魔法コンロの使用感やポテンシャルを把握できる料理をご用意しました。まずはご賞味ください」

配膳を終えたギードは、自身も食卓に着きながら皆に料理を勧める。

「うん。見た目は普段のものと全く変わらないね。とても美味しそうだ。では、いただこう」

セルファースの合図で、皆が一斉に料理を食べ始める。

まずは皆スープに手を伸ばした。

「いつものスープと同じく、非常に美味しいですね」

「そうね。違いは全くないんじゃないかしら」

スヴェンの感想にニコレットが同意する。

「はい。スープに関しては、基本熱を加えるだけですので、全く問題ありませんでした」

ギードも全く問題ないと判断しているようだ。

「オムレツもふわっとしていて美味しいです！」

アンネマリーがオムレツを食べて笑顔を覗かせる。

「ありがとうございます。オムレツは火加減が非常に重要なので、最初は焼きすぎたり加熱が足りなかったりとばらつきましたが、何度か試してコツを摑みました。竈のように毎回微妙に火力が変わることもないので、コツさえ摑めばおそらくこちらの方が上手く調理できますね」

料理人の力量と道具の性能差が顕著に出るオムレツも、特に問題がないようだ。

「野菜のソテーも美味いぞ。まぁ俺は普段の味を知らんから、比べることはできんが……」

ベーコンの入ったソテーとパンを交互に食べながらエトがそう言う。

「こちらも問題ありませんね。今回は時間の都合で火の通りの良いエピナル草をメインで使いましたが、他の野菜でも大丈夫だと思います」

炒め物については、少々勇は危惧していたのだが特に問題はないようだ。

というのも、魔法コンロでは中華鍋を使った料理のように、超高火力で鍋振りをしながら一気に炒めるようなことはできない。

しかしこちらには、丸底のフライパンもなく、そういう料理や調理方法はないため、問題にはならなかったようだ。

いつか中華鍋とそれを使いこなせる魔法コンロも作ろうと、勇は密かに決心するのだった。

一通りの試食を終え、調理に問題なしとの評価を得られたことで、場の空気も非常に明るい。

「いやはやイサム殿には驚かされっぱなしだね……。機能陣の解読ができたと報告があって十日も経たぬ間に魔法具を作ってしまうなんて。しかも試作品の段階でこの完成度だ。もはや言葉もないよ」

食後のお茶を飲みながら、セルファースが勇を称える。

「いやぁ、今回はたまたま状態の良い魔法陣が手に入ったのと、それと相性の良い魔法陣を同時に入手できましたからね。運が良かっただけですよ」

「たまたまで魔法具は作れないから、もっと誇って良いと思うよ？　まぁ、そこがイサム殿らしいと言えばらしいんだけどね」

相変わらずの勇の自己評価の低さにセルファースが苦笑する。

「さて、後はこの魔法具をどうするか、だね。私は商品化してしまっても良いと思うのだが、実際に使ってみてギードはどう思う？」

「非常に便利で画期的な魔法具だと思いますが、ひとつだけ確認させてください。イサム様、この魔法具は火の魔石が必要だと思うのですが、魔石をいくつ使って、どれくらいの時間使えるのでしょうか？」

ギードの質問はもっともだろう。いくら便利なものでもメンテが手間だったり、ランニングコストが嵩んだりするのであれば使い物にならない。

「使う魔石はひとつですね。この火力のものであれば、起動しっぱなしで丸四日は稼働することを確認しています」

「魔石ひとつで丸四日ですか!?　凄いですね……」

「ちなみにギードさん、お屋敷では毎日どれくらいの時間竈を使っていますか？」

「日によって異なりますが……。朝と昼はそれぞれ二時間くらい、夜が三時間くらいでしょうか」

「なるほど一日七時間くらいですか。であれば、魔石ひとつで最低でも十日は交換せずに使えると思います。竈と違って、火を消してもまたすぐ加熱できるので、使わない時にちゃんと消せば、実際はさらに長く使えると思いますが」

「最低十日!? それだけ使えれば交換の手間も問題ないですね。実は、魔法竈という火の魔石で動く魔法具があるにはあるんです。形は普通の竈と変わらない魔力で炎を起こす魔法具で、普通の竈と同じように使えるので便利なんですが、普及はしていません」

「へぇ、似た魔法具がすでにあったんですね。便利そうなんですがなぜ普及していないんでしょうか？ 高いんですかね？」

聞いた限りであれば、魔法コンロのようにクセもないので普及しても良さそうなものだ。

「本体が高い、というのも確かにあって、庶民に広まらないのはそちらが主な理由ですね。でも、貴族に対してもあまり広まらないのは、とにかく魔石の消費量が多すぎて、手間とお金がもの凄くかかるんです。だから、王族かよほどの上位貴族、もしくは火の魔石の産地くらいでしか使われていません」

「あ――、なるほど……ちなみにどれくらい魔石を使うんでしょうか？」

「私も聞いた話ですが、中サイズの魔石を一～二日で使い切るそうです」

「エトさん、中サイズの魔石って幾らくらいなんですか？」

「中サイズか？ だいたい千ルインくらいだったと思うぞ」

「うわぁ、二日に一個だったとしても月に一万五千ルインですか……。それは確かに普及しないでしょうね……」

一万五千ルインは日本円で一五〇万円相当だ。流石に毎月その金額を垂れ流すわけにはいかないだろう。発見された状態のまま使うしかない魔法具の、分かりやすい課題だ。

「しかし類似品がそういう代物なら、より魔法コンロの利点が目立つのでありがたいですね。ちなみに、竈では毎日どれくらい薪を使ってるんですか？　あと、薪の価格は幾らくらいなんでしょう？」

「ウチの厨房には三台の竈がありますが、薪の束を一日に五束、月に一五〇束ほど使っています。薪一束は八ルイン程度ですね」

「なるほど。そうなると薪代で月に……一二〇〇ルインくらい使っている計算になりますね。仮にそれを魔法コンロに置き換えた場合、十日に一個魔石を使うとして竈一台につき月に三つ。三台だと九個の魔石が必要ですが……。エトさん、魔法コンロに使っている魔石の値段って幾らくらいなんですか？」

「コイツに使ってるのは小サイズの魔石だから、百から一二〇ルインってとこだな」

「一二〇ルインだったとして九個で一〇八〇ルインなので、運用にかかる費用は同じくらいになりますね。火力の調整機能を付ければ、もう少し消費量が抑えられるはずなので、普通の竈に対しても価格勝負で負けないと思います」

　諸々の数値を使って勇がざっくりとした試算を行う。

「それくらいなら問題ないだろうね。うん、魔法コンロは、準備が整い次第量産に入ろうか。イサム殿、あらためて量産に向けた調整をお願いしたいんだけど、どれくらいの期間が必要かな？」

「そうですね……火力調整機能はいつできるか分からないので見送るとして……。強火力、中火力、弱火力の三種類に分ける方向で良いですか？　それであれば、もうできているので、後は外装の調整時間だけで大丈夫ですよ」

「三種類出すというのも、とんでもない話なんだがね、普通は……。じゃあ、ひとまず今月いっぱい、エトとギードと一緒に外装の仕上げを頼んだよ」

「分かりました。あ、可能ならアンネマリーさんにも参加してもらって良いですかね？」

「え!?　私もですか！！？」

急に話を振られて慌てるアンネマリー。

「はい。こうした日常使いする製品は、女性の目線も入れたほうが良いことが多いんですよ。それと……、私とエトさんはいうに及ばず、ギードさんも職人肌ですからね。我々だけで作ると暴走した時に止める人がいないので、そのあたりの調整もお願いしたいんですよね……」

バツが悪そうにそうお願いする勇。それを聞いたアンネマリーは、つい吹き出してしまう。

「ふ、ふふふっ、分かりました。ふふっ、確かにお三方だと暴走してしまうかもしれませんものね」

「じゃあ四人で頼むよ。皆もそれで良いかい？」

当主の最終確認に、全員が間髪を入れずに頷く。

「他に何か質問はないかい？」

「あ、すいません、ひとつ良いですか？」

「ああ、もちろんだイサム殿」

「魔法コンロの元になった魔法陣は、どういう経緯で作ったことにしますか??　商品化する場合には、登録が必要なんですよね？　私のスキルだと言っても良いかもしれないですが、言っちゃって大丈夫ですかね？」

「っ!?　確かにそれがあったね……」

「そうね。浮かれてて忘れてたわ。でも、イサムさんのいう通り、まだスキルについての口外は避けたいわね……」

勇の質問に、当主夫妻がはっとした表情をしたのち考え始める。

「それでしたら、ヴィレムを召し抱えませんか？　当家が魔法陣研究部門を立ち上げ彼と専属契約し、遺跡への魔法陣調査を依頼した。持ち帰ったものや過去に手に入れたものを虱潰しに組み合わせていたら、たまたま動くものが出来上がった、というのはどうでしょう？　幸い彼の名はそこそこ知られていますし、何気に半分以上事実ですから」

アンネマリーがヴィレムを巻き込む案を提案する。

「ふむ……若干苦しい部分もあるが、大半が事実だしね。ひとまずはその線で行こうか。彼との調整はアンネに任せて良いかい？　書状はすぐに準備するから」

「はい。早速この後に行ってまいります」

「頼んだよ。イサム殿もそれで良いかい？」

「はい。問題ないです」

「じゃあ、その線で。他には良いかい？」

再度の確認に、今度こそ全員が了解する。

「よし。発売時期や売り出し価格なんかは、また販売用の試作品ができたら検討しよう。ふふ、クズ魔石屋と言われた我々が、新しい魔法具を売りに出したときの皆の顔が楽しみだね。忙しくなると思うが、皆よろしく頼む！」

「「「「「はいっ！」」」」」

こうして、新魔法時代初となる自作魔法陣による魔法具商品化計画が、本格的にスタートするのだった。

第六章　商品化

研究所から戻った当主夫妻とアンネマリーは、セルファースの書斎に集まっていた。

「お父様、旧魔法の実戦配備を急ぐ必要がありそうですね……」

「そうだね……。正直、ここまでイサム殿が凄いとは思ってもみなかったよ。というか、旧魔法を解読しただけで、他は何もしなくても十分なくらいの恩恵をもらったんだがね……。まさか間髪を入れずに機能陣を解読したうえ、オリジナルの魔法具まで作ってしまうなどと、誰が予想できる？」

「ふふふっ、そうですわね。しかも当の本人が、それがどういうことなのか全く理解していないのがまた、イサムさんらしいです」

「その上ヴィレムを抱き込むんでしょ？　多分この調子だと、まだ読める機能陣がいくつも転がってそうだから、まだまだ増えるわよ？」

「私の体調も、これまたイサム殿のおかげでほとんど戻ったからね。明日から本格的に私も旧魔法の習得に取り掛かるよ。アンネは引き続きマルセラと一緒に、新しい旧魔法を習得していってほしい。もう、周りに合わせる必要はないから、思う存分やるといい」

「分かりました」

感覚派で旧魔法との相性が良いアンネマリーとマルセラは、周りが追い付くまで旧魔法習得のペースを落としていた。

しかし想像以上に勇のスキル公開までのタイムリミットが短くなりそうなのを受けて、最大戦力として計算できるよう自身のスキルを最優先で上げることにしたのだ。

「ニコレットも引き続きリディルと共に旧魔法の習得と言語化を急いで欲しい。がんばれ、としか言いようがないのが心苦しいが……。幅広い普及には、言語化して教えられることが必須だからね」

「もちろんよ。最近ようやくコツが見えてきた気がするの……。それに、このまま娘に差を付けられっぱなし、というのも悔しいのよね」

ちらりとアンネマリーを見やりウィンクするニコレット。

理論派のニコレットとリディルは、未だ旧魔法を完全習得できずにいた。

領軍に普及させるにはマニュアル化が必須になるため、この二人への期待は大きい。

「ふふ。お母様、がんばってください！　ぼやぼやしていると、どんどん新しい魔法を覚えていってしまいますからね？　ふふふ」

「あら、言ってくれるじゃない？　じゃあ私はもっと勉強するため、イサムさんに個人レッスンをお願いしちゃおうかしら？」

「えっ？　ちょっとお母様、何をうらやまし、じゃなくて無茶苦茶なことを言ってるんですか!?」

「ニコ、ちょっと待ちたまえ」

冗談めかして言うニコレットに、アンネマリーとセルファースが食いつく。

「ぷっ……冗談よ、冗談。ふふっ、二人とも焦り過ぎよ」

「もうっ、お母様っ!!」

「やれやれ……。ああ、そうだ。明日からは、ルドルフとカリナも練習に加えてくれ。彼らは騎士ではないが、実戦的な武術と魔法を身に付けているからね。護衛として旧魔法が使えるようになるのは大きいし、我々とはまた違う目線で旧魔法を捉えることで、分かることがあるかもしれない」

「分かりました。二人には伝えておきます」

「うん、頼んだよ……っと、よし。ヴィレムへの書状が書けた。これをもって行きなさい」

「ありがとうございます。それでは早速行ってまいります」

アンネマリーは、書状を携えて退室していく。

それを見送ると、セルファースが口を開いた。

「さて、ここのところアンネに良いところを持っていかれっぱなしだ。我々も頑張ろうじゃないか」

「そうね。旧魔法もそうだけど、もっと色々と先を見越して動かないとね……。差し当たっては……。怪しまれない程度に火の魔石を中心に、魔石の買い増しを進めておくわね」

「ああ、頼んだよ。ようやく巡ってきたチャンスだ。逃さないように全力を尽くそう」

決意の籠った目で、二人は頷き合う。

クズ魔石屋と揶揄されて幾年。汚名を返上すべく、当主夫妻の心にも静かな闘志が芽生えていた。


関係者が引き揚げた研究所で、早速勇は魔法コンロの外装検討を始めて……はいなかった。

エトに頼んで、銅でできた金属棒を何本か作ってもらっているようだ。

そして勇本人はというと、研究所の裏で木の板を組み合わせて大きな箱を作っていた。

「うん、こんなもんかな。テストだし充分でしょ」

少々いびつだが、隙間がないようにしっかり組み合わせて釘を打ったそれを前に、腕組みをして頷いていると、裏口の扉からエトが出て来た。

「イサムよ、これでいいのか？」

エトが見せてきたのは、直径三センチ、長辺が六十センチ、短辺が二十センチのL字型の銅の棒の短辺の端を、銅板に接続したものだった。

「はい、ばっちりです!!　じゃあそれを魔法陣に取り付けるので、ちょっと手伝ってください」

OKを出した勇は、木箱の脇に置いてあった魔法陣の熱の付与部分《エンチャント・ヒート》に銅板を固定し、それを木箱のへりに引っ掛けるように設置した。

銅板からはL字型の棒が出ているので、木箱の中に垂直に棒の長辺が入っている形になる。

「ふふふ、完璧だ……」

出来上がりを見てほくそ笑む勇。

「完璧は良いんじゃが、何だこれは？　最高にリラックスできる至高の魔法具、じゃったか⁇　とてもそうは見えんぞ……？」

何を作っているか分からないエトの頭上に、いくつもの？マークが浮かんでいるのが見える。

「ふっふっふ、絶対気に入ると思いますから、もうちょっと待ってくださいね。今稼働させるので」

ニヤリと笑った勇は、木箱に向けて手を伸ばす。

『水よ、無より出でて我が手に集わん。水球《ウオーターボール》』

三回水球《ウオーターボール》を唱えると、箱の七分目くらいまで水が溜まった。

「ふー、魔法を覚えておいてよかった。この量を水汲みしてたら死んじゃうからな……」

「水なんぞ溜めてどうするんじゃ？」

エトはますます意味が分からず、頭上の？マークが増えていく。

「よし、じゃあ稼働させるか。時間短縮のため四倍量で作ってみたけど、果たしてどの程度で温まるやら……。等倍だと一リットル強の水が一分ちょっとで沸騰したから、純粋に熱量が四倍なら十五分くらいで適温になる計算だけど……」

そう独り言ちて、魔法具を起動させる。

そう、勇が作っていたのは風呂を沸かすためのヒーターだった。

底を銅板にして、いわゆる五右衛門風呂方式で作るのが最も効率が良いのだが、場所が固定されるのは実験機としてはいただけない。

なので、多少の効率には目を瞑り、持ち運べる投げ込み式に近い形状にしたのだった。

果たして待つこと十五分。湯船から湯気が立ち上ってくる。

「まだ少し温《ぬる》いな。あと数分ってとこだな。ふっふっふ、この時間で沸くなら十分実用的だぞ。追い炊きもできそうだ！」

湯加減を見ながら、勇のテンションはどんどん上がっていく。

この国に風呂がないことを知って絶望した勇は、いつか必ず風呂を沸かす魔法具を作ると心に決めていた。それがようやくかなうのだ。テンションも上がるというモノだ。

「なぁ、イサムよ。どう見てもただ湯を沸かしてるようにしか見えんのじゃが、俺が間違っているのか⁉」

対して、ただ大量に湯を沸かしているようにしか見えないエトのテンションが下がっていく。

「ええ。ただ湯を沸かしているだけです。ですが、そのただの湯が持つ驚異の力を、すぐに嫌というほど味わうことになりますよ？　ということで、私はもう我慢できないので、お先に失礼します‼」

勇は服をすべて脱ぎ棄て浴槽へと飛び込んだ。

「くぅぅぅぅ……あぁあぁあぁ――――っっふぅぅぅぅぅ…………」

そしてすべてを吐き出すようなため息が、その口から洩れた。

「はぁぁぁぁっ、最高だ……溶ける……」

バシャリとお湯を掬い何度か顔を洗う。

やや小ぶりの浴槽だが、ある程度脚を伸ばすこともできて十分リラックスできる。

「ふぃぃぃ。おっと、一旦切っておかないとな」

魔法具を稼働させたままだとずっと追い炊き状態になってしまうため、魔法具を止める。

熱の付与《エンチャント・ヒート》はモノを温める魔法なのだが、不思議なことに〝余熱〟というものがない。

魔力の供給を止めると、直接熱せられていた物体から完全に熱がなくなってしまうのだ。

どういう原理なのか全く分からないが、火力調整が容易なので非常に便利な仕様だった。

ようやく落ち着いてきた勇がふと横を見ると、勇が飛び込んだ水しぶきを浴びて呆然としたままのエトがいた。

「あ――――、すいませんエトさん……ちょっとテンション上げ過ぎました」

勇のその言葉で、ようやくエトのフリーズも解ける。

「……一体お主は何をやっておるんじゃ？　俺にはただ湯に入っているだけにしか見えんが……？」

勇があまりにも予想外の行動をとったため、エトは怒るでもなく質問する。

「これは〝風呂〟と言って、私のいた世界の施設です。リラックス効果はもちろん、健康にも良いし清潔さも保てる至高の文化なんです。ああ、もう少し温まったら代わりますから、少々お待ちください」

「……。う――――ん、お前さんを疑うことはしたくないが、ただ湯に浸かっとるだけじゃろ??どう考えても、至高の文化とは思えんのだが……」

首を傾げるエト。

それから五分ほど、久々の入浴を楽しんだ勇は、風呂から上がると用意していた手拭いで身体を拭き着替える。

「う――ん、バスタオルと浴衣も欲しいな。この辺りはまたアンネマリーさんに相談だな。おっと、お待たせしました。少々水を入れ替えるので、もう少し待ってくださいね」

そう言いながら側面に嵌めてあった木の栓を外してお湯を抜き、三分の一ほど入れ替える。

「五分くらいで適温になると思いますので、もう少し待ってください」

「う――――ん、別に俺は入らなくても良いんじゃがなぁ……」

尚もテンションの上がらないエトを尻目に、勇は湯加減をこまめに確認していく。

「さぁ、準備できました！　私は熱めのほうが好きなんですが、初心者にはちょっと厳しいと思うので、少し温めにしてあります。あ、湯量も少し減らしているので溺れることもないかと。とっとと服を脱いで何も考えず浸かってください!!」

「まぁそこまでいうなら……せっかく準備してくれたんだしな」

ローテンションで服を脱ぎ、恐る恐る片足を浸けるエト。

「ふむ、確かに熱くはないな。では……」

熱くないことを確認すると、いよいよ全身を湯船に沈めた。

そして……

「くっはぁぁぁぁぁぁっ……!!　う゛――――――――む」

盛大に息を吐くと、そのまま顎までお湯に浸かってしまう。

斜め上を向いたままのその顔は、まさに恍惚の表情だ。

「どうです？　エトさん。ただのお湯に浸かった感想は⁇」

笑いをかみ殺しながら、勇が呆けているエトに質問する。

「……ああ⁇　あぁ、お前さんのいう通りだった。これは確かに至高じゃわいひゅぅぅぅ。とんでもないモノを作りおったなはふぅぅぅ……」

言葉が怪しくなっているが、気に入ったことは間違いないようだ。

「そうでしょうそうでしょう。エトさんなら分かってくれると思っていましたよ。作った甲斐があったというものです」

満足げに頷く勇。

「うむ……控えめに言って最高じゃ。お前さんを疑っていた、少し前の俺をどやしつけたいくらいじゃわい」

ゆったりとエトが湯船につかっていると、研究所の方から声が聞こえてきた。

「……さ、……ん！　……さむ、……ん！」

「ん？　誰か呼んでおらんか？」

「確かに何か聞こえたような……」

耳を澄ませる二人。

「イサムさ――ん！　どちらですか――？　あら、裏口が開いていますね……こちらですか？」

その声を聞いた瞬間勇の顔が青ざめる。

「しまった！　入口も裏口も開いたままだった！！」

「何っ!?」

「ちょっと行ってきます！　エトさんは急いで着替えを……」

「あ、イサムさん！　やっぱりこちらにいたんです……ね……??　……キャ――――――ッッ！！！！」

慌てて対応に向かおうとするも時すでに遅し。

運悪く裏口が開いていたため裏庭に出てしまったアンネマリー。

はたしてそこには、素っ裸のエトがいた。

そして、アンネマリーの絶叫が、辺りに響き渡るのだった。


「ふぅ、失礼しました……。でも、イサムさんとエトさんも悪いんですからね!!」

「いやー、ホントにすみませんでした。あまりに浮かれていて、鍵をかけ忘れてしまったんですよね、ハハハ……」

大絶叫から十分。ようやく落ち着きを取り戻したアンネマリーにあらためて謝罪する勇。

突然響いたアンネマリーの悲鳴に、即座に騎士団や領主夫妻まで駆けつけたため中々に大事になっていた。

特に割を食ったのは、たまたまそのタイミングで裸になり湯船につかっていたエトだろう。

風呂が存在しないため、真昼間から裏庭で裸になっている合理性を説明するのが難しく、危うく変態の濡れ衣を着せられるところだったのだ。

最終的には、勇の国が誇る至高の文化で、〝美容〟にも良い、という言葉に反応した領主母娘の鶴の一声により、瞬時に不問とされた。

そして、近日中に領主の館にも風呂を作り、使い方をレクチャーすることが決定して今に至っている。

ニコレットのあの圧を考えると、近日とは今日のことであろう。

「いやぁ、ご領主様のとこは、何とも愉快な所なんですねぇ」

アンネマリーの隣でお茶を飲んでいた男が、楽しそうにそう零す。

「あー、すいませんヴィレムさん、見苦しい所をお見せして……」

「こらイサム、見苦しいとは何じゃ！　そもそもお前さんのせいで……」

「はっはっは、おまけに皆さま仲が良い！」

自分の裸を見苦しいと評されて納得のいかないエトが勇に抗議する。

それを見たヴィレムは、ますます嬉しそうだ。

そもそもアンネマリーが研究所を訪ねてきたのは、ヴィレムのためだった。

領主の専属として召し抱えたい旨を伝えにいったのだが、まさか露店でスキルの話をするわけにもいかず、ご同行願ったのだ。

もっとも、話をする前にエトの変態未遂事件があり、ただの愉快な仲間たちというレッテルがすでに貼られてしまっているが……。

「では、あらためてヴィレムには事情を説明します」

軽く咳払いをしてから、アンネマリーがまじめな顔で説明を始めた。

勇が迷い人であること。

魔法陣の中に読めるものがあること。

すでに新しい起動陣が実用化されていること。

これまで機能陣は読めなかったが、先日買ったものに読めるものがあったこと。

そして、それを元にすでに新しい魔法具ができていること。

最初は迷い人であることに相当驚いていたヴィレムだったが、魔法陣が読めることや自分の売ったものをベースに新たな魔法具が作られたことを知って、もはや言葉をなくしていた。

「で、その完成した魔法具を売りに出すことになりましたが、イサムさんのスキルを公表するわけにもいきません。そこでヴィレム、あなたに当家の専属遺物採掘者《アーティファクトハンター》になってもらいたいと考えています。あなたが持ち帰った古代の魔法陣を我が研究所で組み合わせた結果、この魔法具ができた、ということにしたいのです。幸いなことに、〝意味が分かって組み合わせた〟という点以外、全て事実なので……」

アンネマリーがそう言って事のあらましを説明し終えた。

あまりの情報量の多さと内容の濃さに、ヴィレムは理解が追い付かず、目を瞑って両方のこめかみを人差し指で押さえたままだが無理もない。

　迷い人であることはまだしも、コピーではない新規の魔法具の開発は新魔法時代初だし、魔法陣の意味が分かるなど最早お伽噺である。

　アンネマリーやエトは、一つずつそれらを体験してきたため驚きが分割されているが、ヴィレムは一括でそれを聞く羽目になったのだからたまったものではないだろう。

「ふ――、色々と聞きたいことや言いたいことがあるけど、それは追々として……。専属になる件と、新しい魔法具の説明については了解しました」

「ありがとう。すでに父から契約書は受け取っているので、後でこちらにサインを」

「分かりました。ちなみに、専属になったら私は何をしたら良いのでしょう？」

「基本的には今と変わらないと思ってもらって良いです。これまで通り、魔法陣をどんどん手に入れて来てください。ご自身で探索しても良し、冒険者に依頼するも良し、です。その場合の経費も、事前に精査はしますがクラウフェルト家が負担します。他者との魔法陣の交換や売買についても、止める必要はないです。もちろん研究所で研究してもらってもかまいません。しかし、前提としていくつか守ってもらうルールがあります」

「ルールですか？」

「はい。入手した魔法陣は必ずすべてイサムさんがチェックすること。イサムさんが読めるものは手放さないこと。イサムさんが確認をしていないものは手放さないこと。まずこの三つは必ず守ってください。我々の目的は、イサムさんのスキルを活用した魔法陣の解読とそれを元にした魔法具の開発です。なので、それを妨げる行動は控えてもらいます。後は当然ですが、イサムさんのスキルや我々の目的などについては守秘義務がありますね」

「なるほど。ルールとしてはシンプルだし当然の内容ですね。分かりました。あ、魔法陣の読み方って、教えてもらったりできるんでしょうか？」

「追々覚えてもらうことになると思いますよ。ですよね？　イサムさん」

「ええ。現時点ではサンプルが少なすぎて教えるのが難しいですが、サンプルが増えたらどんどん覚えていって欲しいですね」

「ということです」

「ありがとうございます！　ふふ、素晴らしいですね。これまで形を見ることしかできませんでしたが、その意味まで分かるようになるかもしれない……。いよいよ真の意味で、魔法陣の美しさを理解することができるようになるんですから！　私にとっては夢のようなお話です。是非、よろしくお願いいたします」

「では、早速明日からは、こちらの研究所に出勤してください」

「了解しました。差し当たって明日からは、手持ちの魔法陣を持って来て、順次イサムさんに確認してもらう、ということで良いですかね？」

「そうですね。あ——、でもかなりの数がありますよね⁇　私が見に行ったほうが早いのかな」

「今後の大切な資料であり資産になる可能性があるものなので、全て研究所に運んでしまいましょう。館から人と馬車を出すので、明日の朝から作業をお願いします」

「分かりました。それにしても楽しみだ……イサムさんもエトさんも、これからよろしく頼むよ！」

「こちらこそ。どんな魔法陣が出てくるか、期待してますよ？」

「そうだな。読める魔法陣が増えりゃあ色んなもんが作れるようになる。宝の山を手に入れたようなもんじゃな」

勇とエトと交互に握手をするヴィレム。

彼の加入により魔法アルゴリズム研究所は、魔法陣の入手経路という新たな武器を手に入れたのだった。


風呂騒動に沸いた翌日、勇はエトと販売用の魔法コンロの仕様を考えていた。

ヴィレムはこちらに運び込む魔法陣の整理をするため、自宅に籠っている。

「最初の販売先は、やっぱり貴族じゃろうな。目新しいモノには目がなく、金に糸目をつけん連中も多い。それに、全く新しい魔法具と聞いたら、調べるために皆こぞって手に入れたがると思うぞ？」

「そうですね。当面量産もできないでしょうし、価格も高くなるでしょうからね。こなれてくるまでは、高級路線で行きますか」

魔法具と言うのは、元来値が張る。遺跡から動くアーティファクトを発掘したうえでコピーするのだが、この遺跡探索の難易度がすこぶる高いのだ。

何百年も前なら、遺跡の浅い階層でも発見することができたので良かった。しかし安全な所にあるアーティファクトが軒並み発掘された今となっては、危険を冒して深層へ潜るしかない。

実力のある冒険者や、スキルを持ったお抱えの遺物採掘者《アーティファクトハンター》に高額な報酬を支払わなければならず、原価が高止まりしているのだ。

その点今回勇が開発した魔法コンロは、とんでもなく安い原価でできている。

何せ千ルインそこそこで買った魔法陣が元なのだ。そんなお金では、冒険者を数日雇うことができれば良い方だろう。

ただ、いきなりそれを元にした値付けをしても、あまり良いことがない。

既存の魔法具とのあまりの価格差に、お得感よりも怪しさが先に来てしまう。

これまで三百万円で売られていた車が、いきなり十万円で買えます！　と言われても、ほとんどの人が「ホントに大丈夫なのか？」と思うのと同じだ。

それに、そこまで目立つ金額だと、その理由をしつこく追及する貴族が必ず出てくる。

原価を抑える秘密が分かれば、これまで通りの値段で売って大儲けできるのだから、何をか言わんやだ。そうしたリスクと、自領における生産能力を加味して、相場通りの値段でまずは少量から生産することを決めた。

「貴族の場合、複数の竈を持ってるのが普通ですよね？　ギードさん、最初から複数台買うと思います？」

貴族向けと決めた後、想定ターゲットそのものであるギードにもヒアリングを開始する。

「どうでしょうねぇ……。便利さが分かれば、料理人は間違いなく全部入れ替えたいというと思いますが、主人が良いというかどうかは、また別ですからね。あと、私は注意点や使い方を教えていただきながらでしたので戸惑いませんでしたが、何の説明もなく使うと色々戸惑うかと思います」

「あー、なるほど。確かにそうですね。主人が良いと言うかどうかについては、もうその家の問題なので仕方がないですが……。使い方とか注意点は伝えたほうが良いですね。ん――、いっそのこと、実演販売するのが手っ取り早い気がするけど……。あ、エトさん、魔法具って、どうやって売ってるのが普通なんですかね??」

「ん？ 魔法具か？ 基本的には魔法具屋に並べて売ってるのが普通じゃな。まぁ魔法具屋でも規模によって品揃えはまちまちだし、全部置いてあるところはないがな。注文が来てから作るようなヤツもあるし、自領の決められた店でしか販売していないような魔法具もあるぞ」

「なるほど……。魔法コンロは、どうやって売りましょうね？ 大して作るのにコストはかからないので、魔法具屋にばら撒いても良いですが、注文が増えても作りきれないからなぁ……。今後のことも考えると、どこか信頼できる魔法具屋と専売の契約を結ぶのが良さそうな気がするけど、どう思います？」

「そうじゃな……。別に慌てて売りたいわけでもないし、むしろ少しずつ広まっていったほうが、イサムが注目されずに済むからな。他の貴族の息がかかっていない魔法具屋と契約するのが良いかもしれんの」

「分かりました。後でその辺りはアンネマリーさんと相談しましょうか。で、本題に戻ると、いきなりまとめ売りするのは難しそうなので、当初の予定通り火力の違う三種類でいきますか」

「うむ。それが無難じゃろうな」

「では、その方向で。後はアンネマリーさんも交えて、大きさとか見た目を決めましょうか。そろそろお茶の時間なので、その後にでも」

エーテルシアの貴族も昼食と夕食の間に、お茶の時間を設けている所が多い。

クラウフェルト家も例に漏れず、午後三時頃にラウンジで毎日お茶をしているのだ。

もっとも、集中し始めると夕食時に呼びに来るまで研究所に籠ることが多い勇は、あまり参加したことがないのだが……。


ラウンジへ行くと、ニコレットとアンネマリーがお茶をしていた。

「あら、イサムさんがお茶しに来るなんて珍しいじゃない」

「こちらへお掛けください。ストレートでよろしかったですか？」

「はい、ありがとうございます」

普段ほとんど顔を見せない勇の登場に、二人とも驚いているようだ。

それを聞いたカリナが、見事な所作でお茶を入れていく。

「うん、美味しいですね」

出された紅茶の香りを楽しみながら一口飲むと、勇は話を切り出した。

「先ほどまでエトさんとギードさんと、魔法コンロの売り出し方について話をしてまして。当面は貴族向けに売ることと、当初の予定通り火力の異なる三種類を売り出すことにしようと思います。あと、販売経路についてですが、どこか信頼のおける魔法具屋、それも他の貴族とかかわりが薄い所と専売契約しようと考えています。まず、こちらについてどう思いますか？」

勇の質問に、手に持っていたカップを置いたニコレットがまずは答える。

「貴族向けに売るのは賛成ね。最初はじわじわ売れればよいもの。火力ごとに分けるのも、自然といえば自然ね。いきなりセットになってると値段も張るし、試しに使ってから買い足せるようにしておいた方が柔軟だわ」

「私も同意見です。問題ないかと」

ニコレットの言葉にアンネマリーも同意を示す。

「後は販売経路ね。真意を聞かせてもらっても良い？」

「はい。まずは、そもそもの供給台数が少ないからですね。販路を広げても商品がないので、煩わしいだけです。また、きちんと説明しないと良さが伝わりにくい商品だと思うので、何度か実演販売をしたいと考えています。その場合、専売契約を結んでいた方が、融通が利きやすいと思うんですよね。あとは、秘密の漏洩リスクですね。他の貴族との結びつきが強いと、当然その貴族家の利益を優先させるでしょうから、情報が筒抜けになる可能性が高いんです。今後も魔法具は増やしていくことになると思うので、ウチと運命共同体でやってくれるようなところが良いんじゃないかと」

「……。ふふ、ふふふふっ」

勇の説明を聞いたニコレットから、笑いが零れる。

「ごめんなさい、あまりに完璧だったから。生産性とかもそうだけど、一番の懸案はどこまでイサムさんの秘密を秘匿できるか、だからね。その方向性で問題ないわ。都合の良い商会がなければ、いっそのことウチで立ち上げちゃうことも考えていたくらいよ」

「可能であれば立ち上げるのもアリですね。まぁその場合既存の販路がないので、全部新規開拓することになりますが……」

「そこが懸案なのよね。まぁまずは心当たりを当たってみるわ。このあたりの仕事は私達がやるべきところだから、イサムさん達は商品の仕上げをお願いね」

「ありがとうございます。私にはまったくその手のツテはないので、お願いします」

「もちろんよ。任せておいて。アンネ、あなたも丁度良い勉強になるから、手伝いなさいね」

「はい、もちろんです！」

「後は、大きさと見た目についても相談したくて……。貴族向けとなると、やっぱりこう、豪華な見た目にした方が良いですかね？　基本厨房に置くものだと思うので、他人に見せたりすることはあまりないような気はするんですが、どうなんでしょう??」

「自慢できるものは何でも自慢するのが貴族らしい貴族だからねぇ……。見栄えがするなら、ダイニングやリビングにも置いておく可能性はあるわね」

「なるほど。そうなると、やっぱり色々と装飾を施したほうが良いのかなぁ」

勇が唸っていると、アンネマリーが控えめに発言する。

「今回は全く新しい魔法具ですよね？　機能的にももちろんそうですが、コピーじゃない、オリジナルの魔法陣で作られた新魔法時代初の魔法具です。当面それを表に出すことはないかもしれませんが、せっかくなので見た目もこれまでにない感じにできないでしょうか？　具体的にどういう感じ、というのはないのですが……」

アンネマリーの言葉が自分の作った魔法具が他の魔法具とは違うものだと言ってくれている気がして、勇のテンションが否応なく上がる。

「うん！　それは良いですね!!　デザインなんてこれから考えればいいんです！　今までにない見た目の魔法具にしましょう！　ニコレットさんも、それで良いですよね??」

「え、ええ。もちろん問題ないわ」

いつになく押しの強い勇の言葉に、少々たじろぎながらニコレットが返事をする。

「じゃあ、早速お茶の後にデザインについて相談しましょう！」

「わ、わかりました」

こうして魔法具のデザインを決めるべく、アンネマリーは勇、エトと共に研究所へと向かった。

研究所へ着いた三人は、早速魔法具のデザインについての協議を始める。

「さて、今までにない見た目、と一口に言ってもかなり幅が広いですし、何でも良いというわけじゃないですからね……。まずは方向性を決めたい所ですね」

「そうですね……。今までにないデザインであっても貴族に対して売るものなので、最低限ある程度の高級感は必要かと思います」

「高級感か……。そのままやると今の派手に装飾をしたものとあまり代わり映えしなくなるしなぁ」

「なぁイサムよ。お前さんの国の道具はどうだったんじゃ？　魔法具みたいなのがあったと言っておったじゃろ？」

「私の国……そうか、それを参考にするのはアリかもしれないですね！　ちょうど私のこの腕時計は、向こうでも高級品と言っても良いレベルのものでした。そうですね、ざっくり四万から五万ルインくらいですかね」

「五万だぁ!?　高そうだとは思っとったが、超高級品じゃの……」

予想外の金額にエトが目を丸くする。アンネマリーも驚いて絶句していた。

定価がおおよそ四五〇万円なので、そこまで的外れの金額でもないだろう。

「この時計という道具だけでも、ものすごい数のブランド、こちらでいう商会があって、ものすごい数の商品がありました。数えたことはないですが、万は超えていると思います。値段も十ルインしないようなものから百万ルインを超えるような超高級品まで様々です」

「万を超える種類……。想像もつきませんね……」

「ああ、話がそれましたね。で、こうした高級品のデザインなんですが、乱暴に言ってしまうと二つのパターンに分かれていました」

「二つのパターンですか？」

「ええ。一つはこちらの魔法具と同じで、派手な装飾を施したものです。宝石なんかも使われてましたね。で、もう一つが、あえてシンプルなデザインにしたものです。私の時計もこちら寄りですね。技術力が高くてそれを売りにしている所は、シンプルなデザインを採用することが多かったように思います」

「あえてシンプルなデザインか……。確かにイサムのトケイは、宝石なんぞ使われてないが、一目で高級そうなのは分かるな……」

「決して値段を聞いたからというわけではなく、間違いなく高級感があります。それに技術があるところがその方向性というのは良いですね。まさに我々の魔法具と同じですし」

「では、あえて派手さを削ったシンプル路線を基本にしていきましょうか？」

「うむ」

「はい、それが良いかと！」

こうしてまずは、シンプルな路線を目指してデザインしていくことが決まる。

「ただシンプル路線は、やり方を間違えると単に安っぽいだけになってしまうのが悩ましい所なんですよね……。宝石とか黄金とか、分かりやすく高いものをあまり使えないので。私はデザインの専門家でも何でもないので、正直自信がありません。なので、使い古されたパターンでまずは行ってみたいと思ってます」

いわゆる〝お約束〟というヤツだ。手軽にそれっぽく見えるので、幅広い商品に使われている。

「まず全体的には、基本となる一色でまとめます。おすすめは黒か白ですね。で、差し色にシルバーかゴールドを使います。装飾の類は極力控えて、細いラインを入れたり一部を切り返しにしたりしてアクセントにします。表面は光沢のある感じにした方が手堅いですね。そして筐体全体の形はシャープにしつつ、角を極微妙に面取りします。薄型とか小振りな立方体とかだと尚良いですね。で、控えめにマークや文字をあしらえば完成です」

「ふむ……。言葉で聞く限りでは、確かにそんなに複雑なものではないな。どれ、ちょっと手持ちの材料でそれっぽいのが作れないかやってみるか」

勇の説明を聞いたエトが、早速ありもので試作を始める。

「光沢のある黒だと、磨いた黒鉄鋼が一番じゃが、相当値が張るからな……。ここはソリッドビートルの甲殻で代用するか」

そう言ってエトが取り出したのは、綺麗な光沢のある黒くて薄い板だった。

ソリッドビートルという巨大な甲虫型の魔物の外骨格で、軽くて強度があるため鎧の補強などに使われている。甲虫なのに曲面が少なく箱状なので、素材としても扱いやすいらしい。

「コイツを今の筐体のサイズに合わせてカットして……」

手際よくカットした甲殻を、試作品に張り付けていく。

どうしても隙間のラインが見えてしまう角の部分には、魔法インクを少し厚めに盛って固めてから余計な部分を削り、シルバーのラインに仕立て上げる。

三十分ほどでシルバーのラインで面取りされた黒光りするピザボックスが出来上がった。

「お――、エトさん凄いですね！　まさにこんな感じですよ!!」

「ふむ。確かにイサムの言う通り、コイツは中々に高級感があるな」

「そうですね。重厚な感じがしますし、装飾が中途半端に入っていないのが逆に凄みを出している気がします」

勇のお手軽高級品メソッドは、こちらの世界の住人にも通用するようだ。

確かに出来上がった箱は、値の張る黒モノ家電のようで安っぽさは感じない。

「細かい詰めは後からやるとして、ロゴとシリーズ名を入れたいですね」

「ロゴ、というのはどういうものなのでしょうか？」

「紋章みたいなものですね。あそこまで凝ったデザインではなく、シンプルな紋章だと思ってもらえれば良いです。シリーズ名というのは、同じ考え方や方向性で作られた複数の商品に跨って付ける名前のことです」

「なるほど。ではまず商会名を決める必要がありますね。多くの場合、商会を起こした人の家名を使いますが、マツモト商会にしますか？」

「ん――、それも分かりやすくて悪くはないんですが、すでに商会名は決めているものがあるんです……」

「あら、そうなんですね？」

「笑わないでくださいね？　……オリヒメ商会です」

「な～う？」

自分の名前が呼ばれたのに気付いた織姫がひと鳴きする。

「オリヒメ商会!! 素晴らしいと思います! 私は先にオリヒメちゃんを知っているので可愛い印象を持ってしまいますが……。こちらにはない響きの言葉なので、はじめて耳にする方にはミステリアスな感じに聞こえやすいと思います」

「あはは、ありがとうございます。私の国では、猫は福を招く縁起の良い動物でもあるので、丁度良いかなぁと……。で、最初のシリーズ名も、織姫にあやかってバステトシリーズにしたいと思ってます。神様の名前ですし、家庭の守り神なので、生活に根差した魔法具にちょうどピッタリだと思いまして……」

「いいですね! ではロゴもオリヒメちゃんをモデルに?」

「はい。こんな感じで……横を向いて座っている織姫のシルエットなんかどうでしょうか?」

そう言いながら勇が手元の紙にラフを描いていく。

向かって右を見て座っている猫のシルエットの横に、アルファベットでＯＲＩＨＩＭＥとセリフ体の斜体であしらった。

「この文字は……。ひょっとしてイサムさんの国の文字ですか!?」

「はい。正確には私の住んでいた国の文字ではありませんが、私の国含め世界中で使われていた共通文字みたいな文字ですね」

「そうなんですね……これもこちらでは見かけない雰囲気の文字なので、良いと思います!」

「ありがとうございます。エトさん、このマークだけを少し大きめに商品の裏側の中央に描いてもらって良いですか?」

「裏に描くのか？」

「はい。正面にも描きますけど、そっちは極小さくする予定なので、普段見えないところに大きめに入れるとオシャレじゃないかなぁ、と」

何のことはない、林檎マークでおなじみのメーカーのパクりだ。

「なるほど……こんな感じでいいのか？」

「バッチリです！　で、正面のこの左上あたりに小さくロゴと商会名を入れて欲しいです……。そうそう、そんな感じです！」

「小さく名前が入っただけで、急にバランスが良くなりましたね……」

「そうじゃな、こりゃ驚いた」

「これでデザインの大枠は完成ですね」

こうして、この世界では他に類を見ない、高級黒モノ家電風デザインの魔法具の試作が出来上がる。

そして、その後夜中までかけてさらに細かいブラッシュアップが試された。

最終的には、まず正面の下側に魔法インクを帯状に塗った後へアライン加工した装飾が施された。

これは、火力の強さを表す役目を兼ねていて、火力が高い程帯の幅が広くなる。

最高火力のモノは正面の半分の高さまで、最小火力のモノは下から五ミリほど、中間のモノは四分の一程度までの帯が、それぞれ施されている。

そしてもう一つ。火の魔石の光が見える位置に小さなスリットが追加され、起動するとうっすらと中の光が見えるようになった。

その二つの追加を以て、オリヒメ商会のバステトシリーズ第一弾、魔法コンロ１型が完成するのだった。


翌朝、寝不足で危うく寝坊しそうになった勇は、慌てて朝食会場であるダイニングへと向かった。

もちろん、昨夜完成させたばかりの魔法コンロ１型を持ってである。

「おはようございます！　すいません、遅くなって……」

「ふふふ、おはようイサムさん。大丈夫よ、アンネもつい今しがた来たところだし。昨日は遅くまで、二人で何をやっていたのかしら？」

くすくす笑いながら、ニコレットがアンネマリーをからかう。

「もうっ！　お母様っ!!　別にやましいことは何もしていません!!　それに二人ではなく、エトさんも一緒でした！！！」

それを真に受けたアンネマリーが、真っ赤になって反論する。

「あら？　私は別にやましいことをしていたなんて、一言も言ってないわよ??」

ニコレットが尚も揚げ足を取ってからかう。

そんなやり取りを、今日から朝食に参加するようになったセルファースと勇が苦笑しながら眺めていた。

「はぁ、しばらく来ないうちに、随分と朝食もにぎやかになったもんだねぇ」

やり取りを止めるでもなく、お茶を飲みながらセルファースが静かに零す。

「あー、なんかすいません……。というか、アレは止めなくて良いんですか??」

「ああ、かまわないよ。活気があって良いじゃないか。それに、そろそろニコが飽きる頃じゃないかな」

と言うセルファースの目論見通り、アンネマリーをからかうのに飽きたニコレットが、話を勇に振ってきた。

「で、イサムさんが持ってきたのが、その愛の結晶ってことで良いのね？」

「ちょ、お母様ッ!!」

否、全く飽きてはいなかったようだ。

「愛のかどうかはひとまず置いといて、苦労の結晶であることは間違いないですね。でも、そのおかげで良いものができたと思います」

残念ながらアンネマリー程純情ではない勇は、ニコレットの言葉を受け流しつつ返答する。

「あら、イサムさんがそこまで言うなんてね……。見せてもらって良いかしら？」

「もちろんです。そのために持って来たんですから」

そう言って勇は、机の真ん中あたりに魔法コンロ１型を置いた。

「へぇ、良いじゃない。言っていた通り、今までにないデザインだけど確かに高級感があるわ」

「うん。全体が黒い魔法具は、ほとんど見たことないけど、重量感があって良いものだね。角が微妙に丸くなっているのも、細部まで丁寧に作ってある感じがして好感が持てる」

黒モノ家電風デザインは、ニコレットにもセルファースにも好評のようだ。

「まぁ私はこのオリヒメちゃんのマークが付いてるだけで欲しくなっちゃうんだけどね」

ニコレットには、ロゴマーク&商会名も好評だ。

「では、このデザインで量産に向けて最終調整します」

「そうね。あと、素材を集める必要があるから、冒険者ギルドに依頼を出しておくわ。初期生産分を集めるのに二週間くらいはかかると思うわ。それに今後もこのデザインを踏襲するって話だから、多めに確保しておかないとね……。多分すぐに真似する輩が出てくるから、溜められるだけ溜めておいたほうが良いわね」

「分かりました。今日からヴィレムさんが魔法陣を持ってきてくれると思うので、しばらくはそっちの解読に注力しますね」

「ふふ、楽しみね。次はどんな魔法陣が見つかることやら」

「ええ、私もワクワクしてます」

領主から量産の許可をもらったことで、魔法コンロについては一旦勇の手を離れることになった。

午前の旧魔法訓練を終え、昼食を食べた勇が研究所に戻ってくると、ちょうどヴィレム達が魔法陣を運び込んでいる所だった。

「あ、ヴィレムさんいらっしゃい！」

「やあイサムさん、遅くなって悪いね。いざ整理し始めると予想外に時間がかかってね……」

そういうヴィレムの目の前で、荷物運びを命じられた兵士たちが、大きな木箱を抱えて馬車と研究所をひっきりなしに行き来している。

「とりあえず今日は、ハチの巣シリーズとそれに近いモノを中心に持って来たよ」

「ありがとうございます！」

ハチの巣シリーズは、すでに四枚読めるものが見つかっている実績十分の魔法陣だ。

まずはあるだけのハチの巣シリーズを持ってきてもらうようお願いしていたのだった。

「似たものも合わせると大体三百枚くらいあるからね。まずはざっと目を通すのが良いんじゃないかな？」

「そうですね。運び終わったら、早速目を通してみます！」

山のように積まれていく魔法陣の入った木箱を前に、自然と勇の口角が上がっていった。

「ハッキリとハチの巣シリーズと言い切れるのは、この五十枚くらいだね。他は似てはいるけど少し雰囲気が違ったり、部分的によく似た箇所があったりする類のものになる」

「そうだったんですね……。そうなると、あの露店でたまたま見せてもらえたのは、ホントに運が良かったんだなぁ……」

「まぁ、他の魔法陣が読めないと決まったわけではないけど、大きいサイズの中に読めるのが交ざってたのは、確かに運が良かったかもね」

そんな話をしながら、まずは期待度の高いハチの巣シリーズに目を通し始めた。

「お、これは読めるな。え――っと、水系か⁇　ちょっと擦れてて分かりづらいな……」

ハチの巣シリーズに目を通し始めて一時間。二十枚程の魔法陣の一次確認が終わっていた。

その内、読めたものは八枚と、丁度四割の打率だった。

「ふむ。こっちは読めるのにこっちは読めない、と……。ぱっと見の雰囲気はほとんど同じなのに、この差はどこからくるんだ⁇」

勇の横では、読める・読めないで分別された魔法陣を見比べて、ヴィレムがうんうん唸っていた。

確かに〝絵〟として見ると、読めるものと読めないものの雰囲気は酷似していて、差があるようには見えないのだ。唸るのも仕方がない。

もっとも、これまで何百年と研究されているのに解読できていないのだから、当たり前と言えば当たり前なのだが……。

それからさらに二時間かけて、四十九枚あったハチの巣シリーズの検分が終わった。

結果、十六枚の読める魔法陣が見つかった。打率で言えば三割三分なので、首位打者が狙える十分な率である。

「最初の確率が良すぎたせいで三割だと少なく見えるけど、これまで全く分からなかったことを考えると十分すぎるか」

「うむ。十六枚〝も〟読めるものがあったというのは、とんでもないことじゃぞ？」

「ですよね！」

「いやぁ、あらためてとんでもないね、イサムさんは……。ちなみに、どんな魔法陣だったんだい？」

「今回は割と多岐にわたってますね。まだ読み込んでいないので詳しい効果は分からないですが、五つ以上の属性があると思います。あと、ぱっと見でそのまま使えそうなのが三つくらいありますね。火が一つと土が二つかな?? それ以外は、部分的に残っている感じですね」

読める・読めないを切り分けるのを最優先にしたため内容については斜め読みだが、状態が良いものがいくつかあったのは幸運だろう。

「まだ確認していない魔法陣もありますけど、ひとまず今回読めると分かったものの解読を優先させるつもりですが、問題ないですかね？」

「そうじゃな。今回は色んな属性があるという話だし、何ができるようになりそうかまとめたほうが良さそうじゃの」

「うん、あまり一気に手を広げすぎても仕方ないしね。足元を固めながらいくのが良さそうだね」

「ありがとうございます。では明日から早速解読に入りますね。エトさんには魔法コンロの量産に向けた調整を引き続きお願いするとして、ヴィレムさんはどうします？」

「僕は読めたものと読めないものの違いを研究しつつ、手持ちの魔法陣の整理をするよ。あと、最近遺跡探索をしてなかったから、ちょっと情報収集を始めるつもり」

「分かりました。では、しばらくはその方向でいきましょう。何かあれば教えてください！」

「了解じゃ」

「わかった」

ヴィレムが加わった新生魔法アルゴリズム研究所は、こうして新たな門出を迎えた。


そして十日後。勇の魔法陣解読作業と、エトの量産設計が完了する。

解読作業中の勇は、以前初めて読める魔法陣の解読をした時と同じ状態になっていた。

食事時間以外は研究室に引きこもりっぱなしになるのはもちろん、食事の時も自分のメモを片手に自分の世界に入り、ほぼ完全に会話が消えた。

前回の状況を経験した領主親子は、この状態の勇に何を言っても無駄だと知っていたので、苦笑しながらも生暖かく見守り続けていた。

そして今朝、これまた前回と同じく晴れやかな表情で勇が食卓に現れた。

素早く状況を察したアンネマリーが、勇へ語り掛ける。

「イサムさん、おはようございます。魔法陣の解読が終わったんですね？」

「おはようございます、アンネマリーさん。ええ、ようやく一通り解読が終わりましたよ。あれ？　でも何で分かったんですか？　まだ何も言ってないですよね⁉」

没頭している時の自身の状態を認識していないため、不思議そうに聞き返す勇。

「あきれたわね……まさか無意識だったとは……」

「ふふふ、そこがイサムさんらしいと言えばらしいですけどね」

勇のリアクションにニコレットが呆れてため息をつくが、アンネマリーは気にしていないとばかりに微笑む。

「全く、あんたはイサムさんに甘いんだから……。まぁいいわ。それで、今回の魔法陣はどうだったの？」

娘の対応に再度ため息をついたニコレットだったが、気を取り直すと会話を不思議そうに聞いていた勇へ問いかけた。

「そうですね。中々興味深いことがいくつか分かったんですが……。数が多いので、食事が終わったら報告会をさせてもらって良いですか？　食事のついでに話せるような量ではないので……」

「あら、そうなのね。分かったわ。じゃあ食事が終わったら、研究所へ行きましょうか」

「お手数ですが、よろしくお願いします」

気もそぞろに朝食を終えた一同は、食休みの後研究所へ集合していた。

「では、今回の解読結果を報告します。まず、今回読めた魔法陣の数は十六。複数の属性に跨っていました。その中に、ほぼ魔法具として再現できそうなものは三つ。ある程度使えそうなものが四つありました。それ以外の九つは、一部だけ読めたり、用途自体が不明なものでした」

「いやはや、三つもすぐに魔法具になりそうだという時点ですでに驚愕なんだが……。その上使えそうなものがさらに四つもあるというのは、もはや驚きを超えて感情が追い付かないな……」

勇からの第一声を聞いて、セルファースがお手上げとばかりに両手を上げて苦笑する。

「保存状態が良いものが多かったので運が良かったですよ。この辺はヴィレムさんのおかげですね。ありがとうございます」

「はっはっは、少しでもお役に立てたのなら嬉しい限りだね」

礼をいう勇にヴィレムがウィンクして答える。

「最初に属性の内訳をお話ししようと思いますが……。ひょっとしたら、これまでで最大の発見というか新事実が判明したかもしれません」

のっけから爆弾発言をする勇。

「……。わざわざイサムさんがそういうってことは、相当ね」

「そうですね……機能陣を読めた時点で私達には驚愕の新事実だったわけですが……。それを平然とやってのけたイサムさんがわざわざ前置きするようなことですからね……」

それ聞いた母娘が、表情を引きつらせながらそういう。

「今回読めたものは、火が三、水も三、氷が二、土が一番多くて四、風が一でした。そして……。複数の属性を組み合わせていたものが二つ、それぞれ火と風、土と雷です」

「うん、満遍なくいろんな属性が読めているね」

「ええ。ただ一つだけ何の属性か分からない魔法陣があったんですよ。で、詳しくそれを解読していったんですけど、どうやらそれ、〝闇属性〟の魔法陣っぽいんですよねぇ。いやぁ流石にビックリしましたよ。闇の魔石があるとは聞いてなかったんで、その可能性を完全に度外視して解読してました。それでかなり時間食っちゃった感じなんですよ」

　はっはっは、と笑いながら勇が話した内容に、水を打ったように静寂が広がる。

「あれ？　ひょっとして闇の魔石ってもうあったりしますか？　ありゃあ、私一人で盛り上がって
すいません……。恥ずかしいなぁ、もう……」

　それを白けていると思ったのか、勇が恥ずかしそうに謝る。

　その後も長い沈黙が続いたが、またしても最初に反応したのはニコレットだった。

「…ん……って？」

「はい??」

「なんですって――――っ！！！？？？？」

「うわわぁぁぁぁぁぁっ！！！！！！？？」

　ニコレットが何を呟いたのか聞き取れなかった勇が、思わず耳を近付けた所に、丁度ニコレット
が叫び声をあげたため、驚いた勇もまた絶叫するのだった。

「や、闇の魔石ですってぇっ！！？？」

　なおもニコレットのテンションは高い。

「は、はい。闇の魔石を使うことを前提にした書き方がしてあったので、ほぼ間違いないと思いま
すよ。というか、そんなに驚いているということはやっぱり……？」

「はい。イサムさんの仰っていた通り、闇の魔石は確認されていません」

　ニコレットと勇の叫び声で我に返っていたアンネマリーが首肯する。

「いや――、まさか新しい種類の魔石があることが判明するとは……」

魔法具が旧世界の遺跡から発掘され、それを動かすのに魔石が必要だと分かったのが何百年も前。すぐに国中で魔石の発掘が行われ、程なく火、水、風、土、雷、氷、光の魔石鉱脈が、各地で発見された。

その後、しばらく置いて無属性の魔石がここクラウフェンダムで発見されたが、その後新しい魔石の鉱脈も、新しい魔石で動く魔法具も見つかっていない。

もはや魔石は七属性だというのが当たり前になって久しいが、それを覆すような大発見なのだ。

「確かに大発見だと私も思ってます。でも、どういう効果があるかも分からないですし、闇の魔石の実物もないので、実用的には特に何も影響がないんですよねぇ……。学術的にはとんでもないことになると思いますけど」

「まぁ確かにそうなんだけどね……」

ここへきて、ニコレットもようやく落ち着きを取り戻す。

「なので、闇の魔石については、また別の魔法陣が見つかるか、魔石自体が見つかるまでは、保留にしようと思います。現状、使えないものに時間を割いているような余裕もないので……」

「分かった。闇の魔石の件はこの場にいる者だけの心にひとまずしまっておくことにしよう。皆も良いね？」

セルファースの確認に全員が頷く。

「では、次にすぐにでも魔法具が作れそうな三点について、少し詳しくお話ししますね」

皆が頷いたのを確認した勇は、最も現状への影響が大きいであろう新たな魔法具に繋がる魔法陣についての話を始めた。

「最初にお話ししたように、すぐにでも魔法具として使えるレベルの魔法陣は三つあります。火の魔石を使うものが一つと、土の魔石を使うものが二つです」

「ふむ。土の魔法具とは珍しいね」

「そうなんですか？」

「ああ。珍しいというか、民生用として珍しい、と言ったほうが正確だね」

セルファースのいう通り、土の魔石を使った民生用の魔法具は、あまり多くはない。

元になる土属性の魔法は、その名の通り土や砂、石を生み出したりその性質に干渉したりする魔法だ。

家庭で土や石を使う機会というのは、そうそうあるものではない。

それは旧時代も同じだったのか、民生利用できそうな魔法具はあまり発見されていないのだ。

代わりに軍用や公用の物は種類が多く、土の魔法具と言えばそちらの方が一般的だ。

最も有名で活躍している土の魔法具は、城壁などの土や石でできた壁を強化する魔法具だろう。

残念ながら強化の効果は永続的ではないので、定期的なメンテナンスは必要だが、使うか使わないのかで強度がまるで違うため、砦や街、城の外壁などには必須と言える。

個人向けのものだと、金属を強化できる小型の魔法具が上位の冒険者や騎士の鎧に組みこまれ、魔法の鎧という体で使われているのが一番多いだろうか。

「なるほど……それだと今回の魔法陣の一つは個人用ではないもの、もうひとつは個人用という感じですね」

「ほぅ、個人用の物もあるのか……それぞれどんな効果の魔法陣なんだい？」

「まず公用の物ですが、これは石を生成する魔法陣ですね。実際に動かしていないので、どんな石ができるかは不明ですが……。いくつか数値を設定するようになっているので、ある程度の範囲で好みの石が生成できるのだと思います」

勇からしたら、なんのパラメーターも設定せずに〝石〟を生み出すと言われても、「それ何の石だよ？」となるので、この仕様には何の違和感もない。

しかし他の者にとってはそうではないらしい。

「おいおいおい、そりゃ本当か？　レンガやら砂やらを生み出す魔法具はいくつも知ってるが、好みのもんが作れるなんて話は聞いたことがないぞい!?」

エトが皆を代弁するように大声で叫ぶ。

「ええ、本当ですよ。ただ数字を変えると何が変わるかハッキリしないので、はやく実験してみたいですね！」

「ふふ、どういう結果になるのか楽しみでもあり怖くもあるね……じゃあ個人用の方はどんな魔法陣だったんだい？」

「個人用のほうは、地味ですけど結構アタリというかやばいものだと思います。刃物の切れ味を良くする魔法陣です。どの程度切れ味が増して、どの程度の時間それが持つかは分かりませんが……」

「……それは……結構どころか大当たりじゃないかね??」

「やはりそう思いますか?」

「ああ。さっきの石を作る奴はまだしも、こっちは当面秘匿することになるだろうね。ただ、領軍に行き渡らせることができるなら、相当強力な武器になるから、イサム殿と領地を守るには何とも心強いよ」

「そうね。こちらの魔法陣は最優先で実用化を図るべきね」

勇も、これはかなりヤバイ部類のものだと薄々勘付いていたが、やはりそうらしい。

「丁度良いから、イサム殿にも話しておこうか……。旧魔法を使った時にも少し言ったと思うけど、イサム殿のスキルの有用性は計り知れない。それが知られたら、それこそ世界中で争奪戦が起きるほどにね……。もちろんそれ自体は別に悪いことではない。イサム殿の力が認められた、ということでもあるからね。ただ、イサム殿を欲する人間が、全て善人であるとは限らない。いや、手に入れようと具体的に動くものは、善人ではない確率のほうが高いだろうね。我々も自分のことを棚上げして言っているから、決して善人ではないがね……。しかし、無理やり自分たちのためにイサム殿を使おうとは決して思っていない。そこだけは信じて欲しい」

「はい。もちろんそこは信頼しています。そもそも、どんなスキルか分からない状態で拾っていただき良くしてもらった時点で、信頼していますからね」

「ははは、ありがとう。信頼してもらえて嬉しいよ。しかし、そのスキルを使って何かをしようと思うと、いつまでも存在を隠すことはできない。まぁスキルを使わず暮らすというのであれば問題はないが、イサム殿はそれを望まないだろう?」

「そう、ですね……。スキルを使って何かをしたい、というのはあります。いや〝何か〟ではなく、訳も分からずこちらに来た自分を無償で拾ってくれた皆さんに、スキルで恩返しがしたいんです」

「イサムさん……」

「ふふ、貧乏子爵に嬉しいことを言ってくれるね……。まぁそうなると、やはり存在がバレた時にどうしたら良いのか? という話になる。私と妻は、悩んでいたんだが、アンネが簡単だというじゃないか」

「そうでしたね……」

「ああ。我々が強くなれば良いだけだ、とね。ここでいう我々というのは、個人だけではなく領地全体でという意味だ。要は簡単に奪えると思われているから危険なのであって、迂闊には手が出せないと思わせれば良いだけの話だと。そしてそのために、イサム殿のスキルを我々の武器として使わせてもらう、というわけなんだ」

そこまで一気に話して、セルファースは勇をじっと見つめた。

「綺麗ごとで誤魔化すなら、持ちつ持たれつ、とでもいうのかな? でも実際はそんな良いモノじゃない。君の力を利用させてもらおう、というだけの話だ。それを知って尚、イサム殿は力を貸してくれるのかい?」

「ええ、もちろんですよ」

勇は笑顔で即答する。

「さっきも言った通り、拾っていただいた恩がありますからね。むしろ最初に有用なスキルだと分からなくてホントに良かったですよ……。そのおかげでこんな素晴らしい所へ来られたんですから！　あ、強くなるというのであれば、今回の魔法陣は確かに大当たりですねぇ。何か武力とかに繋がるようなのって、ヤバイんじゃないかと思って考えないようにしてましたが……。そういうことなら、今後は武器とか防具への転用も視野に入れて魔法具を作りますから、一緒に強くなりましょう！」

「そうか。一緒にか……ありがとう。あらためて今後もよろしく頼むよ」

「もちろんです！　さーて、そうなると今回の魔法陣の試作は急がないとなぁ。他のも色々使えそうだし……。あ、ちなみにもう一つの火の魔法陣は、火を起こすヤツでした。ただ、火力の調整が色々できるようなので、内容によっては化けるかもしれないです。何にせよ、また色々な魔法具を作っていきますね!!」

セルファースとしては、随分と重たい話をしたつもりだったのだが、当の本人は気にも留めていなかったようだ。

勇は、すでにそんな話をしていたことも忘れたかのように、どんな魔法具を作るかの話でエトと盛り上がるのだった。

報告会の翌日、早速勇達は、魔法具の試作・実験を開始した。

まず取り掛かったのは、設定したパラメータに応じて石を生み出すと思われる魔法陣からだ。

カスタムできる内容によっては、有用どころではない可能性がある。

「設定できる項目は何種類あるんじゃ？」

「見た感じ五種類ですね。一つに複数設定するモノもあるようですが、種類で言ったら五つです」

「まぁいっぺんに弄ると訳が分からなくなるから、一つずつ試すしかないだろうね」

「ひとまず書いてあるまんまで組んでみるか？　どんな石が出てくるか、まずは知っといた方がよかろう？」

「そうしましょうか。サイズ感とかも全然分からないですし、外でやりましょう」

話し合いの結果、まずはデフォルトでどんなものができるのかを実験することにする。

一時間ほどで試作機を組み上げると、三人で裏庭へ出て稼働実験を行ってみる。

「さて、どんなものが出てくるかの」

エトもヴィレムもその表情は興味津々だ。

「じゃーいきますねー」

興奮するエトたちを尻目に、何の気負いもない勇が、そう言って試作機を起動させる。

土の魔石独特の黄色っぽい光が魔法陣に流れると、魔法陣から発生した粒子が魔法具の正面に集まっていった。

三秒ほどで一辺二十センチくらいの光のキューブができたと思ったら光が消え、そこには同じサイズの黄土色のブロックができていた。

それを計三回繰り返し、魔法具はその動きを止める。

勇たちの目の前には、縦に三個積み上げられた黄土色のブロックがあった。

「とりあえず三個できるようじゃな」

「ですね。綺麗に積み上がってくれてよかったですね」

「しかも三個で良かったよ。これ何十個も出てきてたら、倒れて危なかったかも」

ぱっと見はややザラつきのある目の粗いレンガのような質感だ。

「見たことない感じの石じゃな……。随分スカスカな気がするが……うおっ！！？」

一番上のブロックの表面を触り、そのまま摑んで持ち上げようとしたエトが、勢い余って後ろへひっくり返ってしまった。

「エトさんっ！　大丈夫ですか!?」

慌てて勇とヴィレムがエトへ駆け寄る。

「ててて……。ああ、大丈夫じゃ。しかしなんじゃこりゃ!?　異常に軽いぞ??」

エトは、もう一つブロックを拾い上げ両手に持つと、不思議そうな顔で交互にブロックを上げ下げしている。

「軽いんですか？　うわっ、ホントだ！！！」

勇も残った一つを手に取り、その軽さに驚く。

「ヴィレムも、ほれっ！」

その様子を見ていたヴィレムに、エトがあろうことかブロックを放り投げた。

「うわわぁぁ〜〜〜〜っっ！！！！！　えっ!?」

突然石を投げられて絶叫するヴィレムだが、思わずキャッチしてしまったブロックの軽さに驚愕する。

「はっはっは！　すまんすまん。しかしどうじゃ、軽いじゃろ？」

「確かにこれは軽いですね……というかこれ、本当に石なんでしょうか??」

「確かに石っぽくないの……」

「ええ。スカスカですね」

エトとヴィレムも叩いたり引っかいたりしながら、石っぽくないという結論に賛同する。

「やっぱりそう思いますよね？　ん――、でもこれ、どこかで見たような気がするんだよなぁ……」

その形状や質感が、どこか見覚えのあることに気が付いた勇が首を傾げて記憶の糸を辿る。

そして……

「あ――――っ!!　ウレタンだ、ウレタンっ!!　これ、ウレタンを作る魔法具なのか!?」

「うおっ!?　なんじゃい突然。うれたん？　これはうれたんというのか??」

突然叫んだ勇にビックリしながら、エトが聞きなれない単語に首を傾げる。

「ええ、私のいた世界でウレタンと呼ばれていたものに近い気がします。多分、こちらにはないものだと思います」

「うむ。少なくとも俺は見たことも聞いたこともないの。ヴィレムはどうじゃ？」

「僕も初めてだね」

「やっぱりそうなんですね……。私の世界では、色々使われていたんですが……。ただ、私の知ってるウレタンだとしたら、石じゃないんですよね。いや、まてよ？　ウレタンって確か石油製品だったよな？　石油は化石燃料って言われてるから、石のカテゴリーなのか？　いや、そもそも見た目が似てるだけで、地球のウレタンと同じじって決まったわけじゃないのか。そうすると……」

何事かブツブツと呟きながら考え込む勇を心配して声を掛けるエト。

「おい、イサム。大丈夫か？」

「あ、ああ、すいません。これは、私の知っているウレタンに似ていますけど、多分別物だという結論に達しました。それに軽いですが、私の知ってるウレタンよりはだいぶ硬いので、こういう性質の石だ、とした方が辻褄があいます」

「まぁ土の魔石じゃからな……そのほうが自然と言えば自然じゃが」

「ええ。それにこれが何なのかを確認する術もありません。なので、ひとまずは〝ウレタンっぽい何か〟ができた、という所で止めておきましょう。大事なのは、これがどういう特徴を持ったモノで、有用なものなのかどうか、ということです」

「……。確かにの。分からんもんを考えとっても時間の無駄じゃな」

エトが苦笑しながらそう答える。

「はい。そしてウレタンと似た特徴を持っているのなら、色々な使い道があるはずです」

「ほう。こんなスカスカの石にか⁉　俺には役に立つようには思えんのじゃがな……」

手にしたウレタン（仮）を玩びながら、エトが疑いの目を勇に向ける。

「確かに〝石〟として使うとなると、役に立たないでしょうね。もっと違った使い方をするんですよ、コイツは」

「石なのに石として使わないのかい？　なんか、哲学的な話になって来てるね……」

「あはは、そんな大層な話じゃないですよ。それにまだ特性を調べられていないですから、どうなるか分かりませんし。その辺りはこの後検証するとして、ひとまずはウレタンっぽい石が作れる魔法具だった、ということが分かっただけで十分です。今後色々試してみましょう」

そう言うと勇は、続けて切れ味を上げる魔法陣の検証に取り掛かった。


……のだが、そこでいくつかの課題が持ち上がった。

「これ、どこに魔法陣を描くのが正解なんだ⁇」

元になる魔法陣はかなり小さいのだが、魔法陣の部分しか残っていないので全容が不明だ。

しかも相当昔のものなので材質もよく分からない。

「魔石も入れる必要があるんだよね、当然？」

ヴィレムが確認をしてくる。

そう、魔石も必須なのでそれを取り付ける場所も考えなくてはならない。

複数の課題に対して、ひとつずつ解決策を考えていくしかない。

「まず魔法陣は一部でも消えると効果がなくなるからなぁ……。刀身に描くのはあまり良いとは言えないよなぁ」

「そうだね。ある程度丈夫とは言え、流石に剣が当たれば削れるだろうし……。切り合ってる途中で削れて、急に切れ味が落ちたりしたら怖いよね」

「ですよねぇ。鞘に擦れても削れるかもしれないしなぁ」

武器なので当然相手の剣や盾とぶつかることもある。

刀身に描き、ぶつかった時に消えることを気にして肝心の戦いが疎かになってしまっては本末転倒だ。

その後、うんうん唸りながら剣を色々な方向から見ては実装場所を模索するが、これと言った妙案は出てこない。

「うーん、これはすぐには答えが出ないヤツだな……。それに素人だけで考えるより、騎士の人とかに相談したほうが良さそうだし。うん、一旦実装場所の検討は保留して、効果の確認をしよう」

悩んだところで答えが出そうにもないので、ひとまず一番実装が簡単な刀身の根元部分の腹側に機能陣を描いていく。

起動陣は別パーツとなっている柄の部分に描き、握った時に消えないように上から布を巻きつけておいた。

土の魔石をガード部分の中央に埋め込み、起動陣用の無属性魔石も柄頭《ポンメル》の部分に取り付けて、切れ味を強化した剣の試作品が完成した。

「おー、魔石がいい具合に埋まって刀身に模様が見えるから、魔剣みたいでカッコいいな……」

出来上がった剣は、魔剣としてファンタジーＲＰＧに出てきそうな見た目に仕上がった。

いや、魔法具の剣なのだから魔剣で間違いはない。

「さしずめ石の魔剣ってところかな？　どれだけ切れ味が良くなるのか楽しみだねぇ」

実装作業を横で見守っていたヴィレムの目も輝いている。

異世界でも、やっぱり男子は〝魔剣〟と言う響きにロマンを感じるのだろうか。

「そうですね。でも私は剣なんてまともに使えないので、ちょっと騎士団の人に協力してもらいましょう」

包丁ならともかく、素人が剣を振った所で正しく違いを把握できる気がしないので、大人しく騎士《プロ》にお願いしようと詰所へと向かうことにした。

「こんにちは～」

「おお、これはイサム様。珍しいですね、こちらにお越しになるのは」

詰所の入り口で歩哨に立っていた騎士と挨拶を交わし中へと入っていく。

騎士団には勇が迷い人であることは知らされているし、帰路でのゴブリン戦についても語られているため、騎士たちは皆勇に好意的だ。

「にゃあ～～ん」

「おお、オリヒメ殿も一緒でしたか！　相変わらず今日も愛らしくも美しいっ！」

しかし、実際に皆の窮地を救った織姫の人気は、その比ではない。

強い上に愛らしい見た目も相まって、完全に騎士団のアイドルと化していた。

今も、たまたま勇の後を付いてきた織姫に、挨拶代わりにひと鳴きして足元をすりすりされた歩哨の騎士が、メロメロになっていた。

詰所の中でリディルを発見した勇が声をかける。

「リディルさん！　今お時間大丈夫ですか？」

「ああ、イサム殿。はい、午後の鍛錬も終わりましたので大丈夫ですよ」

「良かった！　ちょっと魔剣もどきを作ったので、試し切りに協力してもらえないかと思いまして」

ガタガタガタッッ!!

勇が何気なく発した言葉に、詰所にいた騎士全員が慌てて勇の方を向く。皆、驚愕の表情だ。

「イサム殿、今魔剣を作った、と聞こえたんだが、聞き間違いだろうか？」

詰所の奥に座っていた団長のディルークが驚きの表情のまま声を掛けてくる。

「あ、ディルークさん。こんにちは。魔剣というか〝もどき〟ですかね……切れ味を上げると思われる機能陣を見つけたので、騎士団の剣を元に魔法具を試作したんですよ」

「切れ味を上げる魔法具……」

「今、試作したって言ったよな？」

「確かにそれは魔剣だ」

勇の返答に、詰所内がさらにザワつく。

「……イサム殿、その試し切り、俺が引き受けよう」

真剣な顔でディルークがそう勇にいう。

しかしそれを聞いたリディルが、これまた真剣な顔で抗議する。

「団長。これはイサム殿が私に依頼されたものです。いくら団長といえど、譲るわけにはいきません」

「何をいう。イサム殿の研究はクラウフェルト家の研究。その依頼は騎士団として受けるべきだ」

「騎士団として受けるのであれば、尚のこと私が受けても問題ないのでは？　幸い私は、イサム殿と魔法の訓練を一緒にしていますので、気心もしれておりますし」

何やら小競り合いが始まってしまった。

「え――と、どちらでも良いのですが、早く決めてもらえないでしょうか……？」

心底どちらでも良い勇は決断を急かすが、双方一歩も引かない構えだ。

結局その後も十分程口論した末、二人で試すという落としどころで着地して演習場へと向かった。

噂を聞きつけたほぼすべての騎士達が、ぞろぞろと後を付いてくる。

「くそ――っ！　何で俺は今日歩哨なんだ――っ!!」

入り口にいた騎士からは、そんな恨み節が聞こえてきた。

どうやら騎士にとって魔剣というものは、相当に気になるものらしい。

「使い方は簡単です。柄頭《ポンメル》に起動用の魔石が埋まっているので、普通の魔法具と同じようにそれで起動させます。最初は起動させず切ってもらって、その後起動させて切ってください」

「了解だ」

「分かりました」

勇からの簡単な説明を受けて、ディルークとリディルが頷く。

「今渡したのは、見本の魔法陣より一応効果を落としていますが、どの程度切れ味が上がるのか全く分かりません。怪我をしないように気を付けてくださいね！」

今回勇は、切れ味アップの効果を制御している数値を三段階用意した。

今渡したのはデフォルトより減らしたもので、それ以外にデフォルトのものとデフォルト以上のものがある。

おそらく効果時間と反比例の関係になっていると思われるので、調整のためどれくらい違いがあるか見極めたいのだ。

最初に試すのはリディルのようだ。

団長権限で強引に割り込んだディルークだったが、試し切りさえできれば順番はどうでも良かったらしい。

「刀身に魔法陣を描いたんですね。うん、魔剣っぽくてカッコイイですね」

「削れて消えちゃうと効果がなくなるので、本番は違うところに描きたいとこですけどね……」

「なるほど。まぁ鍔《つば》迫り合いでもしない限り、根本に描いたものが消えることはまずないとは思いますけどね」

「へぇ、そう言うもんなんですね。まぁ、また色々と考えてみます。あ、持ち手にも起動陣が描いてあるので、そこは上から布を巻いています。少しグリップが太くなって違和感があるかもしれないですが、試作品ということで……」

「ああ、これくらいなら問題ないですよ。うん、重心も特に変わっていないので、このままいきますね！」

右手と左手に持ち替えながら何度か素振りをしたリディルが、小さく頷いて的へと歩いていく。

騎士団が毎日の訓練で使っている、堅い樫の木のような丸太の支柱に一メートル弱の横木を括りつけ十字架状にし、布や藁を巻いた的だ。

的の正面に立ったリディルは、剣を正眼に構えて的を見据える。

「せいっ!!」

掛け声と共に、右上段から袈裟懸けに斬りつけた。

ゴリッと言う音と共に、的の表面の藁がはじけ飛び丸太に傷が付く。

左斜めに振り下した剣を、手首を返すように今度は真上に切り上げると、再びゴリッという音と共に今度は横木の表面が三センチほどの深さに削れた。

「この剣だと、こんなとこですね。これ以上だと剣が曲がったりしてしまうので」

リディルが構えを解き振り向きながらそう言う。

腕を組み見ていたディルークも、その言葉に頷いているので間違いないだろう。

「では、次に魔法陣を起動させて切ってみますね」

リディルが再び的に向き直り、柄頭《ポンメル》の魔石に手を触れ魔法具を起動させる。

土の魔石が淡い黄色の光を放ち、それが刀身の魔法陣へと向かいぼんやりと魔法陣を浮かび上がらせる。

「「「「おおおおおっっ」」」」

構えているリディルだけでなく、見守っている騎士達の口からも感嘆の声が上がる。
二、三回素振りをすると、先ほどと同じように右上から左下へ袈裟懸けに斬りつけた。
ざくっ、という先程とは違う音がして、丸太の表面に先程より深い傷が刻まれる。

表面に巻いてある藁も、あまり飛び散っていない。

振り下ろした体勢でしばし固まっていたリディルは、先程のように切り上げることはせず、剣を真っすぐ上段に構えなおした。

そのまま目を閉じ、「フゥ――」っとゆっくり息を吐く。

「はっ!!」

そして、一回目より気合いの籠った掛け声とともに、一気に剣を真下に振り下ろした。

ガツッ、と言う音がして、剣はそのまま真下へ振りぬかれる。

一拍おいて、バキバキバキっといいながら横木が折れ、どさりとリディルの足元へと転がった。

予想だにしなかった状況に、数秒沈黙が流れるが、やがて小さな唸り声のような音が聞こえたと思ったら、一気にそれが爆発した。

「「「「うおおおぉぉぉぉっっ!!!!!」」」」

「「「「すげぇぇぇっっっ!!!!」」」」

演習場はおろか、宿舎の壁を揺るがすような大絶叫が響き渡った。

「リディルのヤツ、やりやがった!!」

「剣で〝カカシ〟の横木を叩き斬ったのは初めてじゃないか!?」

「剣の方も折れたり曲がったりしてないな」

「すげぇ、ホントに魔剣だぞ……」

見学していた騎士たちの盛り上がりようからも、結果が上々だということは勇にも理解できた。

ただ、具体的にどの程度の凄さなのかは、勇には分からない。

騎士達と同じ波に乗れずにいた勇のところへ、リディルが折れた横木を手に持ち興奮した面持ちでやってきた。

「イサム殿！　これは素晴らしいですね!!」

満面の笑みで、開口一番絶賛する。

「これまでは、どんな剣を使ってもこの横木を斬り落とすことはできなかったんです！　それをこの魔剣が覆したんです!!」

嬉しそうに見せてくれた横木の断面をよく観察してみる。

直径十センチほどある横木を完全に切断したわけではなく、七割ほど切ったことで自重に耐えられず折れた、というのがより正確な状況のようだ。

「通常の剣だと、この半分程度、三割ほど削るのがやっとですが、この魔剣だと七割は切ることができました。単純に倍の切れ味になった、ということではないと思いますが、少なくとも目に見えて切れ味が上がっていることは確かですよ!!」

よほど嬉しかったのか、興奮気味に説明してくれる。

「リディル、もう少し具体的に違いを教えてくれ。切れ味が増したのか？　剣の硬さが増したのか？　切った時の感触の違いはどうだ？」

そこへ少し離れた所で見ていたディルークが歩み寄って来て問いかける。

その問いかけにハッとした表情を見せたリディルが、少しトーンを落として感想を話し始めた。

「ああ、団長。すいません、舞い上がっていました……。そうですね、切れ味も硬さもそれぞれ増しているように感じますが、硬さの上がり具合の方が大きそうです。でも、全体的に質が底上げされている、と言うのが一番近いかもしれません。とはいえ、お伽噺に出てくるような、何でも切れる伝説の剣、というわけにはいかないですね。さっき以上に力を入れたら多分折れると思います」

「ほう、なるほどな……。土の魔石を使った魔法具は、城壁を硬くしたり鎧を硬くしたりするモノが多いから、これも硬くすることで切れ味を良くしているのかもしれんな」

「面白い感覚でしたよ。見た目や重さなんかは全く一緒なのに、まるで違う剣を使っているような感覚でしたから」

「そこまで違うか。刃こぼれや変形はしていないな？」

「ええ、確認しましたが大丈夫です」

「よし。では次は俺も少し貸してもらうとしよう」

リディルから剣を受け取ったディルークも、何度か素振りをして重さやグリップを確かめる。

「同じように切ったのでは芸がないな……」

そう呟きしばし考えると、右手で剣を水平に構え左の掌を剣の下に支えるように添えると、切っ先を的に向けて腰を落とした。

切るのではなく突くための構えだと言うことが、素人の勇にも分かる。

「シッ!!」

短く息を吐き出すように踏み込みながら高速で突きを繰り出した。

カカカカッ、と乾いた音をさせて丸太を穿っていく。

ほぼ同じ位置に五連突きを打ち込んだようだ。直径五センチ、深さ十センチほどの穴が丸太に開いていた。

「なるほど、こういう感触か……」

剣先の状態を確認したディルークは、何度か手を握ったり開いたりして感触を確かめると、再び同じ構えをとった。

そしてまた、踏み込みながら高速の連続突きを繰り出す。

今度は横木、先ほどリディルが折ったのとは逆方向へと剣を突きこむ。

先程より少し高い音がしたかと思うと、逆方向の横木もゴトリと転がった。

「「「うおおぉぉぉぉっ!!!」」」

「「団長も落としたぞっ!!」」

そして再びの大歓声。

ディルークは満足げに落ちた横木を拾い上げると、勇の所へと戻ってきた。

折れた部分を確認すると、半円状に削られているのが分かる。

先程丸太に突きこんだのと同じことを、横木にもしたのだろう。

リディルとは別のアプローチで横木を折ったのは、団長としてのプライドか……？

「イサム殿、どうやらこの魔剣の切れ味強化の効果は、突きにも反映されるようです。リディルの言う通り、倍近く突き込むことができますね」

「なるほど。斬る、と言う行為を底上げするのではなく、やはり剣の性能に直接干渉するもののようですね。そうなると……」

「にゃ――――ん」

「ん？　どうしたんだ、織姫？」

ディルークの感想から魔法陣の効果を考察していると、織姫がトコトコと足元にやってきた。的の方を見て、左右の猫パンチをシャドーボクシングのように数回繰り返すと、再び勇を見上げて「にゃう」と短く鳴いた。

「……。ひょっとして、織姫もやってみたいのかい？」

しばし思案した勇がそう聞くと、目を細めて「にゃん」と短く答える。

「……ディルークさん、すいませんが織姫にもあの的を使わせてもらっても良いですかね？　なにやらやる気満々のようなので……」

「おおっ！　オリヒメ殿の勇姿を見られるのですか!?　いくらでも使ってやってください！　リディルたちを助けていただいた力を、一度拝見したいと思っていたんですよ！」

申し訳なさそうにお願いする勇だったが、ディルークは逆に破顔し、思いのほか色よい返事を返してきた。

「よし。織姫、団長の許可が出たぞ！　何するつもりか分からないけど、がんばれ!!」

ディルークの返答を受けて勇がGOサインを出すと、織姫は「にゃっ」と小さく鳴き、すっと姿勢を低くした。

そして、耳をいわゆる〝イカ耳〟にして、への字型にした尻尾を軽く上下させる。

猫が臨戦態勢に入った時に見られる行動だ。

そして……

「にゃっ！」

ゴブリン戦の時にも聞いた、緊張感のない鳴き声が聞こえたかと思うと、弾かれたように織姫が的へ向かって飛び出した。

まるで地面すれすれを滑空するように、クリーム色の塊が的へと向かっていく。

目の錯覚でなければ、的に近づくにつれて織姫の身体が光を帯びているように見える。

そして、的の直前で急上昇すると、右側の横木へ向かって飛び掛かった。

そのまま横木を軸にして、鉄棒の大車輪をするように素早く一回転した後、ふわりと宙を舞う。

まるで体操選手のようにそこから空中でムーンサルトを決め、何事もなかったかのように綺麗に着地した。

時間にすると数秒の出来事だ。

ギャラリーの騎士含めた全員が言葉もなく見守っていると、ガランガランと音を立てて残っていた右側の横木が地面に落ちた。

「「「「うぉぉぉぉぉ――――っ!!!」」」」

三度目の大歓声があがる。これまでで最大音量の歓声だ。

「素晴らしい! 一瞬で横木を切り捨てるとは……。さすがはオリヒメ殿、魔剣に劣らぬとは! 噂にたがわぬ技の冴えですね!! いやぁ、この目で見られて良かった!」

ディルークがまるで憧れのヒーロー、いやヒロインを見る少年のような目で、織姫を見ながら興奮気味に感想を述べる。

勇が周りに目を向ければ、騎士団全員が同じような表情で興奮していた。

当の織姫は、すまし顔で立てた尻尾を揺らしながら威風堂々戻ってくると、満足げに勇の足に顔をこすり付けそのまま足元で丸くなった。

この日を境に、騎士団における織姫の人気は青天井となり、〝オリヒメ先生〟と呼ばれるようになるのだった。

思わぬイベントがあったが、興奮が冷めてきたところで勇があらためて本題へと立ち返る。

「これ、突きでも効果が変わらないなら、剣だけじゃなくて槍なんかに使っても良さそうですよね?」

「「!!」」

その勇の何気ない一言に、ディルークとリディルが思わず顔を見合わせる。

「確かに……。これは槍にも使えますすね」

「ああ。集団戦の場合、主戦武器は槍だからな。この剣ほどの効果がなかったとしても、多少威力が上がるだけで大違いだ」

混戦や遭遇戦でもない限り、集団戦の主戦力は槍の組織運用である。

剣より遠距離から攻撃できるし、集団だと基本は突くか叩くだけなので運用も容易だからだ。

「魔槍と呼ばれるものも極少数は存在しているが、集団運用できないため、単体で使い勝手の良い魔剣程評価はされていない……。もしイサム殿の力で、魔槍が量産できるのなら……。戦術の概念が変わるな」

「そうですね。一当てで削れる数が増えますし、盾を貫ける確率も上がりますからね」

二人のいう通り、集団運用される武器の威力底上げは、そのまま軍団としての戦力底上げに直結するので、非常に効果が高い。

「……しかし、それはそれとして、やはり〝魔剣〟は良いですね」

「ふふふ、そうだな。魔槍の話と魔剣の話は別だ」

真面目な話をしていたと思ったら、話は魔剣に戻ってきた。

「イサム殿、先ほど仰っていたように槍にも応用できるかどうかを確認してもらえないでしょうか？　また、それとは別に魔剣も是非作っていただきたい」

そんなお願いを、ディルークから強く伝えられる。

「ええ、元々剣は作るつもりでしたし。ちょっと効果時間の検証をしたいので、少し時間がかかりますけど」

「む。検証をすると言うことは、この魔剣は持ち帰られる、ということか……」

あからさまに残念そうな表情をして、名残惜しそうに魔剣もどきを見るディルーク。

しかしそこへ、リディルが見事なキラーパスを入れてくる。

「イサム殿、その効果時間の検証、我々でもできないでしょうか？　使用した時間とその時間内で行ったことを書き留め、魔石の効果が切れるまでどれくらいかかるか計ればよいので⁉」

「ええ、それで十分ですよ。お願いしても良いですか？　お願いできれば、私の方は槍の実験に取り掛かれるのでありがたいですけど」

「「お任せ下さい!!」」

ディルークとリディルの声が見事に重なる。そしてこそこそと内緒話をする二人。

（でかしたぞ！　リディル!!）（はっ！）

大の大人が、玩具を手に入れることに成功した子供のようなやり取りをしていたが、それはそれだ。

「じゃあお願いしますね。あぁ、そうだ！　忘れてた!!　効果の度合いを変えた剣があと二本あるんですけど、これの検証も併せてお願いしちゃっても良いですかね？　今試してもらったのと比較して、切れ味と効果時間の違いを調べて欲しいんです」

そう言って、脇に置いてあった包みから二振りの魔剣もどきを取り出す。

「なっ⁈　別の魔剣がまだあると……？」

さらりと新しい魔剣を取り出した勇に驚愕するディルーク。リディルは目を見開いて言葉も出ない。

「はい。一応理論上の切れ味上昇の効果は、最初の物より高いはずなので、最初は注意してくださいね」

「これより、効果が、上……？」

「ええ。どの程度効果が違うのか、全く分からないですけどね。魔法コンロの時は、消費魔力を増やしても一定以上はあまり効果は上がらなかったので、これもそうなるとは予想してます」

まるで料理の塩加減の話であるかのように語る勇に、聞き耳を立てていた騎士達も絶句している。

「それじゃあ、よろしくお願いしますね～!!」

そんなことはお構いなしに、話すべきことは全て話したと、勇はひらひらと手を振りながら詰所を後にした。

数秒後。再び騎士団詰所に嵐が吹き荒れた。

ただでさえ魔剣の凄さを見せられているのに、さらにそれより上のモノが目の前にあるのだ。取り合いにならないわけがない。

自分達がすでに魔剣を体験しているディルークとリディルは、現時点で嫉妬の対象になっているため取り合うなとも言えない。

結局、切れ味の違いの比較だけは、二人が試すしかないためさっさとそれを終わらせて、以降の効果時間検証は、騎士団全員で行うこととなった。

騎士団の全精力を注いで行われたことで、魔剣の効果時間検証はその翌日には終了してしまう。

三十分交代で二十四時間態勢の検証を行ったそうだ。

その結果、最初に試した最も効果を低くしたものでおよそ二十時間程度稼働し、デフォルト値のものは八時間程度、その倍の数値のものは二時間程度で効果が消滅することが分かった。

一日で二十時間稼働させるという脅威の稼働率が、騎士団のテンションの高さを如実に物語っているのだった。

切れ味については、デフォルト設定のものでも横木を綺麗に切るには至らず、最高設定のもので断ち切るに至ったとの報告を受けた。

セルファースとも協議した結果、主戦兵器として量産するのは稼働時間が最も長いものとし、奥の手として最高設定のものを少量生産することになった。

魔物討伐の遠征や、何日も戦場に駐留することも多いため、瞬間風速より継戦時間の長さを優先させた方が良いとの判断からだ。

ただし、強力な魔物対策や緊急時用に、戦況を覆せる可能性のある切り札は有用なので、最高設定のものも生産自体はするに至った。

一方、効果検証を騎士団に任せた勇は、翌日から早速魔槍もどきの作製に取り掛かった。

効果がシンプルなため、効果範囲の調整程度で大した苦労もなく魔槍もどきの試作に成功する。

再びの騎士団によるテストを受け、こちらは効果時間が最も長いものだけ量産が決定した。

こうして騎士団によるお祭り騒ぎを経て、魔剣もどき並びにそれを応用した槍の量産が決定するのだった。

また、懸案だった実装場所についても改良が施される。

まず起動陣については、柄を縦に二分割できるようにしたうえで、挟み込むように柄の中に入れ込む形にした。

そして機能陣は、強度を落とさない程度に刀身の中央に浅い窪みを作り、その中に陣を描くことで削れにくくなることが判明し、採用された。

そしてさらに……

「なるほど、こうして上からメッキで覆うわけか」

出来上がった魔剣もどき改を眺めながら、セルファースが感心する。

「はい。あくまで魔石の粉が入ったもので描いたものが魔法陣として認識されるようなんです。なので魔石が入っていないものであれば、上から塗っても魔法陣には干渉しないので、目隠しにはもってこいでした」

勇が行ったのは、簡単なセキュリティ対策だった。

コンロのように、隠れて真似されたとしても金銭的な損失しかないならばまだ良い。

だが、武器となると話は別だ。

魔法陣は見た目を丁寧に真似すれば、意味が分からなくても複製ができてしまう。

そのための登録制度であり罰則なのだが、大量に売らない限りなかなか発見できないことも事実だ。

もし敵対勢力に鹵獲《ろかく》されたり盗まれたりした場合に、真似をされると自分たちの首を絞めることになってしまう。

特に今回作ろうとしている武器については、販売せず身内だけで使う想定のため、魔法陣登録も当面行わない予定なのだ。

そのため、簡単には真似できないセキュリティ対策が必要だと、勇は最初から考えていた。

エトとヴィレムに相談した所、ヴィレムが金でメッキされていると思われる魔法陣があったことを思いだした。

古代の権力者が、見た目を豪華にするために行ったものだと推測されるが、機能を損なっては意味がないので、メッキしても動くのだろうとアタリをつけて実験したところ大成功。

万一メッキを剝がされても解析が困難なように、剝がれにくい偽銀と白魔銀の合金によりメッキを施している。

これで、無理に剝がそうとしても魔法陣そのものも剝がしてしまうため、余程のことがない限り複製されることはないだろう。

ちなみに白魔銀は、みんなのあこがれ魔銀《ミスリル》の一種で、薄緑をした真魔銀《トゥルー・ミスリル》より安く流通している金属だ。

勇はその名前を聞いただけでテンションが上がり、皆に若干白い目で見られていたのだった……。

「うん。これなら鹵獲しても複製は困難だろうね。いやぁ、まさかそこまで考えて作ってくれてるとは……。そこまで全く気が回らなかったよ。ありがとう、イサム殿」

そう言ってセルファースが深く頭を下げた。

「いやいやいや、そもそも魔法の武器を量産する、という概念があまりないでしょうから、当たり前かと。うまく行く方法があって何よりでしたよ。ヴィレムさんがいなかったら、せっかくできた魔剣もどきもお蔵入りするところでしたし」

苦笑しながら勇が答える。

しかし苦労した甲斐もあり、魔剣および魔槍の量産配備が始まることになる。

クラウフェルト家の戦闘力を大幅に底上げする道筋が、ひとつ増えたのだった。

ちなみに、機能陣の上からメッキをしたことで起動時の光がはっきりと見えなくなってしまったため、一部の騎士が非常に残念がっていたとかいなかったとか。


切れ味を上げる魔法陣を組み込んだ魔剣もどきたちは、いつまでも魔剣もどきと呼ぶわけにもいかないので、それぞれにコードネームが付くことになった。

効果時間を優先した魔剣が〝フェリス1型〟、切れ味を優先させた魔剣が〝フェリス1強化型〟、そして魔槍は〝フェリス2型〟とそれぞれ呼称されることになる。

ちなみにフェリスというのは、猫の学名である〝Felis〟から取ったものだ。

勇が開発したのだから勇が付けるべきだ、というセルファースと、どうせなら猫に関係する名前はないのか、というニコレットの無茶振りを受けて、どうにか勇が絞り出したのである。

フェリス1型の開発は、騎士団の面々のテンションを爆上げしたのだが、もう一人テンションが爆上げになっている人物がいた。

クラウフェルト家の長男のユリウスだ。

まだ十歳と小さいので、朝食の時以外はあまり顔を合わせることはないのだが、利発そうで物静かな感じのする少年だ。アンネマリーによるとそのイメージ通りのようで、運動神経は悪くないのだがあまり剣術や体術と言った武術には興味がなさそうなのだとか。

朝食時に試し斬りの結果を話しながら実物をセルファースに見せていたところ、ユリウス少年が食いついた。

「父上、私も騎士団に入れば、この魔剣を使うことができるのでしょうか!?」

と、目を輝かせながらセルファースに質問するユリウス少年。

「なんだ、ユリウスは魔剣に興味があるのかい?」

まさか息子から騎士団入りを問われるとは思ってもみなかったセルファースが問い返す。

「はい！　まるで英雄譚《たん》の勇者が持っている聖剣のようではありませんか！　ぜひ私も使ってみたいのです!!」

あくまでもどきであって魔剣ですらないのだが、ユリウスの中では聖剣もかくやという評価となっているようだ。

「分かった。別に騎士団に入らなくても、きちんと剣術の稽古をして、魔剣を扱えると判断した場合はもちろん授けよう」

きっかけは何であれ、息子が剣術に興味をもったことが嬉しかったのか、目を細めながらセルファースが答える。

「本当ですか!?　ありがとうございます!!　今日からはより一層剣術に励みます!!」

父親から条件付きながらOKをもらったユリウスはとても嬉しそうであった。

あまりに嬉しそうにしているので、

「では、ユリウス君が魔剣もどきを扱えるようになった時には、オリジナルの物をプレゼントしますね」

と勇が言うと、さらにユリウスのボルテージが上がってしまう。

「イサム様、本当ですか!?　凄い、私だけの魔剣なんて夢のようです!!　がんばりますので、よろしくお願いします!!」

「うん、がんばって剣術の修行をしてね」

「分かりました！」

鼻息の荒い息子に苦笑しながらも、やはりセルファースは嬉しそうだった。

その日以降、ユリウスは宣言通り剣術にも力を入れるようになる。

そして勇がユリウスにオリジナルの魔剣をプレゼントするらしい、という話を騎士団の誰かが聞きつけると、それは枝葉のついた噂となり騎士団に広がっていく。

巡り巡って勇の耳にその噂が入った時には、何故か「領で一番の腕前の剣士と認められると、専用の魔剣が下賜《かし》されるらしい」ということになっていた。

セルファースの耳にも入ったのだが、「面白そうだし利はあれど害はないから放置しておく」との判断が下される。

この一件以来、クラウフェルト領の騎士団は、自主訓練の時間が非常に長くなったのだった……。

第七章

魔法陣の登録と商会との契約

新たな魔法陣の実験から数日、エトから量産型魔法コンロの最終試作ロットが完成したと知らせが入った。

十日ほど前に、追加の魔法陣解読と同タイミングで量産設計が終わり、生産テストを行っていたのだ。量産は、情報漏洩リスクを減らすためエトの工房で行われている。

「おおっ！　良いですね!!」

ズラリと十台並んだバステトシリーズ第一号、魔法コンロを見て勇が感嘆の声を上げる。

地球ではプログラムという、あまり目に見えないものを作ってきたので、こうして実物が並んでいるのを見ると軽く感動してしまう。

「うむ。それほど複雑な筐体でもないからの。量産品とはいえ、かなりの精度じゃと思うぞ。何より弟子どもが張り切っておったからなぁ」

量産品の出来栄えに満足しているのか、エトも笑顔で評価する。

弟子たちが張り切るのも無理はないだろう。

エトの工房は、クラウフェンダムで最も技術のある工房だが、それでも魔石の組み込みを含めた全工程を行うことは少ない。

しかも今回は依頼品ではないうえ、彼らにとってはオリジナルの魔法具のようなものなのだから、言わずもがなだ。

「うん。これで問題ないですね。後はシリアルナンバーを刻めば完成です」

「しりあるなんばー？」

「ああ、こちらにはないですかね……？　数量が限定されていることや、本物だということを証明するために、通し番号を刻むんです。今回は一応新魔法時代初ってことなので、シリアルナンバーを振って、さらに特別感を出そうかと。ああ、ちなみにシリアルナンバーは、機能陣の所定の位置に私の国の数字で魔法陣っぽく入れます。そうすると、誰に何番のものを売ったか控えておけば、万一魔法陣を模倣されても、どこが出所かある程度分かります」

武器程の危険性はないのでメッキによる目隠しまではしないが、最低限のデッドコピー対策だ。

勇以外には魔法陣を読み解けないので、模倣者はシリアルナンバーまで模倣してしまうことになるのだ。

「なるほど、確かにそれは良いな」

「後で、数字の一覧を渡すので、それを見て所定の位置に書いておいてください」

「分かった。弟子にもその数字を練習させておくようにしよう」

こうしてついに、オリジナル魔法具第一号の製造準備が完全に整った。

後は、魔法陣の登録申請をして、売る。それだけだ。

翌日、勇はニコレットたちと魔法陣ギルドを訪れていた。

製造・販売される魔法具に使われる魔法陣の、登録や管理を行っている組織だ。

冒険者ギルド等、多くのギルドは国に縛られない全世界的な独立組織なのだが、魔法陣ギルドだけはそうではない。

自国で発見された魔法陣が、無断で他国で使われたりすると大きな損失となるため、規則の違反者には厳しい罰則を与える必要がある。

そのため、各国から役人が派遣されている半国営の組織なのだ。

組織の硬直化は不正の温床となるため、最長でも三年で人の入れ替わりも行われている。

そんなお堅いギルドの一角が、俄かに騒がしくなっていた。

もちろん勇達が申請を出した窓口が騒動の中心だ。

「お、オリジナルの魔法陣の登録ですかっ!?」

受付が驚愕の表情で、ニコレットが提出した申請用紙を見つめている。

すんでのところで大声を出すのを止めたあたりは、さすが国の上級役人と言ったところだろう。

登録用紙には、どういった出所の魔法陣なのかを簡単に書くのだが、普通はどこそこの遺跡から発掘された魔法具に描かれていた、と記載されるのが当たり前になっていた。

自前で魔法陣を作る技術が失われているので当然だろう。

ここ何十年かは、その発掘される数も減ってきていた。

そこへいきなり「遺跡から発掘された魔法陣を組み合わせたら動いちゃいましたテヘペロ」という申請が来たのだから驚くのも無理はない。

「そうよ。ひと月半ほど前に、クラウフェルト家が魔法陣の研究部門を立ち上げたことは話したわよね？　その研究所にね、ヴィレム氏を専属の遺物採掘者《アーティファクトハンター》として招き入れたの。ヴィレム氏は知ってるわよね？」

考えてあったカバーストーリーをつらつらと述べるニコレット。

「え、ええ。収集家《コレクター》のヴィレム様ですよね？　我々も魔法陣を研究する際お世話になることもありますので」

質問された受付が答える。やはり魔法陣や魔法具に関わる人間には、ヴィレムの名は知られているようだ。

「そうそう、そのヴィレム氏よ。彼が新たに持ち帰ってきてくれた魔法陣と、元々持っていた魔法陣を手当たり次第に組み合わせたら、たまたま上手く動く組み合わせが見つかったのよ。アーティファクトの形じゃなくて魔法陣だけだったから、どんな効果があるのか調べてようやく魔法具にできたってわけ。大変だったのよ～？　効果を調べて魔法具にするのは。偶々今回は、分かりやすい効果だったから良かったのだけど」

立て板に水。半分は事実なこともあって、ニコレットの説明は全く怪しさを感じさせない見事なものだった。

「な、なるほど。で、どのような効果の魔法陣なのでしょうか？」

ひとまず申請用紙を受理して、簡単な聞き取り調査が始まる。

「モノを温める魔法陣ね。温めると言っても相当熱くなるわ。で、こっちがそれを使って作った〝魔法コンロ〟の試作品よ」

そう言ってニコレットは、机の上に魔法コンロの試作機をゴトリと載せた。

「すでに魔法具が完成していらっしゃるのですね。とてもシンプルですが、高級な感じもするし不思議なデザインですね」

受付がしげしげと魔法コンロを眺めながら感想を漏らす。

「中々良いでしょ？　これを製造・販売するための商会も立ち上げたから、登録が終わったら早速販売するつもりよ。どうせなら興味ある人全員で、稼働実験を見る？」

そう言ってニコレットが苦笑しながら視線を周囲へ巡らすと、こちらの話に聞き耳を立てていた他の職員が慌てて目を逸らした。

魔法陣ギルドは、基本暇なのだ。

重要施設なので領都には必ずあるのだが、施設の数が多い分新規登録されることは稀だ。

クラウフェンダムは、組み立て工場があったり魔法具商会の支店があったりするため、登録された魔法陣を見に来る人がちらほらいるからまだマシなのだが……。

そんなわけで、オリジナルの魔法陣などという美味しいイベントを、職員たちが見逃すわけがなかった。

ここで隠すような必要もないし、職員に暇潰しのイベントを提供することで覚えが良くなるのなら願ったりかなったりだ。

それに、他国から派遣されて来ている職員もいるため、新しい魔法具の話を母国に広めてもらえるのもありがたい。

結局、大きな会議室を借りての大お披露目会と相成った。

「……。で、何故私が料理を作ることになってるんでしたっけ⁉」

会議室の中央に置かれた机の上に並べられた三台の魔法コンロ。

その後ろには、何故か勇がフライパンを持って立っていた。

頭にはバンダナのように布を巻いて、準備万端だ。

「だって、私もアンネも料理なんてしないもの……。ヴィレムも似たようなものだし、今から館へ帰って料理人を呼ぶのも手間だし。イサムさんなら、結構手際よく料理が作れるでしょ？」

悪びれることなくウィンクしながらニコレットが言う。

フランクに接してくれるので普段は意識しないが、ニコレットもアンネもれっきとした貴族夫人であり貴族令嬢なのだからして、料理をしないことなど当たり前だった。

そう思い至った勇は、苦笑しながら何を作ったものかと思案する。

目の前には、お披露目会をすると聞いて飛んでいった職員が買ってきた、いくつかの食材が並んでいた。

ひとしきり悩んだ末、勇は調理に取り掛かった。まずは玉ねぎを粗みじんに刻み、続いてジャガイモの皮を剥いて賽《さい》の目状に切っていく。

切り終えたら、油を引いたフライパンを魔法コンロにかけて玉ねぎを炒めていく。透き通るまで火が通ったら、ジャガイモを投入して再び炒める。

ジャガイモに火を通す間に、別のフライパンにざく切りにしたトマトを入れて潰しながら炒め、塩コショウと白ワインで味を整えトマトソースが出来上がった。

続いてボウルに卵を十個割り入れかき混ぜると、火の通ったジャガイモと玉ねぎを入れてよくかき混ぜ、再び魔法コンロにかけたフライパンへ戻し蓋をして焼いていく。

しばらく焼いて膨らんできたらひっくり返して両面を焼いたら完成だ。

お皿には、綺麗な焦げ目のついた五センチほど高さのある卵焼きが、美味しそうな湯気を立てて鎮座していた。

勇が作っていたのは、スペイン風オムレツもどきだった。

一気に大量に作れる上、材料と火加減を間違えなければまず失敗しないメニューである。

「冷めないうちに食べましょうか。こちらのトマトソースをかけて召し上がってください」

湯気の立つスペオムを、扇形に切り分けてソースをかけ、皆へと配っていく。

「では、今日の糧を神に感謝して」

「「「「感謝して」」」」

食前の祈りをして、皆で実食へと移る。

やれ芋がほくほくで良いだの、トマトのソースが合うだのと好評のうちに試食が終わると、あらためてニコレットが口を開いた。

「どう？　ウチの魔法具は？」

「ここまで美味しい料理をスムーズに作れるのですから、全く問題ありませんね」

年嵩の男性職員が、魔法コンロひいては魔法陣の性能に太鼓判を押す。

他の職員も大きく頷いているので、全員異論はないようだ。

「それは良かったわ。じゃあ、滞りなく登録を進めてくれるかしら？　また魔法具を売りに出すときには、一声かけるわ」

「かしこまりました。急ぎ魔法陣の登録をさせていただきます」

「よろしくお願いね」

こうして、ついに勇が考案した新しい魔法陣が世の中に公開された。

魔法陣ギルドに登録された魔法陣は、それがどこの支部で登録されたものであっても、ほとんどタイムラグなく世界中のギルドへ情報が共有される。

どういう原理なのか全く分からないが、ギルド本部にあるアーティファクト本体が中継する形で、支部の子機へと共有されているようだ。

親機と子機をセットで複製したら、情報のやり取りをする魔法具が量産できそうなものなのだが、親機を複製するとどういうわけか複製元の親機共々動かなくなってしまうのだとか。

そのため、ギルドの情報共有以外には使われていないのが現状だ。

そんな魔法具を通じて登録された〝ほぼオリジナルの魔法陣〟は、あまりに普通に登録されたがために、すぐに大きな話題になることはなかった。

一昔前ならともかく、今は頻繁に新しい魔法陣が登録されているか確認しているのは、ギルドの職員くらいのものなのだ。

魔法具に力を入れている商会や貴族家の当主でも、月に一度報告をもらっていれば良い方なので仕方のないことだった。


魔法陣の登録を終えた三日後、クラウフェルト子爵家を訪ねる二人の男がいた。

どちらも質の高い服を着ており、館の前に止められた馬車の豪華さから見ても貴族か大商人であろうと思われた。

なのだが、何故かその片方の男の表情は疲労の色が非常に濃いうえ、髪も乱れせっかくの豪華な服も皺が目立つ無残な状況だった。

相対した子爵夫妻も、少々驚いた表情をしている。

「突然の訪問、およびこのようなみすぼらしい姿でのお目通り、大変申し訳ございません。ザンブロッタ商会のシュターレン支部長をしております、シルヴィオ・ザンブロッタと申します。こちらはご存じかと思いますが、この街で工房長をしておりますグイドでございます」

疲れた表情をした男、シルヴィオが名乗る。

シルヴィオの話によると、ザンブロッタ商会は、隣国プラッツォ王国に本拠地を構える商会だ。

本国では中々の規模を誇っており、五年ほど前にさらなる商機を求めてシュターレン王国へ進出、数年前にはここクラウフェンダムにも工房を構えている。

そんなザンブロッタ商会から、最短で面会させてほしい旨の打診があったのが昨日の午後、それを受けて本日午後の面会となっていた。

「かなりお疲れのようだけど、大丈夫なの？」

心配したニコレットが問いかける。

「はい、問題ございません。王都より些か急いで駆けつけたので、お見苦しいところをお見せして申し訳ございません」

そう言ってシルヴィオが頭を下げる。

「問題ないのならば良いのだけど、そこまで急いで会いに来た理由は何なのかしら？」

急ぎ面会させてほしい旨しか連絡を受けていないため、早速ニコレットが本題に切り込む。

「三日前に、クラウフェルト卿の魔法陣研究所名義で、新しい魔法陣を登録されましたよね？　さらには、それを使った魔法具まで既に開発済みであるとか。その情報を聞きつけましたので、これはもう一にも二にもお会いせねばと馳せ参じた次第です」

魔法陣を登録したのは、シルヴィオの言う通り三日前。

王都からクラウフェンダムまでは、通常馬車で五日程かかる道程だ。

それを三日で駆け抜けてきたのだから、それは疲れもするし髪型も乱れるだろう。

なにせ、急ぐ場合に削れるのは睡眠時間くらいなのだから……。

「なるほど……。王都から三日で来たのなら、疲れもするだろうね。ふむ、確かに三日前に魔法陣の登録をしたけど、それがどうかしたのかい？」

あまりの強行軍を想像して、苦笑しながらセルファースが次を促す。

「いやいやいや、何を仰いますか!?　〝新たに遺跡から発掘された魔法陣と、それとは別の既存の魔法陣を組み合わせて出来上がった魔法陣〟などと淡々と登録されておりましたが……。それはオリジナルの魔法陣であるということではありませんか!?　魔法具を扱う人間として、それを放置してはおけませんよ。普通、そんなものが作れたのならば、大々的にオリジナルの魔法陣と真っ先に宣言しようものを……。全く子爵閣下もお人が悪い」

セルファースの問いに、何を言っているんだとばかりに返答するシルヴィオ。

シルヴィオの言う通り、一気に話題になることを避けるため、あえて淡々と登録をしていた。

それにそもそも、毎日のように登録の状況を追っていないと、登録されたことに気付くことすらないだろう。

にもかかわらず、それを見つけてすぐに駆け付ける辺り、中々の情報収集能力と言える。

「確かにアレは、オリジナルの魔法陣といっても良いモノではあるが……。だとして何だと言うんだい？」

尚もはぐらかしながら問いかけるセルファース。

それに動じることなく、真正面からその目を見てシルヴィオが答える。

「単刀直入に申し上げます。我々の商会と、専売契約を結んでいただけないでしょうか？　私の勘が正しければ、閣下の方にも利があるのではと考えております……」

「ほぅ……その考えとやらを聞かせてもらえるかい?」

「ありがとうございます。理由は大きく二点です。まず一点目。一番初めにお目通りをお願い申し上げたのが当商会である点です。気付いていないところは論外、気付いていてもすぐに行動しなかった時点で、それもまた見る目がないでしょう。オリジナルの魔法陣というのは、それだけ価値があるものなのです。それを見る目のないものに扱わせるわけにはいきません」

相変わらず、視線を逸らすことなくシルヴィオが熱く語る。

「ふむ……続けなさい」

続きを促すセルファースに、少しだけ表情が緩んだシルヴィオが続ける。

「はい。二点目は、我々がこの国の商会ではない点です。いや、本質はそこではなく、我々がこの国のどこの貴族家の息もかかっていない点です。先程も申し上げた通り、オリジナルの魔法陣を作れたのであれば、普通はそれを大々的に宣言するはずなんです。ですがそれをしていない……。さすがにオリジナルの魔法陣を作ったことに気付かないということはあり得ないので、あえて宣伝しなかった、ということになります。さらに失礼を承知で申し上げるなら……」

シルヴィオはそこで一旦言葉を切り、セルファースを見つめる。

セルファースが軽く頷くと、続きを語り始めた。

「失礼を承知で申し上げるなら、無属性魔石しかなく財政に余裕がないクラウフェンダムであれば、大々的に売り出すはずなのです。しかし、すぐに大金を得られるチャンスを見逃してでも、宣言しなかった。それは何か目立ちたくない理由があったからではないでしょうか？　我々のような平民ではなく、クラウフェルト家のような貴族家が慎重になるのですから、相手はおそらく同じ貴族……。何を警戒されているのかは存じ上げませんが、他の貴族にあまり知られたくない事情があるとお見受けしました。先程も申し上げた通り、幸か不幸か我々は少なくともこの国の貴族の後ろ盾はまだありませんので、秘密を漏らすことはありません。それが、閣下にとってご都合が良いのではないかと考えた次第です」

しばしの沈黙が流れる。

セルファースは、話の途中から瞑目したまま言葉を発しない。

シルヴィオの額に汗が浮かぶ。

数秒か数分か。長いようで短い沈黙の後、セルファースがゆっくり口を開いた。

「情報収集の早さ、正確さ、集めた情報に対する分析能力も問題なし、かな」

「そうね。特に早さは特筆ものね。ここ何十年かはほとんど新しい魔法陣の登録がなかったから、確認間隔が長くなってるというのに。当日に気が付いたのは大したものね。正確性と分析能力も十分だと思うけど……これはまだ誰からもリアクションがないから、良い悪いの評価は保留かしら」

「プラッツォ王国への影響が気になるけど、まぁそれは贅沢というものなんだろうね。何より最初から専売契約を持ち掛けてきたことに驚いたよ。これなら、イサム殿も満足するんじゃないかな？」

「じゃあ決まりね。色々な商会を調べてたけど、どれも決め手に欠けてたから……。まだ国外まで手を伸ばせてなかったし、丁度良かったわ」

「ああ」

「ということで、シルヴィオ。あなたの提案に乗りましょう。早速、詳しい条件の話をしましょうか」

「は？　え⁇」

あまりに早い話の展開についていけず、思わずシルヴィオが間抜けな返答を返す。

「だから、あなたのところ、ザンブロッタ商会でしたっけ？　そこと専売契約を結んであげる、と言っているのよ」

「え、あれ？　ホントですか⁇」

「ホントも何も、ついさっき自分から持ちかけた話じゃないの。ん〜、アナタ、やっぱり一度保留にして……」

「いやいやいやいや、ありがとうございます‼」

「……あらそう？」

シルヴィオのリアクションに呆れたニコレットが保留をちらつかせると、慌ててシルヴィオが立ち上がる。

「ありがとうございます‼　誠心誠意、全力で取り組ませていただきますっ‼」

そして、勢いよく腰を九十度以上曲げて深く深くお辞儀をすると、そう宣言するのだった。

冷めてしまったお茶を入れなおすと、あらためてザンブロッタ商会との契約についての具体的な話が進められた。

「なるほど。そうしますと、クラウフェルト家とではなく、オリヒメ商会との専売契約となるわけですね」

「ええ。あくまでウチは研究所までだから。商品に関する契約自体は商会とになるわ」

オリヒメ商会との契約話なので、ここからは商会長として勇も同席していた。

「専売条件は、こんなとこかしらね」

そう言ってニコレットが一枚の紙をシルヴィオに手渡す。

専売契約することは事前に決めていたので、勇らとあらかじめその条件を書き出していたのだ。

販売までオリヒメ商会で行うことも可能ではあるが、かなりの手間がかかるし販路開拓もゼロから行うことになるので、一蓮托生となる商会を抱き込むことが、現時点の目的となる。

とはいえ、大枠としての条件は六つしかないシンプルなものだが……。

①契約期間は一年とし、次年度の契約については都度相談して決めるものとする。
②研究所およびオリヒメ商会に関する情報は、秘匿すること。情報が漏洩した場合、ザンブロッタ商会の持つ資産のすべてを提供するものとする。なお本項については、当契約の解約後も有効とする。
③オリヒメ商会への利益分配は、利益の五割とする。
④製品の製造をザンブロッタ商会が行う場合は、原則クラウフェンダムで行うものとする。

⑤顧客・商談リストを必ず作成し、適宜オリヒメ商会へ共有する。商会に対して販売を行う場合は、事前に報告のうえ、必ずオリヒメ商会の許諾を得ること。
⑥当初販売先は、シュターレン王国内限定とし、国外へ販売する場合はオリヒメ商会と協議の上決めるものとする。
⑦上記の条件を守る限り、オリヒメ商会で商品化した魔法具は、ザンブロッタ商会のみが販売権を持つものとする。

①は最悪何かあった時でも一年で切ることができる最低限のリスクヘッジだ。時がたつと状況も変わるため、あまり長い期間の契約とするのは得策ではない。
②は最も重視している守秘義務についてだ。当たり前の話ではあるが、事が事だけに罰則も厳しいものになっている。
この条件が呑めない場合、そもそも信用ができないとして契約はできない。もっとも、情報が流出した場合にその経路を特定することは結局難しいし、契約解除後はさらにそれが困難になるので、お守り程度かもしれないが……。
③の利益分配条件については、貴族家と専売契約する場合の最低限の相場だ。七割程度取ることも普通なので、先方には良い条件と言えるだろう。
④については、雇用創出という点も考慮しているが、情報漏洩の防止という側面が強い。クラウフェンダムにありさえすれば良いので、すでに工房を構えている先方的にはあまり問題な

いだろう。
⑤は、誰に売ったかオープンにすることで、特定の人物に集中していないかや、気になる相手に販売していないか確認するためだ。
また、ザンブロッタ商会はいわゆる一次取次店のようなものなので、販路拡大のため他の商会に卸すことは普通に有り得る。

問題はそれがどこであるかなので、チェックを事前に入れることとした。
⑥については、あまり効果はないかもしれないが、早い段階での国外露出を防ぐ狙いだ。
「……分かりました。こちらの条件で問題ありません」

「若旦那！　会長の承認なしで決めて大丈夫なんですか⁉」

条件を確認し終えたシルヴィオが、しばし考えて答えると、これまで黙って話を聞いていた工房長のグイドが慌てて口を開いた。

「ああ、問題ない」

「しかしっ！　商会の資産全てを提供するという条件を会長に言わずに決めるのは流石に……」

グイドが慌てるのは当たり前だろう。

商会全ての資産に関する契約なのだから、一支部長がとれる責任の範囲を大きく超えている。

「別に、今日この場で最終決定をしていただかなくても大丈夫ですよ？　グイドさんが仰ることも当然ですし……」

聞いている方が心配になり、思わず勇がそうフォローする。

「いえ。今ここで決めれば、他の商会に契約されることはなくなりますからね。会長は私が必ず説得します。むしろ、この契約に反対するようであれば、会長の座を降りるべきでしょう」

よほどこの契約に賭けているのか、シルヴィオの意志は固いようだ。

「……分かりました。ただ、契約書類には商会長の魔法印が必要になります。今日の時点では、シルヴィオさんのサインによる仮契約までとさせてください。その代わり、期日を指定させていただきますので、期日内に商会長の魔法印をもらってきていただけますか？」

シルヴィオの様子を見て翻意させることは不可能と判断した勇が、締結条件を提示する。

魔法印は、商会を立ち上げた際に商業ギルドで登録する蝋印のような魔法具だ。

商会長本人しか登録できず、登録した本人の魔力でしか動かない。

また、押した印にはその人だけの魔力パターンが登録され、商業ギルドで照合できるため偽造ができない。

この世界で重要な商取引契約をする場合には、必ず用いられる魔法具だ。

「ニコレットさん、何日くらい期日を設けましょうかね？」

「そうねぇ……会長は本国にいるのかしら？」

勇から話を振られたニコレットがシルヴィオに尋ねる。

「そうですね。基本はプラッツォの王都にある本店にいますが、この後鷹を飛ばして国境近くまで出てきてもらうつもりです」

鷹というのは、高性能な伝書鳩のようなもので、他の魔物に襲われにくい高度と速さで飛べる鷹のような魔物を使い魔にして手紙のやり取りをするのだ。

遠距離の連絡手段が乏しいこの世界では非常に便利なのだが、使い魔とする鳥を捕まえる難易度が非常に高いうえ、その後の調教もかなり専門的なもののため、非常に高額だ。

鷹を持っているということは、金持ちの証であるのと同時に、情報の重要性を理解している証でもある。

「……そう、鷹を飛ばすのね。プラッツォの王都からだと、急いでも馬車で片道二十日くらいはかかるけど、国境の街なら片道十日ってとこね。鷹の時間も考えると……そうね、期限は二十五日間ということにしましょうか」

プラッツォの王都まで鷹が手紙を届けるのにおよそ一日半程度。

それを見て会長がすぐに移動したとしても、説得に使える日数は数日と言ったところなので、中々に厳しい条件と言える。

「分かりました。それだけいただければ大丈夫です」

しかしシルヴィオは、一瞬で日付を逆算して即答してみせた。

「では、期限は二十五日後までとする仮契約を締結しました。これで二十五日の間、我々が他の商会と契約をすることがないことをお約束します」

勇とシルヴィオそれぞれがサインをして、仮契約が終わる。

「ありがとうございます。かならず会長の魔法印をもらってきますので、今後ともよろしくお願いします」

「こちらこそよろしくお願いします。ただ、くれぐれも無茶はなさらぬように……」

握手をしながら挨拶を交わす二人。

「なに、オリジナルの魔法陣の前には、多少の無理など無理の内に入りませんよ」

勇の心配を笑顔でシルヴィオが笑い飛ばした。

ひとまず仮契約を済ませた勇達は、シルヴィオを見送るべく館の玄関まで来ていた。

「この度は、急なお願いにもかかわらずお時間いただきありがとうございます。今後ともよろしくお願いいします」

「ええ。こちらこそありがとう。ああそうだ。言い忘れていたのだけれど、魔法具は、実は完成品は三種類あるのよ。まぁ全部同じ魔法コンロなのだけど、火力が違うのよね」

「分かりました。三種類で……って、え？　三種類⁉　今三種類と⁉」

別れ際に、あまりに自然に出てきた言葉だったので聞き流しそうになったシルヴィオが、慌てて問い返す。

「ええそうよ。細かい火力の調整ができないから、一台だと大変でしょ？　だから、強火、中火、弱火の三種類を売り出すつもり。あ、もちろんこれも他言無用よ。まだ誰にも言ってないんだから」

そう言ってニコレットがパチリとウィンクする。

「か、かしこまりましたっ！　しかしすでに三種類ですか……。これはやはり、何としても専売契約を結ばなければならないようですね！　失礼いたします‼」

ニコレットの言葉を聞いて一段と気合の入ったシルヴィオが、馬車を急かすようにして館を後にしていった。

「……焚きつけましたね？」

シルヴィオの乗る馬車が出ていくと、勇がジト目でニコレットを見やる。

「あら、何の話かしら？」

すまし顔で答えるニコレット。

三種類あることなど、わざわざあの場で言う必要はなかったのだが、あの一言がシルヴィオのギアを間違いなく数段上げた。

「今日ここに来た時より急がせるでしょうね。馬と御者さんが過労死しなければ良いのですが……」

勇は、そう言って無茶をさせられるに違いない馬と御者に、同情の念を抱くのであった。


ザンブロッタ商会との仮契約から、十日が過ぎた。

そろそろシルヴィオが、国境の街で商会長の説得にあたっている頃合いだろうか。

そのシルヴィオが訪ねてきてからしばらくは、他の貴族や商会からの接触は特になかった。

しかし、五日が過ぎた頃からポツポツと接触を試みるところが出て来ていた。

おそらく、週に一回程度魔法陣の登録状況を調べているところであると思われる。

魔法陣登録の現状を考えると、その頻度でも、かなり情報収集に力を入れているところと言えそうだ。

シルヴィオの次に訪ねてきたのは、隣領の領主であるヤンセン子爵家の当主、ダフィド・ヤンセンだった。

クラウフェルト家と同じ、このあたり一帯を治めるビッセリンク伯爵家の寄子で、いわば兄弟貴族である。

セルファースと同い年で領地もお隣、貴族学園でも同級生だったので、一番親しくしている貴族と言って良いだろう。

シルヴィオがクラウフェンダムを発ってから五日後に先触れが訪れ、翌日には本人が訪ねて来た。

ちなみにクラウフェルト家は、領主として領都であるクラウフェンダム以外にもいくつかの町や村を治めているが、統治体制としては上にビッセリンク伯爵家がいる。

現代日本で言えば、県を治めるのが伯爵家で、その下で数家の子爵家や男爵家が、複数の市区町村を分割統治しているのがこの国の統治体制だ。

「よぉ、セル！　すっかり遠征病は治ったみたいだな？」

「やあダフ。おかげさまですっかり良くなったよ」

顔を合わせるなり、ロクな挨拶もなくタメ口で言葉を交わすあたり、気心の知れた間柄なのがよく分かる。

「あの魔法陣すげぇな。ようはオリジナルの魔法陣みたいなもんだろ？　それをまぁ、しれっと何でもないことのように書きやがって……。お前んとこが登録者じゃなかったら、思わず見過ごすところだったぜ？」

お茶を飲みながら、苦笑いでダフィドが言う。

「ふふ、やっぱり気付いたかい？　組み合わせてできたものではあるけど、新魔法時代初の、魔法具ではなく魔法陣だけを元に作られた、動く魔法陣だと思うよ」

同じくお茶を飲みながら答えるセルファースは、実に良い笑顔だ。

彼らの言う〝オリジナルの魔法陣〟とは、ゼロから作ったものだけを指すわけではない。

新魔法時代以降、魔法具として動いている状態の魔法陣の複製品以外は動く魔法陣は作られていないので、一部でも自作ならばオリジナルと呼んでいるのだ。

「どうやったのか、は聞かねぇ。そんなすげぇもんなのに、大々的に発表してねぇんだからなんか理由があるんだろうよ」

苦笑しながらも、ダフィドは真剣な眼差しをセルファースに向ける。

「すまないね。もう少し準備する時間が欲しいんだ。準備ができたら真っ先に教えるよ」

対するセルファースも、笑みを消して答える。

「わかった。ただ、ウチの領にも影響がある部分だけ聞かせてくれ。あの魔法陣を使った魔法コンロだったか？　それは誰にまで売るつもりだ？」

「当面は貴族と大金持ちの商人あたりだね。高級路線でいくつもりだよ」

「ふむ。それなら当面ウチへの大きな影響はないか……。民生品を売る時にはひと声かけてくれ。市井にまで広がると流石にウチにも影響が出るからな」

ダフィドの治めるヤンセン子爵領は、クラウフェルト領と同じく森林地帯にある。

無属性魔石をたまたま掘り当てて森の中の領地になったクラウフェルト領とは異なり、昔から森林地帯を治める家なので、主な産業は林業だ。

建材としての需要はもちろん、燃料としての薪の売り上げも大きな収入源となっている。

それが、薪代とさほど変わらない価格で運用できる魔法コンロが広まってしまうと、調理に使う薪の需要が大きく減るのは明白だ。

収入が減ること自体も問題だが、それが急だと対応も後手に回るので、ダフィドがそこを確認したがるのは当然だろう。

「すまんな……。迷惑をかけて」

沈痛な面持ちでセルファースがぼそりと呟く。

「何言ってやがる。ようやくクズ魔石屋なんて汚名を返上できるチャンスじゃねぇか。もっと喜べよ！　だいたい、貧乏貴族同士が傷を舐め合ったって、何の利益も生みやしねぇよ」

そんなセルファースをカラカラとダフィドが笑い飛ばした。

「ああそうだ、悪いと思ってんなら、金持ちになって、何かこっちにも仕事を回してくれよな」

「ふふ……。分かったよ、せいぜい良い仕事を回せるよう頑張るさ」

「その意気だ」

ダフィドはニヤリと笑い、セルファースと握手を交わす。

その後も特に何かを詮索することなく応援までしてくれたダフィドは、聞きたいことも聞けたと言って早々に帰路についた。

次に接触してきたのは、ヤーデルード公爵家だった。

かつて王家から分かれた超名門で、火の魔石の鉱山を領地に擁している押しも押されもせぬ大貴族だ。

そんな超大物からの先触れに、クラウフェルト家は上を下への大騒ぎとなった。

公爵自身は別件があるため代理の者を送るとのことで安心していたら、実子、それも長男であるアレクセイ・ヤーデルードが訪ねてきたことで領主夫妻は再び驚愕することになる。

「まさかアレクセイ殿がいらっしゃるとは思ってもおりませんでしたよ……」

「おや？　父上からの書状にありませんでしたか？　……全く、あの方は悪戯好きが過ぎますね」

挨拶の後、お互い苦笑しながら社交辞令を交えて話をしていると、公爵の悪だくみであることが判明する。

現当主のドラッセン・ヤーデルードは、どちらかというと武断派で知られており、齢六十をこえた今も領内の魔物討伐等に自ら出向いているらしい。

特段、主戦派でもないし戦闘狂というわけでもなく、単に現場が好きすぎるだけなのだという。

私たちに運営を任せられるようになって、好き勝手やっていますよ、とアレクセイが苦笑する。

現在、領地の内政は、アレクセイをはじめとした四人の子供たちで執り行っているとのことだ。

「して、公爵家のお方が、このような田舎に何用で？」

「ふふ、惚《とぼ》ける必要はないでしょうに……。単刀直入にお尋ねします。先日登録された魔法陣、あれの専属利用権を我々にも売っていただけないでしょうか？」

魔法陣を登録した際、登録者の権利を守るのが専属利用権だ。その名の通り、十年間は他者の利用を禁止している。

ただし、登録者が許可を出せば登録者以外が利用することも可能で、自領で魔法具の量産が難しい場合など、高額で権利の取引がされることが稀にある。

「一千万ルインで如何でしょうか？」

「一千万ですか……」

「はい。悪い条件ではないと思うのですが？」

一千万ルインと言ったら、日本円に直すとおよそ十億円ほどの価値だろうか。

クラウフェルト家が、無属性の魔石からあげる年間売上より少し少ないくらいの金額だ。

それをポンと提示してくるあたり、さすがは属性魔石を産出しているだけはある。

思いも寄らぬ金額提示にセルファースが黙っているのを、金額が少ないからと判断したアレクセイが続ける。

「では、一二〇〇万で如何でしょうか？　この際隠しても仕方がないのでお話ししてしまいますが、年間に支払う金額としては、このラインがギリギリのところです」

「年額?!」

「はい。少なくとも専属期間の半分である五年間は、毎年お支払いする想定です」

一回の払い切りだとばかり思っていたセルファースが驚嘆する。

五年間毎年十億円相当以上の収入があれば、かなり領地の開発を進めることができるだろう。

「……そこまでご評価いただいて恐縮です。理由を教えていただいても？」

「細かい理由を挙げればキリがないですが、大きく二点でしょうか。まず一つ目は、アレが火の魔石を使うものだからです。火の魔石を使うものは、当然火の魔石を産出する我々と非常に相性が良い。そんな我々のノウハウを活かせば、より良い魔法具が作れると思うのです。そして二つ目は、先行投資ですね。あの魔法陣は、オリジナルの魔法陣と言って良いものだと思います。組み合わせたらできた、ということでしたが、そう簡単にできるものではありません。これまで我々も散々試してきましたからね……。だがそれをやり遂げた。そしてそれが偶然ではないとしたら、今後も同様に新しい魔法陣が生まれる可能性があります。しかし、それには研究を継続する資金が必要では？　我々がその費用を肩代わりする代わりに、成果が出た暁には引き続き利用させていただく、というご提案です」

「なるほど……」

アレクセイの説明に、セルファースは腕を組んで思案する。

一見こちらに都合の良い物言いではあるが、その裏には大貴族のエゴが見え隠れしている気がするのだ。

我々の方が良い魔法具が作れる、金は出してやるから新たに成果が出たものも我々に任せておけ——金額が大きいのも、先の成果まで視野に入れた手付だと言わんばかりの、そんなエゴが……。

「魅力的なご提案、ありがとうございます。しかし、他の方々からも提案をいただいておりますので、一度預からせていただいても良いでしょうか？」

「……分かりました。まぁ我々よりも良い条件を出せるところはそうそうないとは思いますが。良いお返事をいただけることをお待ちしております」

「わざわざご足労いただいたのに、即答できずに申し訳ございません」

「いえいえ、まだ登録して日も浅いですからね。お考えになる時間も必要でしょう」

こうしてヤーデルード公爵家との交渉は態度保留となった。


「ふん、クズ魔石屋風情が。黙って頷いておけば良いものを……。まぁいい。ウチより良い条件を出せる所などないだろう。出してくれ！」

「はっ」

馬車へと乗り込んだアレクセイは、不機嫌そうに独り言ちると、ヤーデルード領へと帰っていった。


ヤーデルード公爵家の訪問以降も、いくつかの貴族家からの使者や商会が訪問していた。

どうやって魔法陣を作ったのか聞き出そうとするものの、公爵家と同じように専属利用権を売ってくれというものなど、あまり嬉しくない話がほとんどだ。

唯一頷いても良いと思った話は、王国西部で隣国と接しているイノチェンティ辺境伯家からの打診くらいだ。

イノチェンティ辺境伯領は、広い王国南西部の国境をほぼ一領で管轄している、王国西方の要だ。

乾燥した岩砂漠が中心の地域ではあるが、土の魔石を産出する魔石鉱山を抱えており、中々のお金持ちだ。

話を聞いた勇は、中東の産油国みたいだなと思っていた。

しかし大きな木が育たないため、料理や暖房に使う薪に、莫大な費用が必要となっていた。

岩砂漠といえど夜は冷え込むため、冬場は暖炉は必要だし、火を使わなければ料理もできない。

領主の城や大商人などは魔法竈を導入してはいるが、その魔石の消費量に辟易していた。

そこへ、ランニングコストが薪の竈とそれほど変わらないという魔法具ができたらしい、との情報が入った。

しかも調べてみたら、薪の価格は木の豊富な王国中央部が基準だというではないか。

それは、かなり薪の値段の高い辺境伯領からしたら非常に魅力的で、すぐに訪問することを決めたのだった。

辺境伯家から使者として訪れたのは、二女のユリア・イノチェンティだ。

ユリアは、アンネマリーの魔法学園の同級生で親しくしていたため、使者に選ばれたのだろう。

旧交を温めたユリアが持って来た話は、辺境伯家への可及的速やかな魔法コンロの導入依頼と、辺境伯領への工房誘致だった。

「そちらで工房を立ち上げて生産する、という話ではなく、こっちの工房を誘致したい、という話で良いのね？」

「うん。こちらで生産することもできるのでしょうけど、それだとあなたの家の秘密を教えろっていうのと同じでしょ？　ウチとしては、なるべく安く・大量に魔法コンロを手に入れられるようにして、領内に広めたいだけだからね。そっちの工房を建ててもらえるなら、そっちのほうがかえって話が早くて助かるのよね」

と、ユリアは、今回の交渉役を任されたアンネマリーに語っていた。

いたずらに相手の利益を侵すことなく、自らの最大の目的を素早く果たすことに主眼を置いた良い交渉と言えるだろう。

子爵領での量産体制が整ったら、初期ロットから何台か融通することと、子爵領以外に工房を建てる時は、最初に辺境伯領に建てることを約束した。

またその代わりに、土の魔石を割り引いて売ってもらう約束まで取り付けられたのは子爵家にとっても収穫だった。

フェリスシリーズが鋭意量産中で、今後は運用フェーズに入っていくため、土の魔石が安く手に入るのは非常にありがたいのだ。

「ところでアンネ。あなたの膝の上で丸まってる毛玉は何？　ぬいぐるみではないわよね？　あなたの使い魔？」

交渉が終わったタイミングで、ずっとアンネマリーの膝の上で丸くなっていた織姫について、ユリアが言及する。

「うふふ、この子はオリヒメちゃんっていうのよ。ウチが迷い人を迎え入れたのは知っているでしょ？　その方と一緒に異世界から付いてきちゃったらしいのよ。〝ねこ〟という動物で、使い魔ではなく家族なんですって」

聞かれたアンネマリーが、概要を説明する。

一見穏やかそうに答えているが、その目には獲物を見つけたハンターのような光が見え隠れしていた。

「へぇ。動物を家族にするというのは珍しいわね。ウチも馬は大切にしてるけど、家族という感じではないし……。それにしても大人しいわね。寝てるの⁇」

「まどろんでるだけだと思うわ。ユリアも抱っこしてみる？　オリヒメちゃん、いいかしら？」

「んな～～ぅ」

アンネマリーたちの話を片目を開けて聞いていた織姫は、軽く背伸びをして小さく鳴くと、ぴょんとアンネマリーの膝から飛び降りる。

そのままトコトコとユリアの足元まで歩いていくと、スッと体と尻尾を軽く触れさせながら足元を一周してから正面に座りユリアを見上げた。

「にゃう～？」

そして首を少し傾けて、再び小さく鳴いた。

「っっ！！！　こ、これは……っ」

織姫の強烈な先制攻撃に、ユリアがノックアウトされる。秒殺だ。

「大丈夫みたいだから、膝に乗せてあげて」

「わ、分かったわ!!」

恐る恐る抱きかかえて膝の上に乗せるユリア。

「わぁ……すごく柔らかいし温かいのね。それにこのフワフワの毛並み……」

満面の笑みで、香箱座りしている織姫の背中をそっと撫でる。

「オリヒメちゃんは、耳の後ろとか喉を優しく撫でられるのが好きなのよ？」

アンネマリーも止めを刺しにいく。

「え？　こ、こうかしら??」

言われるがままにユリアが喉のあたりを指先でくすぐるように撫でると、織姫が喉をゴロゴロと鳴らし顔をユリアの手にこすり付ける。

そしてついに……

「にゃおん」

「ファッ!!」

織姫が膝の上でごろりと転がった。

「かかか、可愛いっ!!」

ユリアが完落ちした瞬間だった。

その後ユリアは、帰るまでずっと織姫を離さず、自領に帰ってからも「ねこが欲しい」と言っては辺境伯を困らせたという。

そんな意味のある交渉もない交渉もしながら、織姫が着々と下僕を増やしていると、シルヴィオがまたもやヘトヘトになりながら戻ってきた。

クラウフェンダムを発って二十日後の午後のことだった。

「……今回もまた随分と酷い顔をしてるのだけど、大丈夫？」

流石に服は着替えたのか、皺のない状態であるものの、それでは隠し切れない溢れ出る疲労感に、つい心配してしまうニコレット。

「いやー、一日でも早く戻ってきたかったので……。小汚い格好ですみません。多少無理はしましたけど、私は大丈夫ですよ!!」

そりゃああなたは大丈夫でしょうけどね、とニコレットが再び嘆息する。

後で聞いた話だと、辿り着いた時の御者は、死んだゴブリンのような目をしており、見かねて風呂を勧めた勇を神のように崇めたと言うことだった。

「で、随分早い戻りだけど、首尾はどうだったのかしら？」

ニコレットの問いに、シルヴィオがニヤリと口角を上げ、懐から紙を取り出した。

「こちら、商会長の魔法印が入った契約書でございます。また後程、商業ギルドで照合いただければと思います」

スッとテーブルを滑らせて提示してきた契約書には、確かにザンブロッタ商会長の魔法印が押されていた。

「確かに魔法印だね。もっと説得に時間がかかると思ったんだが、早かったね」

契約書を確認しながらセルファースが問いかける。

「そりゃあもう。この契約を呑まないんだったら、家を出て自分の商会を起こして契約すると言ってやりましたからね。若い連中は有難いことに私を慕ってくれてるんで、そいつらも連れていかれたらたまらないと、快く押してくれましたよ」

はっはっは、と笑いながら理由を話すシルヴィオ。

「また後日、ご挨拶に伺うと言ってましたので、日程調整をさせてください」

家を出ると言ったのは本当だろうが、多少の影響はあれど商会長がそれだけで魔法印を押すことはないだろうとセルファースは考えていた。

大商会の会長が、あの契約でも損はなし、と踏んだということだ。

これからが本番だろうなと、あらためて気を引き締める。

「さて、契約も無事締結できたことだし、早速魔法コンロの販売計画を立てようじゃないか」

契約書の照会を家令のルドルフに頼み、並行して販売計画を立てていく。

元々考えていた、富裕層向けの高級品として販売する点については、ザンブロッタ商会としても問題ないようだ。

ただ、まずは王家に一セット献上してから販売するのが良いだろうとシルヴィオが言う。

後々この魔法陣がオリジナルの物だということは、王家の耳にも必ず入るだろうから、その時に最初に献上しているかいないかは大きな違いになる。

また、王家献上品として箔も付くし、魔法具の存在が王家の名前と共に広まるので海賊版への抑止にも繋がる。

王家に勇の存在がバレることを危惧してセルファースは最初難色を示していたが、遅かれ早かれですよ、という勇の一言で了承した。

最初に勇が考えていたショールームでの実演販売についても、ザンブロッタ商会の王都店で実施することが決まった。

貴族向けの魔法具は、予約・受注生産品も多いため、ショールームを構えていることがほとんどだ。

当然ザンブロッタ商会も王都にショールーム併設店舗があるため、そこへ展示する。

ただ、これまでは試運転することはあっても、勇が想定しているような〝実際の利用シーンに限りなく近い状態〟でのデモンストレーションはやったことがないということだった。

なので、実演販売の台本は勇が作って欲しいと頼まれてしまった。

幸い勇は、日本では自宅にいる時、BS放送をつけっ放しにしていたことが多かったので、何となく通販番組のセオリーは頭に入っている。

それを元にしたら何とかなるか、と考えてOKする勇だった。

ちなみに、勇が最も好きなのは「夢◯ループ」の通販CMなのだが、アレは流石に無理があるだろうな、と早々に参考資料候補から外すことにした。

その後も、契約成立記念のささやかな晩餐を挟んで販売価格や売り出しのタイミングなどを話し合い、大枠を詰めることができた。

シルヴィオが、今日は宿をとっているというので、夜も更けてきた今は子爵家のラウンジで関係者がゆったりお酒を飲んでいるところだった。

「それにしても、こちらから戻ってくるときは参りましたよ……。お隣のカレンベルク領で足止めを食らってしまいまして。アレがなければ、あと二日は早く来られたはずなんですが」

軽くお酒が入ってより饒舌になったシルヴィオが、殊更残念そうにそう言う。

勇は（いやいや、あれ以上に急いだら御者さんも馬も死んじゃうでしょ……。その二日で休めて本当に良かった）などと内心で考えながら、足止めの理由を聞く。

「行きは大丈夫だったんですよね？　なぜ足止めを食らったんですか？」

「私は直接見てませんが、私が行きに通った少し後に、魔物の群れが街道付近に出たという報告があったそうです。それで、討伐隊が組まれたんですが、結構大規模だったようで……。こちらへ向かう街道の安全確認が終わるまで、身動きが取れなくなってしまったんです」

カレンベルク領は、クラウフェルト子爵領が含まれる、寄り親のビッセリンク伯爵領の北西に接する領地だ。

クラウフェルト領から見ると、先日訪ねて来たヤンセン子爵領を間に挟んでいる感じだ。

こちら側と接する辺りは、カレンベルク領も深い森となっており、度々街道まで魔物が出てくることがあった。

それが分かっているので、街道警備はかなり手厚く、ほとんどの場合当日のうちに討伐されることになる。

今回は、常備の警備兵だけでは手におえない量の魔物が見つかったのだろう。

「それは大変でしたね。でもまぁ、無事こちらまで来られたということは、討伐されたということなのでひと安心ですね」

「ええ。もし討伐に時間がかかったら、期日に遅れるところでしたから、肝を冷やしましたよ」

はっはっはとシルヴィオが笑い、次の話題へ差し掛かった時だった。

ドンドンドンッ！

とラウンジのドアが乱暴に叩かれる。

「何事だっ！　客人がいらっしゃるのを忘れたかっ!?」

その行為にセルファースが思わず語気を荒らげる。

「はっ、申し訳ございませんっ！　しかし、火急の用向きにて!!　ヤンセン子爵家騎士団からの早馬が来ております故、急ぎ騎士団詰所までお越しくださいっ!!」

知らせに来たのは騎士なのだろう、謝りつつも有無を言わせぬとばかりの勢いだ。

「分かった。すぐに行く!!」

「はっ!!」

セルファースが短く答えると、騎士は下がっていく。

ほろ酔い加減だった場が一気に冷め、緊張感が走る。

「シルヴィオ殿、騒がしくしてすまないね。急用とのことなので、少し顔を出してくるよ。申し訳ないが、しばらくこちらで待っていてくれ」

「ええ、私は問題ありませんので、至急お向かいください」

「すまないね。念のため、イサム殿も来てくれるかい？」

「分かりました。お供します」

「では、少し失礼する」

そう言うと、セルファースは勇を伴ってラウンジを出ていく。

ドアの隙間から一緒に出て来た織姫が、何も言わず勇の後ろをついていった。

第八章　迫りくる脅威

騎士団の詰所に着くと、ハチの巣をひっくり返したように騒々しくなっていた。

「ポーション持ってきてっ！　傷薬じゃ無理よっ！」

「当直以外の奴らも叩き起こしてこいっ！　起きてる奴は装備の準備だ！　それと馬の準備もしておけよっ！」

当直だったのだろう、マルセラと副団長のフェリクスから矢継ぎ早に指示が飛んでいる。

そして人の輪の中心には、血まみれの男が横たわり、鎧を脱がされ応急処置を受けているところだった。

「何があった!!」

セルファースの鋭い声が飛ぶ。

「御屋形様！　つい先ほど、こちらのヤンセン子爵家の騎馬が、血だらけになりながら西門へとやってきました。かろうじて聞けた話によると、突如街道の西側から現れた魔物の群れが、領都ヤンセイルを強襲したとのこと。門を閉めたため、街への被害は未だ軽微とのことですが、群れの半数がそこからさらに東へと向かったそうです。こちらの騎士含め何名かが追撃部隊として派遣されたそうですが、敵の数が多く敗走。状況を通達すべく、一斉に方々へ散り、馬を飛ばしてきたとのことですっ!!」

「なんだとっ!?」

騎士からの報告を聞いたセルファースの驚愕の声が、騎士団の詰所に響き渡った。

最初こそ驚きを見せていたセルファースだったが、一度ふぅ――っと大きく息を吐くと、努めて冷静に指示を出し始めた。

「報告ご苦労。敵の数と種類は分かるか?」

「はっ。詳細は不明ですが、彼らが接敵した数で百から二百、ゴブリンとオークが中心で、それより大型のも見えたとのことです」

「ちっ、ゴブリンはまだしも、オークの数が多いと厄介だな……。分かった。マルセラは知らせてくれた騎士の手当てを引き続き頼む。一番の功労者だ、絶対に死なせるなよ? フェリクスはディルークが到着次第、一緒に私の執務室まで来てくれ。他の者は戦闘準備だが……」

セルファースはそこで一息つくと、突然の出来事に驚いて固まっている勇に、優しく問いかけた。

「イサム殿、聞いての通りだ。おそらく先ほどシルヴィオ殿が言っていたことと無関係ではないだろうね。我々も打って出ることになるのだが……。今、フェリスシリーズはどの程度生産が終わっているだろうか?」

「っ!! そ、そうですね……。1型が一番多くて約五十本、2型はまだ二十本程度です。強化型はまだ手を付けていない状態です」

フェリスシリーズは極秘扱いなので、勇とエト、ヴィレムの三人ですべてを作っている。

量産決定から二十日程経過しているが、魔法コンロの作製も並行していたり、来客もあったりでそこまで多くは作れていなかった。

「すいません、こんなことになるなら、最優先でもっと作っておくべきでしたね……」

下唇を嚙みしめながら、悔しさを滲ませる勇。

「フフッ、何を言ってるんだい？　魔物の群れは、イサム殿が居ても居なくても、このタイミングで襲ってきていたんだ。で、イサム殿のおかげで、今我々には五十本も魔剣があるんだよ？　こんな贅沢な話、世界中どこへ行ってもありっこない。我々には感謝しかないさ。皆もそう思うだろ？」

「「「「おうっ！！！」」」」

突然の声に驚いて勇が振り返ると、準備を済ましたのであろう騎士達が大勢後ろに立っていた。

「念願の魔剣の初陣ですからね！　腕がなるってもんですよ」

「まさか俺が魔剣を使って戦える日が来るなんてなぁ……。英雄譚に出てくる騎士様みたいでワクワクしますね」

「あ、オリヒメ先生っ!!　見ててくださいよ？　先生みたいに敵の首を刈りまくって来るんで！」

「にゃう？」

口々にそう言う騎士達の顔は、皆やる気に満ちていた。

「皆さん……」

熱いものがこみ上げてきた勇は、グイっと目を拭うと前を向いた。

「皆さん、いつ出発されますか？　まだ時間があるなら、少しでも数を増やしますのでっ！」

「偵察部隊はすぐに出すが……そうだね、あと二時間というところかな」

「わかりました！　剣と槍、どちらが良いですか？」

「槍だね。剣は五十あるからなんとか全騎士に回る。槍を兵士に持たせたいから、槍を頼むよ」

「分かりましたっ！　二時間あれば……エトさんもヴィレムさんも今日は研究所に泊まっているので、三人がかりで十本は増やせるはずです！　早速取り掛かるので、どなたか研究所まで槍を運んでおいてくださいっ！　では失礼しますっ!!」

言うが早いか、ダッシュで詰所を後にする勇。

「ふふっ、何ともイサム殿らしいですね」

いつの間にかやって来ていたディルークが目を細める。

「そうだね。さぁ、イサム殿を悲しませることがないように、作戦を立てようか」

「「はっ!!」」

そう言うとセルファースは、ディルークとフェリクスを伴い作戦本部となる執務室へと向かった。


二時間後、約束通り十本のフェリス２型を携えて勇たち研究所の三人が詰所を訪れると、準備万端となった騎士と兵士が勢揃いしていた。

勇に気付いたディルークが声を掛けてくる。

「イサム殿！　ありがとうございます。こちらへどうぞ！」

ディルークに案内されるままについて行くと、何故か朝礼台のような所にセルファースと一緒に立たされていた。

「やあイサム殿。これから出陣の挨拶をするところだったから丁度良かったよ」

「はい？」

何が丁度良かったのか分からずにいると、耳元で何やら勇に呟く。

一瞬驚いた表情を見せた勇が小さく頷くと、セルファースの演説が始まった。

「皆知っての通り、ヤンセイルが魔物の群れに襲われた。ヤンセイル自体は、防壁もあるためそこまで被害は出ないものと思われるが、さらにそこから魔物の群れが東へと向かったらしい。先程戻った偵察によると、まだ我が領への侵入は確認されていない。しかし来るのは時間の問題だろう。街道沿いにある村は、ここ程防御は堅くない。多数の魔物に襲われたら、甚大な被害が出ることになる。それを防ぐため、これから我々は一部をクラウフェンダムの防衛に残し、打って出る!!」

「「「「うぉぉぉぉぉ――――っ！！！！」」」」

セルファースの演説に騎士たちの士気が上がっていく。

「なに、何も恐れることはない。我々には魔剣がある！　魔槍がある！　魔物どもを屠りその首を、魔剣の生みの親である〝迷い人〟イサム殿の眼前に並べようではないかっ!!」

「「「「うぉぉぉぉぉ――――っ!?……？」」」」

再度の大喚声。だが、聞き逃せない単語に気が付いた騎士や兵士たちがざわつき始める。

これまで、勇が迷い人であることは、一部の騎士以外には伏せられていたが、それをついに公表したのだ。

「迷い人？　イサム殿が？」

「そうか、それで魔剣を作ってくれたのか」

「すげぇ、昔話で聞いていた通り、迷い人が大きな力を持っているってのは本当だったんだ！」

その言葉が示すことが、徐々に一団に浸透していき、ざわめきが徐々に大きくなっていった。

「イサム殿が授けてくれた力があれば、魔物など恐るるに足らぬ！　さぁイサム殿、皆に一声かけてやってくれませんか？」

突然の無茶振りに慌てる勇。

士気高揚のため、このタイミングで迷い人であることを公開してよいかの確認はされたが、コメントを出せとは言われていない。

ジト目でセルファースを見ると、ニヤリと笑い返された。

諦めた勇は、一度大きく息を吐くと立ち並ぶ兵たちを見回した。

「皆さん、迷い人として私がこちらへきて、二ヶ月以上が経ちました。右も左も分からない私に、子爵家の方々を始め皆さん本当に良くしてくれました。短い期間でしたが、すっかり私はこの街が好きになりました。その街が、領地が、今危機に立たされているとのこと。私には残念ながら直接戦う力はありません。しかし幸運にも魔法具を作ることができます。多分この力は、今日のような日のために授かったのだと思います。全力でお手伝いするので、どうかこの街を、領地を、皆様の力で守ってください!!」

気の利いたことは言えないので、偽りない素直な気持ちを伝え、頭を下げた。

人任せだが、それは仕方がない。ただ真摯にお願いをするしかなかった。

「「「「うぉぉぉぉぉ――――っ！！！！」」」」

三度目の大喚声が上がった。

「任せてくださいっ！！！」

「この魔剣があれば敵なしですよ！」

「サクッと狩って来るんで、また新しい魔法具を開発してくださいよ！」

口々に心強い言葉を発する兵たちに、思わず勇が涙ぐむ。

そして頃合いと見たセルファースが、声高に宣言した。

「出撃するっ！！！」

「「「「おおお――――――っっっ！！！！」」」」

最高潮となったボルテージと共に、ついに討伐部隊が出陣していった。


今回の作戦は、部隊を大きく二つに分けて展開される。

ひとつは街から打って出て、街道並びに近辺の村や町を襲う魔物を殲滅する討伐部隊。

そしてもう一つは、防備を固めてクラウフェンダムの安全を死守、および緊急時の後詰となる防衛部隊だ。

参加戦力は、領都クラウフェンダムの全兵力である騎士団が五十名、兵士・警備兵が合わせて百五十名の総勢二百名だ。

その内、最高戦力である騎士団は、全員がフェリス1型を装備しており、討伐部隊には四十名が配備された。

兵士たちは百名が討伐部隊に随行、内三十名がフェリス2型を携行している。

討伐部隊は、セルファース自らが指揮を執り、ディルークが補佐を務めるが、恐らく途中で隊を分け、それぞれが指揮を執ることになると見ていた。

魔物たちは、どうやら街道を進みながら村や町があると半数ほどがそこを襲い、残ったものがまた街道を進むという行動を見せている。

そのため、こちらも街道を行く部隊と村や町へ行く部隊に分かれることになりそうなのだ。

一方の防衛部隊は、副団長のフェリクスが指揮を執る。

騎士の人数は十名と少ないが、魔法が得意な面子が多くおり、遠距離攻撃による防衛戦に長けた戦力となっていた。

また魔力量の多いニコレットや、旧魔法を使えるアンネマリーや勇も、防衛戦力として参加している。

そしてその防衛隊は、士気がやたらと高かった。

「にゃ――――ん」

「おお、オリヒメ先生じゃないですか！　先生がいらっしゃるなら、街の防御は問題ないですね！」

なんと、織姫が防衛部隊の面々に対して慰労訪問を行っていたのだ。

スタスタと身軽に城壁や櫓《やぐら》の上にいる兵の所へ行ったかと思ったら、交代メンバーが控えている詰所へも現れる神出鬼没ぶりで、士気高揚と緊張をほぐすのに一役どころか二役も三役も買っていた。

そして深夜に出発した討伐部隊は、夜が明ける少し前、ついに街道上で魔物の群れと接敵するのだった。


街道を常歩で進軍していたセルファースたちの耳に、馬の走る音が聞こえて来た。

一旦足を止めていると、程なくして偵察に出ていた騎馬が一騎戻って来るのが見えた。

向こうもこちらに気付いたようで、速度を上げて一気に近づくと、馬から降りて片膝を突いた。

「偵察部隊より報告！」

「ご苦労！　報告頼む」

「はっ！　ここより西、およそ四キロメートルの地点で、街道を進行中の敵集団を発見、その数およそ百二十!!　まもなく我が領へ入ると思われます。数が多いため仕掛けてはおりません……」

騎士は、一旦そこで悔しそうに言葉を区切る。

「良い。その数相手では無駄死にだ。勇気と無謀は違う。自制したことを誇れ！」

そんな騎士に対してセルファースは賞賛の言葉を贈る。

「ありがとうございますっ!!　一名は、動向を監視するため敵団に張り付かせております。またもう一名ですが、先の報告より敵の数が少ないのが気になりましたので、街道の先を調査させています」

「うむ、賢明な判断だ。敵の種類は？」

「六割がゴブリン、残りがほぼオークですが、オーガと思しき個体を最低二体確認しておりますっ！」

「オーガが……」

「あの騎士の言っていたことは本当だったのか！」

オーガという単語が出てきたことで、全員に緊張が走り騒がしくなる。

ゴブリンは数が多くすぐ繁殖することが脅威ではあるものの、訓練を受けた騎士や兵士であれば、一対一で後れを取ることはまずない。

オークについても力は人より強いが、騎士であればこちらもまた一対一で互角に戦えるし、集団戦では知略に勝る人がもう一段有利だろう。

奇襲をかけられない限り、同数であれば勝てる見込みが高い。

しかしオーガとなると話が別だ。

オークを遥かに上回るパワーとスピードを兼ね備えた身の丈三メートルを超える巨人は、並の兵士や冒険者では、数がどれだけいても相手にならない。

知能はそこそこ程度なのだが、こと戦闘においては本能的に技術が高い。

また、筋肉と外皮が硬く、まるで鎧を纏っているかのように頑丈なのも特徴で、一体につき最低騎士五人以上で当たるのが常識となっている強敵なのだ。

中級に手の届きかけた冒険者の命を、最も多く散らしてきたのがオーガだ。

たった一体のオーガでも、戦況をひっくり返される危険性をはらんでいる。

「静まれっ！　他に特殊な個体はいたか？」

「ゴブリンの何割かが、おそらく上位のホブゴブリンかと思われますが、それ以外に目立った個体は確認できておりません」

「分かった！　報告ご苦労。あまり休めんかもしれんが、輜重《しちょう》部隊の馬車で少し休め！　全隊もしばし休憩だ！　ディルーク、ここからの方針を決めるぞ！」

「はっ！」

敵のおおよその規模と位置が分かったため、セルファースとディルークは、急ぎ作戦の最終調整を行う。

「やはり予想通りバラけているようですね」

「だな。街道を進んでいる本隊だけなら、この人数で何とか対応できるが、別動隊が厄介だな……」

「そうですね。しかし兵を割るとなると、共倒れまではいかずとも、かなり被害が大きくなるのでは？」

「だろうな……。かといって全軍で当たるなら、相当手早く片付けないと間に合わん、か……」

偶然か必然か、敵のばらけ具合が、こちらが兵を割ることを躊躇させる絶妙な数になっていることに腹が立つ。

セルファースは眉間に皺を寄せしばし瞑目していたが、目を開けるとニヤリと口角を上げた。

「よし、ここはひとつイサム殿渾身の魔剣の性能を見せてもらうとしようか。全員でもって街道の敵本隊を強襲。速やかにこれを撃滅し、その後分隊を叩くぞ！」

力強く言うセルファースに、ディルークもニヤリと笑いながら答える。

「了解です！　なぁに、この魔剣なら怖いものなしですよ」

「よし。装備の点検と軽食をとったら、少し速度を上げるぞっ！」

「はっ!!」

こうして作戦も決まった一団は、行軍速度を上げて一路街道を西へと向かった。


やや早足で行軍すること三十分、灯りを消して警戒しながら進んでいると、自領の境界付近でついに目視できる距離に魔物の一団を捉えた。

幸いにして、まだ自領の村や町には敵の魔の手は及んでいない様だった。

「結構な数ですね……。当初の報告より多い」

「ちっ、道すがら元々いた奴等がリンクしたな」

偵察が見た時に一二〇程度だった集団が、倍近く、二百を超える集団になっていた。

普段の魔物は、縄張り内での力関係によって主従関係に近いコロニーができている。

コロニーに所属する個体間ではあまり争いはないと言われているが、外部から入って来た魔物に対しては攻撃的だ。

しかし、一度集団となった魔物が群れで行動し始めると、近隣の魔物もコロニーごと群れに加わり、どんどん集団が大きくなることがある。

魔物が集団で行動する場合に厄介なのが、このリンクと呼ばれる習性だ。

「まぁ、ここまで来て引くこともできん、か……。よし。予定通り殲滅するまでだ。力押しはやめて、まずはセオリー通り魔法と弓で削るぞ！」

敵に気付かれないよう、セルファースが小声で指示を出す。

セルファース含め、魔法を使える十五名程と、弓を持った兵士三十名が最前列まで上がってきた。

「森の境界ギリギリから弓を三射したら一気に魔法を叩き込め。その後、騎士は二手に分かれて側面から強襲、フェリス２型を持った槍隊は中央から突撃する。オーガとやるまでに、なるべく削る。無理はするなよ？」

「「はっ！」」

引き続きの小声の指示に小隊長達は小声で返答すると、各隊へと散っていく。

ぎりっ、と弓を引き絞る微かな音が暗闇に響く。

魔力集中を始めるとうっすらと光るため、魔法は弓の一射目と同時に準備開始だ。

攻撃開始の合図を出すディルークが、右手を上げたまま敵との距離を見極める。

そして、掲げた右手が鋭く振り下ろされた。

ヒュンヒュンッという微かな風切り音と共に、敵の前列に矢が降り注ぐ。

森との境に位置取っているためあまり射角をつけない射撃だが、前列であれば十分射程圏内だ。

「ぎゃぎゃっ!?」

「ブモ、ブモモモッ!」

前列にいたゴブリンとオークが、突然の攻撃に騒ぎ始める。

同時に魔法使いたちが魔力操作を始めると、魔物たちもこちらの位置に気付いたのか、ぎゃあぎゃあブモブモと指差して走り出そうとする。

そこへ弓の二射三射が降り注いだ。

立て続けの斉射を受けて、前から二列ほど、およそ二十体の魔物が戦闘不能に陥る。

弓だけで息の根を止めるのは中々難しいが、頭などの急所に当たれば殺せるし、そうではなくても継戦能力を削げれば十分だろう。

前列にいた魔物の動きが鈍ったことで、群れ全体の動きも遅くなる。

そこへ、遠隔攻撃の主役ともいえる魔法が放たれた。

森が近いうえ、街道上なので、普段であれば火の魔法は厳禁なシチュエーションなのだが、今回は威力優先だ。

まず、セルファース含め三名の騎士が、爆発系の魔法を撃ち込む。

『無よりウまれし火球は、爆炎となってテキをウち倒す。爆炎弾《ファイアブラスト》！』

軽く弧を描いて飛んだオレンジに輝く光球が、敵集団の真ん中あたりに着弾、炸裂した。

中でも、勇から詠唱の意味を聞いて練習していたセルファースの魔法は、ほぼ旧魔法といっても良い威力で、十体ほどを巻き込み爆散させた。

その威力に、撃ったセルファースさえも驚いている。

他二人の爆炎弾《ファイアブラスト》も敵を数体ずつ吹き飛ばし、敵集団を大混乱させることに成功した。

そこへ、控えていた残りの騎士から、次の魔法が放たれる。

選択したのは、風の魔法と土の魔法だ。

『ミえざるムスウのヤイバよ、アラシとなってカりつくせ。嵐刃《ストームカッター》!!』

小さな竜巻と共に、無数の不可視の刃が襲い掛かる。

間髪を入れず、土の魔法も発動する。

『アナをウガつイシのヤアメは、コクウよりイづるものナリ。石霰《ストーンヘイル》！』

長さ十センチ程度の矢じりのような石礫が、嵐刃《ストームカッター》の暴風も相まって牙を剝く。

相乗効果を得た魔法は、先の爆裂魔法と合わせて三十体以上の魔物を仕留めた。

それが敵集団の真ん中で引き起こされたため、集団は分断され混乱に拍車がかかる。

「よしっ、槍兵突入だ！　騎兵は側面と後方を強襲！」

「「「おおお――――――っっっ!!」」」

セルファースの指示に、黙っている必要のなくなった兵士たちから鬨《とき》の声があがった。

街道中央に、横十五人縦四列の槍衾《やりぶすま》が出来上がり、敵集団前方へと突っ込んでいく。

小さな盾も持っているので、規模は小さいがファランクスのような戦術だ。

最前列の十五人と、両側面、二列目の半数ほどがフェリス２型を使っている。

声を上げて向かってくる集団に敵も気付いたのか、それぞれに武器や盾を構えて突撃してきた。

そして激突……

金属と木や肉がぶつかる鈍い音がしたと思った次の瞬間、断末魔の叫びが響き渡る。

槍衾の最前列に配置されたフェリス２型が猛威を振るっていた。

元々大した防具を身に着けていないゴブリンやオークが主体となっていることもあり、鋭さを増した穂先が易々と串刺しにしていく。

むしろ想定より刺さり過ぎて相手を貫通、最初はそれを引き抜くのに慌てることになってしまっていた。

二列目からの牽制でどうにか事なきを得た一団は、確かな手ごたえと共に戦線を押し上げていく。

「よし、この槍なら押し勝てる！　このまま敵の足を止めたら、二列横隊に移行するぞ！　手筈通り、２型持ちと通常槍とで必ずペアを組め!!」

「「「おおうっっ！！！」」」

槍兵隊の隊長から檄が飛ぶ。

このまま無闇に突撃しても分が悪いと見たのか、敵も進軍の足を止め俄かに睨み合いになった。

槍兵隊は、手筈通り2型と通常槍のペアを最小単位として少し横に広がり戦線を整える。

遭遇戦で幕を開けた魔物の群れとの戦闘は、第一ラウンドをクラウフェルト軍が取った形で第二ラウンドへと突入していった。

敵前線を崩すことで足止めに成功した槍兵隊は、横に広がった後は無理に距離は詰めず、槍のリーチを活かして中距離から牽制を行っていた。

後方からは、散発的ではあるが弓兵による援護も届いている。

思うように前へ進めず、時折歯と目をむき出しにして単騎で突撃してくる魔物がいたが、鋭さの衰えない槍によって各個撃破されていく。

フェリスシリーズの大きなメリットが、この継戦能力の高さだった。

剣ほどではないが、槍にしても敵を倒せば、刃こぼれはするし血糊や脂で切れ味が悪くなっていく。

肉厚なオークへの刺さりどころが悪いと、折れてしまうこともしばしばだ。

しかし、硬度の強化が施されているフェリス2型は、こうした状況にめっぽう強かった。

どうすることもできない血糊についても、ペアを組むことで拭きとる余裕もできる。

かくして、じわじわと敵の前線部隊が削られていくのだった。

「ゴアァァアッツッ――――!!」

そろそろ側面に回った騎士隊が強襲をかける頃合いかと思っていたところ、突如敵後方から怒号が響いた。

人のものではないそれが空気を震わせたかと思うと、槍兵隊に向かって大きな塊が飛んでくる。

ようやくうっすら明るくなってきた程度の状況で、視界の外から飛んできたモノを綺麗にかわすのは難しく、槍兵の一ペアの足元へ着弾した。

「ぐあぁっ!!」

直撃は避けたものの、重量のあるそれは足元の石畳を砕きながら結構な勢いで爆散した。

それに巻き込まれた二人の槍兵が、一メートルほど吹き飛ばされる。

すでに原形をとどめていないが、飛んできたのはオークだった。

辺りに肉片をまき散らしながら、真っ赤な小さなクレーターが足元に刻まれている。

「大丈夫かっ!?」

「衛生兵っ!!」

「ぐ、う……」

飛び散ったものの多くが肉片だったため、一命は取り留めてはいるが、戦える状況ではなく戦線離脱を余儀なくされる。

「くそっ、なんでオークが…あっ……!!」

傷ついた仲間を後方へ下げながら敵集団に目をやると、それはいた。

「グゴァァアッツッ――――!!」

「ゴアォォォッッ――――!!」

魔法によって分断されていた後方から、三メートルを超える巨人が二体、ドスドスと音を立てて走ってくるのが見えた。

それぞれが片手にオークとゴブリンを摑んでいる。

「オ、オーガだっ！！！」

「出てきやがったかっ！！？」

「手にオークを持ってやがるっ！　また飛んでくるぞっっ！！」

槍兵隊に一気に緊張感が走った。

「ゴォオッ！」

そしてオーガが、走りながら摑んでいたオークとゴブリンを投げつける。

先程よりも距離が近くなったため、より速度の乗った肉塊が飛んできた。

投げた瞬間を見ることができたので、さっきより回避行動はとりやすいが、如何せん飛んでくるもののサイズが大きすぎた。

「ぐぉっっ!!」

またもや運の悪い三名が巻き込まれ、戦線を離脱していく。

「くっ、槍兵隊は三手に分かれるぞっ！　一番二番はオーガを半円陣で囲め！　後ろは空けておけよっ！　残りはオーガを牽制しつつ、オーガ以外の雑魚の対応に当たれっ！　無理に倒そうとするなっ。騎士が来るまで時間を稼げっ!!」

「「「おおおおっっっ!!!」」」

矢継ぎ早に槍兵隊長から指示が飛び、隊が三つに分かれていく。

それぞれが十五人程の一番隊と二番隊は、距離を置いてオーガの前面を包囲するように布陣する。

残る三十名弱が、五名前後の小集団に分かれて広く展開。オーガの後方に控えるオークやゴブリンに備えた。

「ゴアァッ!!」

オーガが手にした二メートル近い棍棒を振りまわす。

こんなモノが直撃したらただでは済まないので、槍兵たちはその間合いの外から牽制する。

槍の長さは四メートル程度なので、オーガの手の長さを加味しても一メートル弱リーチでは分がある。

それを最大限に活かし、オーガの側面や斜め後方から足へ向かって突きを繰り返していった。

通常の槍であれば、この遠間から力の入りきらない攻撃をしても、オーガの硬い外皮に大した傷は付けられないのだが、フェリス2型によって確実に傷が増えていく。

致命傷には程遠いが、無視できない程度には効果があるため、次第にオーガにいら立ちが募っていった。

そんな中、敵後方で鬨の声が上がる。

側面と背面に回り込んでいた騎士団が、オーガが二体前線へ移動したのを見て、好機とばかりに一気に突撃をかけたのだ。

「このまま一番隊は突っ切って後方に残っているオーガにあたるっ！　二番隊は血路を開いた後、後方の敵殲滅にあたれっ!!　いくぞっ!!」

セルファースの指示が飛び、騎士達が一気に速度を上げ突っ込んでいった。

背面と側面を突かれた敵集団は、大混乱に陥った。

馬上からフェリス1型が振るわれるごとに、ゴブリンが一体また一体と切り捨てられていく。

体力のあるオークは、一撃で屠られない場合もあるが、どこかしらを切られて戦闘不能になっていった。

そして一番隊が、後方に唯一残っていたオーガへと向かっていく。

あまり大人数でかかっても手狭になるだけなので、セルファースとディルークを除く手練れ五名が、馬を降り連携して対峙する。

残りのメンバーは、他の敵が近づかないよう、周囲を取り囲むようにして敵の撃退に当たる。

常に複数人が牽制しながら、隙を見てそれ以外の者が切りかかっていく。

槍とは違い懐に入らないと攻撃が当たらないため、かなりの接近戦だ。

敵もさるもので、五人を相手取り致命傷を避けながら巧みに反撃をしていく。

一進一退の攻防が続く中、今度は前方で怒号が響いた。

「ゴアォォォッッ――――!!!!」

イライラが頂点に達した一方のオーガが、槍の牽制を顧みず一気に踏み込み棍棒を振るったのだ。

「しまっ……!!」

急なオーガの突撃に上手く距離をとることができなかった三名の槍が、横薙ぎの一撃で弾き飛ばされた。

身体への直撃は避けたが、その衝撃で三人とも槍もろとも吹き飛ばされてしまう。

一度に三名が脱落してパワーバランスが崩れると、一気に形勢が逆転、槍兵側は防戦一方となる。

「いかんっ！　ディルーク、アイツに突っ込むぞ！　ミゼロイ、そいつは任せていいな!?」

「はっ！」

「お任せを!!」

その状況にいち早く気付いたセルファースから指示が飛び、受けた二人が短く答える。

ミゼロイは、ディルーク、フェリクスに次ぐ実力を持つベテランで、上からも下からも信頼が厚い。

四人に指示を出しながら自身もオーガへと切りかかっていった。

ちなみに騎士団一熱心な織姫信者で、鎧の裏側に織姫の手形を押してもらい大喜びしていたようだ。家宝にするらしい。

一方セルファースは、ディルークと共に馬を駆り、先ほど三人を吹き飛ばしたオーガへと一気に向かっていった。

槍兵を相手取っていたオーガだったが、後方から迫る殺気と蹄の音に気が付いたのか、素早く振り返る。

その脇をすり抜けるように駆け抜けながら、セルファースが脇腹へ一撃を入れた。

「ガアァァァッ!!」

初めてまともな一撃を食らったオーガが咆哮を上げる。

「ふっ、どうだウチの天才魔法具師様が作ってくれた魔剣の味は？」

すり抜けた後、降りた馬と剣を兵に預けながら、セルファースが口角を上げた。

その様子を見たディルークは、もう一体のオーガへと馬を向ける。

「セルファース様、私は向こうの部隊へ加勢します！」

「任せた！」

「はっ！」

「2型を持っているものは引き続き牽制に回れ！　そうでないものは、ゴブリンとオークを近付けるなっ！　いくぞっ!!」

そう指示を飛ばすと、セルファースがもう一本の魔剣を腰の鞘から引き抜き、オーガへと踏み込んでいった。

「ガアァッ!!」

自身に傷をつけた男を脅威と見たのか、オーガがセルファースへと牽制の突きを放つ。

直径十五センチはありそうな棍棒が、冗談のような速度で迫りくる。

それを見るセルファースの右目が、一瞬緑色の光を放ったかと思うと、鋭く前へと踏み込んだ。

「おぁぁぁっ!!」

そして突きをすり抜けるように躱したセルファースが、棍棒を突いて伸びきった腕を下から斬り

上げた。

「ギアアアアッッ!!」

大絶叫と共にゴトリと音を立てて、オーガの右肘から先が棍棒と共に地面へ転がった。

セルファースは間髪を入れずにオーガの側面をすり抜けると、今度はやや腰を落として上段から袈裟懸けに一気に魔剣を振りおろす。

「ガアアアアアッッッ!!」

再びの絶叫。今度は左脚を膝の裏から斬りつけられ、バランスを崩す。

ドォン、と言う地響きと共にオーガの巨体が地面へと倒れ込んだ。

「槍兵っ、止めを!!」

「「「はっ!!」」」

牽制役に回っていた槍兵が、立ち上がれなくなったオーガに容赦なく槍を突き込んでいった。

「ぐっ……!」

それを確認していたセルファースが、右目を押さえ一瞬顔を顰《しか》める。

「……ぐぅ、久々に使ったけれど、やはり反動が大きいね」

そう独り言ちると、ディルークの相手取っているオーガの方へと足を向けた。

ディルークも、フェリス2型を持っている槍兵と、後方から応援に駆け付けた二名の騎士と連携し、優位に戦いを進めていた。

「せいっ!!」

「ゴボァァァァァッッッ！！！」

そしてついに、牽制されて前のめりになっていたオーガの喉を、必殺の三連突きが捉える。

素早く剣を引き距離をとると、首から鮮血を飛ばしたオーガが暴れ出した。

しかしそれもやがて徐々に力をなくし、一分もすると動きが完全に止まった。

後方にいたオーガもすでに止めを刺されており、後は三々五々に残党ともいうべきゴブリンとオークを騎士と兵士が狩っていった。

そして、視認できる範囲に動いている魔物が居なくなったことを確認すると、セルファースが勝利宣言を行った。

「よくやった!!　この場は我々の完全勝利だっ!!」

「「「「うおぉぉぉぉ――――――っっ!!」」」」

「小休止の後、騎士団は敵の分隊を叩きに向かう！　歩兵はこの現場の片付けをした後、半数は待機、残り半数は隣領との境界で戦線を張ってくれ！　あと一息だ。我が領を脅かす脅威を排除するまで、もうひと踏ん張り頼むぞっ!!」

「「「「おおお――――――っっっ！！！！」」」」

終わってみれば、オーガ三体を含む二百体以上の魔物の群れを相手取り、重傷者は出したものの死者を一人も出さずに撃滅していた。

奇跡的な完勝と言って良いだろう。

そしてこの勝利は、クラウフェルト領の兵たちの胸に、確かな自信を芽生えさせるのだった。

一時間ほど小休止をすると、騎士団は連絡用の数騎を残してさらに隣領側へと進軍する。

いつの間にか空は白み、夜明けを迎えていた。

先頭を行くセルファースに、馬を並べたディルークが小声で話しかける。

「セルファース様、目の方は大丈夫ですか？」

「ああ、久々に使ったが……やはり負荷は大きいな。まぁ、この魔剣があれば、そうそう使うことはないと思うがな……」

軽く右手で右目を瞼の上から触り、苦笑しながらセルファースが答える。

「そうですね。ところで、いつの間にその魔剣を持ち出していたので？　それ、例の強化型ですよね？　まだ量産されていないはずなので、イサム殿が最初に作った試作品では？」

少々語気を強め、目を細めながらディルークが問いかける。

セルファースがオーガ戦で使っていたのは、稼働時間二時間の強化版1型だった。

最初のひと当てで、ノーマルの1型ではオーガを倒すのに時間がかかると判断し、持ち替えて短期決戦に挑んでいたのだ。

「ああ。大型の個体がいるかもしれないと言っていたからな。出がけにイサム殿に一声かけて持って来てもらっ……なんだその目は？」

「いえ、別に？　自分だけ抜け駆けしてずるいとか思っていませんよ？」

セルファースをジト目で見ていたディルークが、つい、と目線を逸らして答える。

「……」

「ええ、ええ。鹵獲対策がされていないヤツは持ち出し禁止と言っておきながら、ちゃっかり自分だけ光る魔剣を使ってずるいとか、思っていませんとも」

ため息をつくセルファースとディルークのやり取りを、後続の騎士たちが苦笑して眺めていた。

そんな子供のようなやり取りをしながら、常歩に時折速歩を交えて進軍すること一時間ほど。

領内で最も西に位置する領境の町テルニーが近づいてくると、遠くから微かに剣戟《けんげき》の音が聞こえて来た。

「！！！　テルニーで交戦中と思われる！　急ぐぞっ！」

こうしてセルファースたちは、襲ってきた魔物を殲滅すべく、さらに西へ西へと進軍するのだった。


その後、領内の魔物を一掃したセルファースたちは、ヤンセン子爵領に入って最初の町バダロナを襲っていた魔物と交戦する。

魔法具の力もあり戦いを優勢に進めていたところで、ダフィド・ヤンセン子爵自らが率いてきた討伐部隊と合流、この町の魔物も一掃した。

簡単に後片付けの指示を出すと、両子爵はお互いの騎士団長を伴って情報のすり合わせを行った。

「最初に襲撃があったのは、一昨日の夜だな。突然ヤンセイルの街を魔物の群れが襲ってきやがった。多分六百近かったと思うぜ……」

「六百かい……とんでもない数だね。街道の西から来たという話だったが？」

数の多さに驚きながらセルファースが確認する。

「偵察を出してたわけじゃねぇから正確な所は分からん。西門の歩哨の話では、西から北西の方向から襲ってきたって話だ。で、慌てて門を閉めてしばらく対応してたんだが、その内の二百くらいが東へ向かい始めた。後からヤンセイルで仕留めた奴を数えたら四百くらいだったから、そこそこ正確な数字のはずだ。で、ある程度西門が落ち着いてから、こっちも追走部隊を二十騎ほど出して足止めを狙ったんだが……。どうやら途中で大量にリンクしたようで、多少削りはしたが返り討ちだ」

苦虫を嚙み潰したような顔でダフィドが語る。

「その中の一騎が、ウチまで来てくれたおかげで、ウチは大事にならずに済んだんだし、この町も助かった。十分すぎる成果だよ」

「ふっ、そう言ってもらえると救われるぜ。その後、バダロナの町を襲いつつ、そこでも分かれてさらに東へ向かったってわけだ」

「なるほど。テルニーを襲ってきたのが一二〇～一三〇って所で、そこから分かれたのも最初は同じ数くらいだったね。で、その分かれた奴に百体くらいリンクした一団が、こちらが街道上で最初に交戦したヤツ、と」

これまでの戦闘を逆にたどりながら、紙に数をメモしていくセルファース。

「う～んリンクしたのも合わせると、全部でざっと千体を相手にしたことになるね……」

計算結果を見てため息をつきながらそうぼやいた。

「やれやれ、とんでもねぇ数だな。おまけにオーガも結構な数がいやがったし」

「全くだよ。まぁリンクは不可抗力としても、最初の六百が問題だ。カレンベルクの話は？」

「聞いてるぜ。街道に大規模な魔物の群れが出たって話だろ？　時間は多少かかったが、撃退したってことじゃなかったか？」

「そうだね。現にウチにも、足止めされた後無事に辿り着いた商人もいたから、〝街道付近にいたのは〟撃退されてるだろうね」

撃退したという街道を通ってシルヴィオがやってきているので、少なくともそれは事実だろう。

「……討ち漏らしか？」

それを聞いたダフィドが険しい顔で問いかける。

「言いたかないが、正直その可能性が一番高いとは踏んでる……」

答えるセルファースの顔も厳しい。

「しかし、近隣に逃げ込む可能性がある場合は、直ちに連絡する義務があるのでは？」

黙って話を聞いていたディルークが疑問を口にする。

「そうだね。魔物や野盗の討伐において討ち漏らしが出た場合、それが他領に逃げる可能性があるなら、そこへ報告するのが義務だ。討伐の失敗を晒すことになるから信用が落ちるけど、黙っていて他領に被害が出た場合さらに信用が落ちる」

「ああ。だから領主は、討ち漏らした場合恥を忍んで通達をするのが常識だな」

「うん。普通はありえないんだよね。だから確信は持てない」

「まぁ、証拠があるわけじゃねぇからなぁ」

「そうなんだよね。魔物に名前が書いてあるわけじゃないしね……。ま、結果として被害が大きくならずに済んだことを喜ぶしかないか」

二人の領主は、苦笑いで肩をすくめるしかなかった。

「でセル、この後はどうするつもりだ？　もう陽も落ちるし、流石に今日は戻らんのだろ？」

「そうだね。悪いが騎士団と共に今晩はバダロナに泊めてもらいたいんだが、大丈夫かな？」

「ああ、もちろん問題ない。後ほど案内させるから、せめてゆっくり休んでくれ」

その後、備蓄されている食料が炊き出しの要領で振舞われた。

片付けに追われる騎士や住人たちが代わる代わる舌鼓を打ち、屋外ではあるがちょっとした立食パーティー会場のようになっていた。

多少の酒も振舞われたが、さすがに皆疲れているせいもあって宴会には移行せず、各々が用意された宿で眠りについたのだった。


そして迎えた翌朝、騒々しい馬の蹄の音と共に、バダロナの町が目覚める。

それは、カレンベルク領からの早馬が到着した合図であった。

　そして、ちょうどバダロナに使者が訪れていたのと時を同じくして、クラウフェンダムへと辿り着くモノたちがいた。


「な〜〜ぅ」

　領主のセルファースたちが領都クラウフェンダムを発って二度目の朝。

　勇は織姫に顔を舐められて目を覚ました。

「ん〜〜〜、姫おはよう」

「んにゃおん」

　いつも通り顔を洗い、朝食会場となるダイニングへと向かう。織姫も勇の後を追ってトコトコとついて来る。

　普段は寝る時以外、割と気ままに屋敷や騎士団の詰所などをウロウロしていることが多いのだが、セルファースたちが出ていって以来、織姫はこうして勇の近くにいることが増えていた。

「おはようございます」

「おはよう」

「「おはようございます！」」

　勇が顔を出すと、領主の妻ニコレット、長女のアンネマリー、長男のユリウスがすでに席についていた。

「昨日も遅くまでご苦労様」

「いえ、少しでも防衛に役立てるのなら、お安い御用ですよ。まぁ使わないにこしたことはないですけどね……」

織姫の朝食を準備しながら、ニコレットの労いに苦笑した勇が答える。

セルファースたちが出て行った後も、防衛に役立てばと勇は忙しく動いていたのだ。

「確かにね……。まぁ敵は街道沿いにきているって話だから、騎士団が倒していってくれてるでしょうけど」

「お父様たちは、どこまで行くのでしょうか？」

「そうねぇ……。少なくともクラウフェルト領の端までは行くのは間違いないわね。そこまで行って大丈夫そうなら、少し騎士と兵を残して帰ってくるでしょうし、何かあればヤンセイルあたりまでは行く可能性はあるわね」

「ヤンセイルは、お隣のヤンセン子爵領の領都でしたっけ？」

「そうね。あそこの当主はセルの昔からの友達だから」

「そうなんですね。何事もなければよいですね……」

朝食を摂りながら、そんな風にセルファースたちの安否を気遣っていた時だった。

ダダダッ、と廊下を走る音が聞こえたと思ったら、ドンドンドンと勢いよくダイニングの扉がノックされる。

「ニコレット様っっ！！！」

「何事っ？」

ニコレットが返答した途端、バンと扉が開かれ、大慌ての兵士が報告を始める。

「敵襲ですっ!!　魔物がこちらへ向かっていますっ!!　戻って来た哨戒の話では、後二十分ほどでクラウフェンダムへ辿り着くとのことですっ！！！」

「なんですってっ！！？　敵の規模は？」

「推定二百程度とのこと！　また、未確定ですがオーガが交ざっている可能性が高いと!!」

その報告に、一気に緊張感が高まる。

「っ!!　そんな数の敵が、すぐそこに近づくまで気が付かなかったなんて……」

「森の中から突如現れたようです……。事前の情報から、街道沿いを中心に哨戒していた兵が物音に気付いて発見に至ったと」

「森を通って……。リンクして数が増えた可能性が高いわね……」

ニコレットは険しい表情で一度目を瞑り、小さく息を吐く。

「分かったわ。すぐに籠城戦の準備を！　その数相手に打って出るのは無謀よ。全体の指揮はフェリクスに任せると伝えなさい！　アンネ、あなたは私と一緒に魔法で迎撃するわよ！」

「分かりましたっ！」

「イサムさんは……」

ニコレットがチラリ、と勇を見る。

「私は大至急例のヤツを準備します！　その後は、お二人に合流しますね」

「……わかったわ。ごめんなさいね、戦いにまで巻き込んでしまって。でも、正直助かるわ」

「あはは、大丈夫ですよ？　ここは既に私の故郷みたいなもんですからね。力を合わせて守りましょう!!」

「……そうね。じゃあ例のヤツを起動したらすぐに戻って。目の前とは言え門の外なんだから長居は無用よ？　伝令！　イサムさんが戻り次第、門を閉ざして籠城戦よ。討伐に向かったセルたちの戻ってくる場所がなくなった、なんて笑い話にもならないんだから、気合い入れていくわよ！」

そう言うとニコレットは、パンパンと手を叩きダイニングを後にした。

ニコレットに続くように急いでダイニングを出た勇の肩に、ぴょんと織姫が乗ってくる。

「おっ？　姫、心配してくれてるのかい？　ふふふ、確かにちょっと怖いけど、この世界ではこれが当たり前だからね。なに、旧魔法だってあるし大丈夫」

「にゃにゃ～～」

織姫が勇の耳を小さく猫パンチする。

「はは、頼りにしてるよ、織姫先生！」

「んな～～～～」

織姫は勇の頬に顔をこすり付けると、優しく長鳴きするのだった。

勇はルドルフに急ぎ馬車を準備してもらい、研究所に泊まっていたエトを引き連れて正門まで送ってもらう。

籠城戦準備で大わらわになっている正門をでると、二人で地面をチェックしていく。

「やれやれ、昨日の今日で使うことになるとは思わんかったわい」

「私もですよ……。軽くテストはしましたが、ぶっつけ本番みたいなもんですね」

苦笑しながら言うエトに、勇も同じく苦笑しながら返す。

「よし。問題はないじゃろ。まぁ、仕組み自体は簡単じゃからな」

「そうですね。要はでっかいフライパンを埋めたようなもんですから」

一通りチェックし終えたエトが太鼓判を押し、勇も同調する。

「起動させるから、温度をみてくれ」

「了解です！」

門のすぐ内側まで戻ったエトは、右端の地面から合計四本飛び出している魔法具らしき物へと駆け寄る。

その先端に付いた起動用の魔石に順番に手を触れ、魔法具を起動させていく。

「起動させたぞい！」

「分かりました！」

それを聞いた勇は、そのまま十秒ほど待つと、水の魔法を唱え始める。

『水よ、無より出でて我が手に集わん。水球《ウオーターボール》』

ピンポン玉サイズの水球《ウオーターボール》を生み出すと、それを先ほどチェックしていた地面へと落とした。

地面に落ちた水球《ウォーターボール》は、ジュ――――ッと激しく音をさせてたちまち蒸発する。

同じ要領で、少し離れた場所にも水球《ウォーターボール》を落として蒸発することを確認した勇は、急いで門の中へと戻って来た。

「灼熱床の起動確認しました！　門を閉めてください!!」

「了解しましたっ！」

勇の声に反応した門番が、急いで正門を閉めていく。

やがてズズン、と鈍い音を響かせて門が閉まり、籠城する準備が整った。

セルファースたちが出撃した後、勇達研究所のメンバーは、拠点防衛用の魔法具が作れないか試行錯誤していた。

最初はフェリスシリーズを追加生産し始めたのだが、あれを持って戦うような状況になっている時点で防衛は失敗していると言って良いので、早々に切り上げたのだ。

次に手を付けたのは、フェリスシリーズにも使った鋭利化《シャープネス》を用いて、鎧や門を硬くできないかの実験だったが、これも失敗に終わる。

あの魔法陣は、物体を硬くすることで切れ味を上げるのではなく、刃物の切れ味を良くした結果、硬さも増しているだけのようで、鎧にも壁にも発動すらしなかったのだ。

そんな紆余曲折があって辿り着いたのが、熱の付与《エンチャント・ヒート》の応用だった。

この魔法陣は非常に効果が単純で、応用が利きやすい。

現に勇も、すぐに風呂を沸かす魔法具を創りだしていた。

今回試作した灼熱床は、まさにこの湯沸かしの発展形のようなものだ。

仕組みは単純で、魔法陣から熱を伝えるための熱導体兼発熱体である銅のロッドを伸ばし、その上に鉄板を載せるだけだ。要は巨大なホットプレートである。

熱導体を何度も折り返しているのも、ホットプレートと同じだ。

火力は、魔法コンロの強火と同等なので数秒で肉に焦げ目がつくレベル。

裸足なら乗っただけで火傷は免れないので、足止めの効果が期待された。

その鉄板部分を門前の地面に埋め、熱導体を門の下を通して内側へ伸ばせば、熱の付与《エンチャント・ヒート》の描かれた魔法陣本体は門の内側に設置可能となる。

後は鉄板の上に、偽装用の砂をうっすらと被せておけば、準備は完成だ。

多少でも導熱のロスを減らせないかと、発泡ウレタンもどきで熱導体の周りを囲ってもいる。

広範囲に埋設できればよかったのだが、生憎と時間がなかったため、縦横が門の幅と同じ五メートル四方の正方形が限界だった。

それでも十六畳程度はあるので、門前に魔物が溜まることをある程度防げるはずである。

落とし穴や空堀なども考えたが、思いのほか穴を掘るのに時間がかかるため、浅く掘るだけで済むこの方法に落ち着いた。

「さて、どの程度の効果があるかの」

「突貫で作ったモノですからね……。多少でも足止めできれば、魔法や弓で狙えますから、多少は役に立つんじゃないかと期待してます」

エトと勇がそう話をしていると、門の脇にある見張り台から声が上がった。

「見えたっ!!　街道から真っすぐ向かって来てますっ！　総員戦闘準備――――っ!!」

ついに、敵の一団が目視できる距離まで近づいてきていた。

魔法による迎撃部隊でもある勇は、準備のため慌てて門の脇にある階段を駆け上がり、防壁の上へと急ぐ。

防壁の上は、指揮官に任命されたフェリクスを始め、迎撃準備をする騎士や兵士で喧噪に包まれていた。

その中に、リディルたちと話をしているニコレットとアンネマリーを見つけた勇は、そちらへと駆け寄る。

「おおっ、イサム様っ！　それにオリヒメ先生もっ!!」

「お二人に来ていただければ、怖いモノなしですよっ！」

「先生っ！　見ていてくださいよ？　特訓の成果を見せますんでっ！」

駆け抜ける途中で、勇とその肩に乗った織姫に対して次々と声がかかる。

勇は笑顔で会釈し、織姫は短く「にゃあ」と鳴いて声に応えつつニコレットたちの元へと辿り着いた。

「お待たせしました！」

「どう？　灼熱床はちゃんと動いたかしら？」

「はい。ひとまず設計通りには動いていると思います。どこまで効果があるかは、やってみないと分かりませんけど……」

「問題ないわ。ホントだったら、あんな使い方じゃなくて皆で焼肉パーティーでもできたら良かったのだけどね」

勇の返答にニコレットが肩をすくめる。

「さて、じゃあおさらいするわよ？　まず、迎撃は二段階で行くわね。一段階目は敵が門に取り付くまで。二段階目は門に取り付かれた後ね。まず一段階目は、とにかく数を減らすことを優先させるから、範囲魔法を中心に使うことになるわ。あまり森まで距離がないから、火属性の魔法は避けたいけど、今回ばかりは仕方がないわね……」

一度そこで言葉を区切り、ゆっくりと全員を見回す。

そこにはリディルやマルセラら、魔法が得意な騎士・兵士六名とアンネマリー、勇、家令のルドルフ、侍女頭のカリナの計十名が揃っていた。

「ただし、半分以上は魔力は残しておいてね。一段階目でケリが付けば良いのだけれど、あの数を削り切れるとは思えないもの……」

そう言って今度は、チラリと迫りくる魔物の群れに目をやる。

皆も同じように目をやり、そして小さく頷く。

「で、二段階目は各個撃破になるわ。狙うのは脅威度の高い奴からよ。おそらくオーガが交ざってるから、何としてもそれだけは魔法で倒しきりたいの。オーガさえ倒せれば、まず門を破られることはないからね……。ただ、門の近くだから、範囲魔法は使えないと思ってね。門や壁まで壊してしまったら本末転倒だから。後は、急な増援や予想外の事態が起きる可能性があるから、できれば最低二人は魔力に余裕を持たせて控えておけるのが最善ね」

再度皆を見回すと、全員が再び小さく頷いた。

「私とリディル、カリナは爆炎系の魔法かしら？　他に爆炎系が得意なのは？」

ニコレットの質問に一人の騎士と一人の兵士が手を上げる。

「合計五人ね。じゃあそれ以外は、風か土でお願いね」

作戦の確認が終わり、あらためて敵を確認していると、森の切れ間から集団の先頭が姿を見せた。

街道いっぱいに広がるように、オークとゴブリンが次々と現れる。

こちらを指差しながら、ぎゃあぎゃあと何やら騒ぎ立てると、ついに奇声を上げながら一斉に走り出した。

「ぎゃっぎゃっっ！！！」

「ブモ、ブモモッ!!」

手にした武器を振りまわして、魔物たちの波が押し寄せてくる。

「魔法班、迎撃準備っっ!!　長弓班は牽制射撃開始だっ！」

それを見て、指揮官のフェリクスから鋭く指示が飛ぶ。

「よし。まずは派手にいくわよ？　爆炎魔法詠唱開始！　それ以外は一拍おいて詠唱開始！」

ニコレットからの指示に、爆炎魔法の詠唱が開始され、戦いの火蓋が切られた。

『『『無よりウまれし火球は、爆炎となってテキをウち倒す……』』』

長弓による牽制射撃が行われる中、ニコレット以外の四人の詠唱が始まり、それぞれの頭上にオレンジ色の光球が浮かび上がる。

リディルとカリナの光球が同じくらいの大きさで、それ以外の二人は二回りほど小さい。

少し前から旧魔法の訓練を始めたカリナはなかなか筋が良く、爆炎弾《ファイアブラスト》もだいぶ様になっていた。

対するリディルも、以前よりは随分と上達はしたものの、カリナやマルセラ程は使いこなせていない。

カリナの絶対的な魔力量が少ないため、より多くの魔力量をつぎ込んだリディルの光球と、結果的に同じ大きさになっているのだった。

「てーっ!!」

魔物がある程度前進してきたところで、フェリクスからの号令がかかる。

『『『『爆炎弾《ファイアブラスト》!』』』』

四人の魔法が完成し、橙色の帯を描きながら光球が敵集団へと飛んでいった。

そして着弾。

ド―――ンッ!　という轟音と共に、四つの爆炎が前列の魔物をまとめて吹き飛ばす。

「ぎゃぎゃ―――っ!!」

「ブッモ―――ッ!!」

断末魔の叫びが聞こえてくるが、もうもうと立ち込める土煙で状況が把握できない。

『風よ。我がサシメす方へと逆巻け。弱竜巻《テンダートルネード》!』

そこへニコレットの風魔法が発動し、土煙を吹き飛ばす。

弱竜巻《テンダートルネード》は、直接的な殺傷能力はないが、小さな竜巻を数秒コントロールできる便利な魔法だ。

土煙が晴れると、最前線にいた二十体近い魔物が吹き飛んでいた。

隊列は崩壊し、魔法でできた小さなクレーターを避けるように横に広がりながら、残りの魔物が門の方へと走ってくる。

「私が真ん中にもう一発お見舞いするから、左右に分かれた奴らをお願い！」

それを見たニコレットが次の指示を出しながら、自身も呪文の詠唱を開始する。

『無より生まれし火球は、爆炎となって敵をウち倒す。爆炎弾《ファイアブラスト》！』

先程リディルが作り出したモノより、さらに大きな光球が飛んでいく。

ニコレットも完璧ではないが、得意とする魔法であればだいぶ旧魔法本来の威力に近づいて来ている。

生まれ持った豊富な魔力を注いだ一撃が、最初にできたクレーターのすぐ後方、敵集団の真ん中あたりへ着弾した。

ドカ――ン！　という再びの轟音で、そこにいた二十体ほどの魔物がその命を散らす。

その両サイドへ展開していた魔物にも、準備を整えていたアンネマリー達から魔法が飛んでいく。

『風よ。カサなり刃となって飛べ。突風刃《ブラストエッジ》！』

『穴をウガつ石の矢雨は、虚空より出づるものナリ。石霰《ストーンヘイル》！』

セルファースたちも使っていた、風魔法と土魔法のコンボだ。

不可視の刃と、突風でさらに加速した石の矢に、絶叫をあげて魔物たちが倒れていく。

こちらでは、アンネマリーとマルセラの感覚派コンビの旧魔法が猛威を振るい、先の爆炎魔法と合わせて三分の一以上の敵を亡き者にしていた。

それでもまだ後方には百体以上の魔物が残っており、味方の屍をものともせず扉を突破せんと殺到する。

そして……

「ギャギャギャ————ッ!!」

「ブッブモモッッ!!」

埋設された灼熱床を踏んだ魔物が絶叫し飛び跳ねる。

運良く両脇にいた魔物は、横へ飛び退くことで足の裏を大やけどするだけで済んでいるが、真ん中あたりへ走り込んだ魔物はたまったものではない。

飛んで着地した先でも足を焼かれ、転倒しては手を焼かれ、後ろへ逃げようにも味方が続いているため思うように逃げられず。

何とか灼熱床から逃げ出せても、まともに立つことができず戦闘不能となり、逃げ出せなかった魔物はそのまま焼かれていった。

門前の地面が危険であることに群れ全体が気付いたのは、すでに三十体ほどが戦闘不能に陥った後だった。

「何ともエグいトラップね、あれは……。想像していた通りではあるけれど、目の当たりにするととんでもないわ」

魔物の焼ける臭いに顔を顰めながら、ニコレットが呟く。

「そうですね……。アレは人相手に使ってはいけない類のものかもしれません……。まぁ人だったら、木を切ってきて載せるなり、対処も早いんでしょうけど」

製作者である勇も、顔を顰める。

「でも、甘いことを言っていたら、こちらがやられてしまいますから……。エグいということはそれだけ効果が高いのです。イサムさんは胸を張ってください!!」

心配そうにアンネマリーが勇をフォローする。

「んみゃおん」

勇の肩に乗ったままの織姫も、優しく顔をこすり付けた。

「大丈夫ですよ!! 作った時に腹はくくってます……。やるかやられるかですからね」

織姫の額を指先で撫でながら、力強く勇が答えた。

迂闊に門へ近づけなくなった魔物は、壁に取り付こうとしては弓や単発の魔法で各個撃破されていく。

灼熱床のある部分に対しては、棍棒などを叩きつけて何とかしようとしているが、動きを止めることになりこれまた弓の絶好の的にされていた。

灼熱床は、初見殺しではあるものの、タネと範囲が分かってしまえば、直接の餌食になる者はほとんどいなくなる。

しかし避けて通れない場所に埋設されていると、何らかの対処をしなければ通れないままだ。

掘り起こして退かすか蓋をするかの二択なので、ニコレット達が使ったような威力のある爆炎系の魔法などを、何発か地面に撃ち込むのが手っ取り早いだろう。

相手が人であれば、しばらく時間が経てばそういった対処法を思い付くのだろうが、ゴブリンやオークはそこまで知恵が回らない。

攻めあぐね、少しずつ数を減らしていった。

三十分ほど大きな変化がない状態が続いていると、ついに最後尾にいた二体のオーガがゆっくりと前に出てきた。

戦闘開始時から見えてはいたのだが、ずっと弓と魔法の射程外におり攻撃ができなかったのだ。

「ついにお出ましのようね……。何をしてくるか分からないから、要注意よ！　射程に入ったら、一斉に撃ち込むから、準備しておいて！」

ニコレットから指示が飛ぶ。

「ゴアッ！　ゴゴゴアァッ、グガッ！」

タイミングを見計らっていると、あと少しで射程範囲という所で足を止め、なにやら命令しているようだ。

様子を見ていると、足や体を火傷してそこらに転がっているオークやゴブリンを集めてこさせている。

ある程度の数が集まると、おもむろにその頭を掴み持ち上げた。

「ギャッ?! ギャギャギャ!!」

火傷を負っているとはいえまだ生きているので、戸惑いの声を上げ暴れるゴブリン。

そしてそれを、前方へぶん投げた。

投げられたゴブリンは放物線を描き、門前に落ちる。

「ギャッギャ――――――!!!!」

大きな音を立てて叩きつけられた上、灼熱床の上なのでゴブリンの絶叫がこだまする。

「なっっ……!?」

勇達がその所業に絶句していると、次から次へとゴブリンやオークを投げていく。

「何をやってるんだ? 門や壁にぶつけるんじゃなく、あんなとこに投げても焼かれるだけで……。あっ!? クソ、そう言うことか!!」

どうしてそんなことをしているのかと考えていた勇が、シンプルな結論に辿り着く。

「え、どういうことよ?」

「蓋です! アイツ、動けなくなった味方で灼熱床の上に蓋をしたんですよ!!」

「まさかっっ!?」

慌てて投げられたところを見てみれば、灼熱床の上一面にゴブリンやオークが敷き詰められるように転がっていた。

それを見て、生き残っているゴブリンやオークが門へと殺到、これまでのフラストレーションを吐き出すように、門を壊しにかかりはじめた。

そこへさらにオーガが迫る。

「リディルとマルセラ以外でオーガを叩くわよっ！　二人とイサムさんはまだ魔力を温存しておいてっ！　基本さっきと同じ魔法でいくわっ。私とアンネ、カリナで右のヤツ、残りは左のヤツよ！」

ニコレットの号令の下、魔力温存組の三人以外の魔法がオーガへと迫る。

最初に爆炎系の魔法が着弾、轟音を響かせると、一拍おいて風と土の魔法が襲い掛かった。

後発の風魔法の余韻で徐々に視界が晴れると、信じられない光景がそこに広がっていた。

「なっ……!?　二体とも生きてるっ!?　直撃したのにっ!?」

旧魔法も含めた、八人分の魔法が直撃したはずだが、まだオーガは二体とも健在だった。

特にニコレット達が狙った方のオーガは、ほとんど無傷といって良い状態だ。

「……ニコレットさん、オーガって魔法は使いますか？」

深刻な顔つきで勇が尋ねる。

「いや、オーガは魔法は使えないわ。上位種のメイジオーガだったら使う……っ!!　まさかっ!?」

途中までそう言って、ニコレットの表情が驚愕に染まる。

「見間違いでなければ、一瞬ですがあいつらから金色の光が見えました。あの色は、多分光属性の魔法です。全身強化《フルエンハンス》で毎日見てたので、間違いないと思います」

「光属性……。お母様、まさか魔法障壁《マジックバリア》ではっ!?」

勇の説明に心当たりがあるのか、アンネマリーが問いかける。

「おそらくそうね……。なんてこと、まさかオーガじゃなくてメイジオーガだったなんて……」

アンネマリーの問いかけに頷きながら、ニコレットの表情が悔しさにゆがむ。

メイジオーガは、オーガの完全な上位互換と呼んでいい魔物だ。

身体能力はオーガと同等、その上で魔法を操るという強敵である。

どんな魔法を使うかは、個体差や地域差があるようで様々だと言われている。

そして魔法障壁《マジックバリア》はその名の通り魔法を防ぐ魔法だ。

完全に無効化したり反射したりするようなものではないが、術者の魔力次第で威力をかなり弱めることができる。

特に実体を持たない魔法への効果が高いのが特徴で、今回自分が狙った方が無傷だったのは、石霰《ストーンヘイル》が直撃していなかったためだろうと、ニコレットが推察する。

「実体を持った魔法なら良いんですか？」

それを聞いていた勇から質問が飛ぶ。

「ええ。土系とか氷系なんかは、火や風に比べてだいぶマシよ」

「……分かりました。リディルさん、マルセラさん、軽めで良いので、あいつらに爆炎魔法を撃ってもらえませんか？」

勇が二人を見てお願いをする。

「別に構わないですが、ニコレット様の魔法に耐えたくらいなので、あまり効果は期待できませんよ……？」

「大丈夫です。牽制というか目くらましなので。その隙に、私が最近覚えた土属性の魔法を撃ち込みます。威力はあると思うんですが、そんなに範囲が広くないんですよ……」

勇の説明に二人がニコレットを見やると、小さく頷いた。

「分かりました。精々派手に目くらましてやりますよっ！」

「騎士の方に牽制をお願いして申し訳ないですが、お願いします」

「お任せくださいっ」

ぺこりと頭を下げた勇に、リディルは笑顔で自らの胸をドンと叩いた。

「それではいきますっ！」

「はいっ！」

『無よりウまれし火球は、爆炎となって敵をウち倒す。爆炎弾《ファイアブラスト》！』

次の魔法が飛んでこないか警戒して動かないメイジオーガに対して、リディルとマルセラの魔法が飛んでいく。

それを見たメイジオーガが、はっきりと笑ったのを一同が目の当たりにする。

そして何事か呟くと、うっすらと金色の膜が体を覆った。

次の瞬間、リディルとマルセラの魔法が着弾、爆発する。

それを見て勇が素早く呪文を詠唱する。

『天を睨む乱杭は、大地より生じるもの也。天地杭《グランドスパイク》！』

勇が呪文を唱え終えると同時に、メイジオーガの足元が一瞬光を放った。

そして地面から、直径二十センチはありそうな鋭い石の杭が、何本も勢いよく飛び出す。

天地杭《グランドスパイク》は、以前呪文書を見ていた時に気に入った魔法のひとつだった。

説明してくれたアンネによると、小さな石の棘が生える程度なのに魔力消費がそこそこ多いため、誰も使っていないとのことだった。

火や風といった派手な魔法ではなく、地面や石を使う地味な土魔法を気に入っていた勇は、この魔法も旧魔法になれば化けるはずと、度々練習していたのだった。

「ガアァァアァッッッ!!」

「ゴアアアッッ!!」

絶叫が響いたかと思うと、土煙の中から一体のメイジオーガが飛び出してきた。

咄嗟に跳んで致命傷を避けたのか、血だらけになりながらもとんでもない速さで門へと突撃していく。

「くそっ、一体捕らえ損なった!!」

勇が嘆いた瞬間、ドガァッともの凄い衝撃が城門を襲う。

メイジオーガの巨体が、たかっていた魔物もろとも勢いよく扉にぶち当たり、分厚い扉がひしゃげる。

「きゃあぁぁぁっ!!」

上にいた勇達がその衝撃で落ちそうになり、慌てて縁につかまる。

急いで体勢を立て直して下を見ると、メイジオーガが大きく後ろへ下がり加速して体当たりをしようとしているところだった。

「やばいっ!!」

思わず勇が叫んだ時だった。

「にゃっ！」

これで何度目だろうか。勇の右肩にいた織姫が、相変わらず緊張感のない鳴き声を上げ、金色の光となって飛び出した。

空中で一回転すると、外壁を蹴って加速、光の尾を引きながら一直線にメイジオーガへと突っ込む。

自らに突っ込んでくる光の玉に気付き、右手で払い除けようとメイジオーガが素早く手を横へ振る。

「ガァッ！」

「んにゃ」

織姫が小さく鳴くと、まるで野球のフォークボールのように真下へとその軌道が変わり、メイジオーガの迎撃はあえなく空振り、急降下した織姫は地面を蹴って方向転換すると、真っすぐに喉元へと急上昇していった。

「にゃにゃっ」

驚きに目を見開くメイジオーガを尻目に、首の周りを光の筋が二回転する。

それだけでは終わらず、メイジオーガの体当たりに巻き込まれずに残っていたオークやゴブリンの間を、ブロック崩しの玉のように高速で何度か駆け抜けると、再び門の上へフワリと戻ってきた。

「「…………」」

防壁の上では、そんな光景を全員がポカンと口を開けながら見ていた。

「にゃふ〜」

一方の織姫は、つまらなそうに目を細めながら、後ろ足でカリカリと耳の後ろを掻くのだった。

そして……

ゴトリ、と驚愕に目を見開いた表情のまま、メイジオーガの首が地面へ落ち、ズズンと小さな地響きと共にその身体が大地へと後ろ向きに倒れた。

門に取り付いていたオークやゴブリンも、そのほとんどが脚を切られ、奇声をあげながら地面を転がる。

「と、止めだ!! 総員打って出る！ 残党を狩るぞ！ オリヒメ先生に続けっ!!」

まともに戦える状態の敵は、もはや数十体程度でオーガもいない。残党と言って良いレベルだ。

それを見た指揮官のフェリクスが、大号令をかける。

「うおぉぉぉぉ――――――っっ！！！」

「先生に続けっ！」

「さすが先生だっ！」

フェリクスの号令に呼応し、士気が最高潮に達した騎士と兵が門へと殺到する。

「エ、エトさんっ！ すぐに灼熱床を止めてくださいっ!!」

「お、おうよっ!!」

エトが慌てて灼熱床を停止させると、少しひしゃげた扉がゆっくりと開いていき、残党狩りが始まった。

そして、三十分もしないうちに動く敵がいなくなる。

先陣を切って勇から借りた魔剣を振るっていたフェリクスは、しばらく状況を確認していたが、ついに勝鬨をあげた。

「我々の勝利だっっっ!!!　皆よく戦ってくれたっ!!」

「「「「うおぉぉぉぉぉぉぉぉおっっ!!!」」」」

そして領都クラウフェンダムに、過去一番の歓声が響き渡るのだった。

エピローグ

防衛戦の勝利に大いに沸いた領都であったが、目の前に大量の魔物の軀《むくろ》が転がっており、喜んでばかりもいられなかった。

また、森の中から突如大量の魔物が現れたとあって、付近の哨戒強化も必須となる。

領主夫人のニコレットと、騎士団副団長のフェリクスは、それら戦後処理に追われていた。

勇は、哨戒任務に加わることもできないので、灼熱床のチェックを行った後、魔物の死体処理に加わっていた。穴を掘って埋めていく作業な上、魔物の数がとにかく多く人手が足りないため、街の住民も駆り出されて作業が行われている。

「お嬢様！　西側奥の穴掘り完了しやした！」

「ありがとう！　じゃあ、この右側に集めてある亡骸を埋めていってください」

「了解でさぁ！」

気分の良い作業ではないはずだが、陣頭指揮を執っているのが住民人気の高いアンネマリーとあって、住民のやる気は高い。

そしてもう一人、現場の士気を大いに鼓舞している存在があった。

「にゃにゃにゃにゃっ！」

もちろん鳴き声の主は織姫だ。

主に兵士たちが見守る中、ザクザクザクっと前足を器用に使い、すごい勢いで穴を掘っていた。

「うおぉぉっ！　さすが先生!!」

「あっという間に穴が！」

大盛り上がりする兵士たち。

それもそのはずで、僅か数分で直径二メートル、深さ一メートルほどの穴が掘られていた。

元々猫は、排泄物の臭いを消したり食べ物を隠したりするため、穴を掘ったり土や砂をかけたりする生き物なので、織姫が穴を掘ること自体は自然なことだ。問題はその規模がおかしいと言うことだけである。

どう考えても、その丸っこい手で掘っているとは思えない範囲の土が、ひと掘りするたびに掻き出されていく。重機もかくやと言う見事な掘りっぷりだ。

「……。姫、それは何か魔法的なアレだったり加護的なアレだったりするのかい？」

その様子を啞然としながら見ていた勇が呟く。

「にゃっふ」

三つほど穴を掘って満足したのか、そんな勇の足元へ織姫が戻ってきた。

ぴんと立てた尻尾を擦り付けながら勇の周りを一周すると、足元で丸くなった。

とんでもない力を身に付けてはいるが、飽きっぽさは変わらないようだ。

「おお、オリヒメ様は今日もまたお美しいですね！」

そこへ一人の男がやって来た。この街の教会で神官長を務めるベネディクトだ。

住民の中では数少ない、勇と織姫の正体を正確に知る人物で、二人の熱烈な信者でもある。

「ああ、ベネディクトさん。後処理のお手伝いありがとうございます」

神官であるベネディクトが率先して手伝ってくれたことは、住民の忌避感を和らげる上で非常に効果が高かった。

「なに、マツモト様とオリヒメ様の活躍で勝利した戦の後処理です。信徒としてお手伝いできることは、望外の喜びでございますよ！」

「そ、そうですか……」

どこまで本気で言っているのか分からないが、勇は本人が満足なら良いのだろうと思うことにした。

「そうだ、マツモト様。今、教会の総力を挙げて、オリヒメ様のご神体を御作りしております。間もなく完成いたしますので、是非一度ご確認いただきますよう、お願い申し上げます」

「ご神体、ですか？」

そんなものを作っていることなど初耳だった勇が、驚いて聞き返す。

「はい。とても愛らしいお姿になったと自負しております。近々、館の方へお持ちしますので、是非ごらんくださいませ」

「あ、はい。分かりました」

「それでは私はこれで。オリヒメ様も失礼いたします」

それだけ伝えると軽くお辞儀をして、再び作業へと戻るベネディクト。

丸くなって眠っている織姫の尻尾の先が、青空の下でゆらゆらと小さく上下に振られていた。


防衛戦から三日後の昼頃、魔物の死体処理も終わり傷んだ扉や街道の補修が進む領都に、馬の蹄の音が聞こえて来た。討伐を終えた領主のセルファースたちが、隣領の境界付近の町バダロナから凱旋してきたのだった。

領都手前で街道を補修しているらしき人々が目に入り、セルファースは一瞬険しい顔をしたが、すぐに首を傾げる。

補修しているのだから壊れたのだろうが、何故か工事をしている者達の顔は楽しそうなのだ。駆け寄ろうとして、今度は門を修理しているのが目に飛び込んできた。やはりこちらも表情が明るい。

「門と街道を修理していると言うことは、多分魔物が襲ってきたんだろうけど、この明るさはどういうことだろうねぇ……」

首を傾げながら、馬を並べていた騎士団長のディルークに尋ねる。

「街の外で作業をしているので、魔物はすでに去っていますね。撃退した、とみるのが状況的にはもっとも妥当ですが、さて……」

尋ねられたディルークが仮説を述べるが、言った本人も今一つしっくりきていないようだ。

「おおっ、領主様！　それに騎士団の方々も。お戻りになったと言うことは魔物は撃退できたので？」

森の中の道から開けた所へ出たことで、補修工事をしていた男たちがセルファース達に気付く。

「ああ、無事我が領から敵は退けた。境界にあるテルニーの町も無事だ」

工事の手を止め集まって来た男たちに、セルファースが説明する。

「おお、さすがは領主様！　これで安泰ですね」

「ありがとうございます！」

「よかったなぁ」

「テルニーには弟がいるから心配してたんだ……」

皆口々に労いと安堵の言葉を口にする。

「して、街道を補修しているようだが、何かあったのか？」

「へぇ、三日前ですかね、ここにも魔物の群れがやって来ましてね……」

やはり魔物の群れが襲ってきたようだ。

「それが結構な数でして……。聞いた話だと二百体だとか何とか」

「二百だとっ!?」

しかしその数は想定をはるかに超えていた。

「へぇ、私も直接見ていないんですが、騎士様がそう仰ってました。それをニコレット奥様やアンネマリーお嬢様、騎士様たちが魔法と弓で倒されたと……。今直しているココも、その時の魔法で地面がえぐれたっつう話でして」

「な、なるほど。そうか……。皆が無事で何よりだ。すまんが工事の方はよろしく頼んだぞ」

色々と聞きたいことが盛りだくさんだが、住民は直接戦闘に参加することはないため、ぐっと堪え労いの言葉をかける。

「いえいえ、ご領主様方もお疲れ様でした」

ペコリとお辞儀をすると、男たちは再び補修工事へと戻っていく。

「……どうやら、こちらも一波乱あったようですね」

スッと馬を寄せてディルークが囁く。

「ああ、そのようだね。急いで館へ戻って、色々話を聞いてみるとしようか」

苦笑しながらセルファースが答え、進行速度を少し上げて、領都へと向かっていった。


門を潜ると、多くの領民たちが迎えてくれていた。

物見から戻ってきたことを伝えられたのだろう。

「お疲れ様でした!!」

「ありがとうございます領主様！」

「キャー、ディルーク様〜〜〜っ!!」

歓声と黄色い声援が飛ぶ中を一行は凱旋パレードのように通り抜け、館へと辿り着いた。

館の門を潜ると、ニコレットをはじめとした家族、勇たち研究所のメンバー、ルドルフらの使用人、そして留守を任せた副団長のフェリクス以下兵たちが出迎えてくれた。

「セル、お帰りなさい。どうやら無事討伐できたようね？」

皆を代表して、ニコレットが労いの声をかける。

「ただいま。何とか討伐できたよ。結局隣領まで足を運ぶことになったけどね……」

セルファースは少し肩をすくめながらそう言うと、クルリと馬を回頭させた。

「皆、ご苦労だった!!　おかげで我が領の脅威を排除することができた。感謝する！　現時点を以て、緊急討伐態勢を解除。通常任務に戻るものとする。今日明日の鍛錬は休みにする。交代になってすまんが、ゆっくり休んでくれ。それでは、解散っっ!!」

「「「「おお――――――っっっ！！！」」」」

セルファースが討伐隊の解散を告げ、晴天の領都に今回の討伐最後の鬨の声が上がった。

番外編　七夕の奇跡

梅雨の中休み。ムシムシとした纏わりつくような空気の中、松本勇は駅から歩いていた。

五分も歩かないうちに背中にへばり付き始めたTシャツにうんざりしながら、ようやく目当ての大きな自動ドアをくぐり抜ける。

「はぁ～、生き返る……」

清涼だが、木材と金属が混じりあったような独特な匂いの空気に、ようやく人心地がついた。

ひと昔前に比べて随分と控えめになった感のある冷房だが、気温三十二度、湿度八十パーセント超えの中を歩いて来た身にとっては天国同然だ。

この日勇は、都内某所にあるホームセンターへ来ていた。

先日ネットで購入した組み立て式の家具が想像以上にネジの数が多く、インパクトドライバーが欲しくなったためだ。

ついでに乾電池などの日用品も買い揃えるつもりだが、昔から大きなホームセンターが大好きな勇にとっては、ほぼレジャーである。

入り口付近に置いてある季節商材コーナーを冷やかして汗が引いた勇は、まずは混んでくる前に腹ごしらえをしてしまおうと、別館にあるフードコートへと足を向けた。

別館は、フードコートだけでなく自転車用品と園芸用品、そしてペットショップを併設した作りになっている。

目当てのフードコートは一番奥にあるため、勇はペットショップを見ながら奥へと進んでいく。

このホームセンターはペットにも力を入れているようで、まずはちょっとした水族館のようになっている観賞魚のコーナーが目に飛び込んできた。

「すごいな、最近はメダカだけでこんなに種類がいるのか……」

金魚以上に種類が豊富なメダカコーナーに驚きつつ、熱帯魚なども眺めながら涼し気なアクアコーナーを抜けると、次は犬と猫のコーナーだった。

こちらはさながらミニ動物園といった様相で、小さな子供を連れた家族連れが多い。

実家にいた頃は、父親が何処からか貰ってきた犬を飼っていたので、自然と犬を目で追っていく。

「一時期ハスキーとかの大型犬が流行ったことがあったけど、今は小型犬ばかりだなぁ……。まぁ散歩とか大変そうだし、そもそもマンションじゃ飼えないもんなぁ」

昔と違って室内飼育が主流となったことで、ミニチュアダックスやチワワといった小型犬が沢山展示されていた。

そしてその隣は猫のコーナーだ。

小さなキャットタワーが置かれた展示スペースの中には、だいたい二匹の子猫が一緒に入れられているようだった。

仲良く毛繕いをしている部屋もあれば、元気よく追いかけっこをしたり、はたまたぐっすり眠っていたりと、皆きままだ。

「んー、アメショーくらいしか種類が分からんけど、こうして見てみると猫も可愛いもんだなぁ。……ん？」

自由を絵にかいたような子猫たちに目を細めて歩いていると、一番端の展示スペースにひときわ大きな猫がいることに気付き思わずそこで足を止めた。

「随分大きい子もいるんだな。そういう種類なのか？　えーっと、ブリティッシュショートヘアー？　聞いたことない種類だな」

その大きさが気になり、掲示されているインフォメーションに目を通していく。

それはブリティッシュショートヘアーという種類の雌の猫で、生後七ヶ月ほど経過しているようだった。

隣のマンチカンとロシアンブルーのインフォメーションを見ると、どちらも生後三ヶ月くらいなので、大きいのは種類ではなく年齢によるものだと気が付く。

こちらにお尻を向けてどうやら眠っているようだ。なぜかその姿が気になり、起きてこちらを向かないかと見入っていると、後ろから声をかけられた。

「そちらの猫ちゃんが気になりますか？　よかったら抱っこもできますよ」

振り返ると、ペットショップのユニフォームを着た女性店員が立っていた。

「ああ、この子だけちょっと大きかったので、気になって見ていたんです」

「そうなんですね。この子は入って来てすぐに予約までいったんですが、その後にキャンセルになってしまったんですよ……」

店員によると、他の猫たちと同じ生後三ヶ月くらいの頃、とある男性客が予約をしたそうだ。

本人は飼う気満々だったが、奥さんの了承を得ずに飼うわけにもいかないので、その日は手付を支払い二週間取り置いてもらうことにした。

一週間後、無事奥さんの了承を得られたと連絡があり、次の週末に正式契約することになった。

しかし契約予定日の前日、突然海外への赴任が決まり夫婦で海外へ引っ越すことになったとの連絡が入り、契約には至らなかった。

「さすがに海外へ引っ越されるお家にお預けするわけにもいかないので、手付を頂いてキャンセルになったんですよ」

猫を連れて行くことも考えたそうだが、検疫の関係で出発までに間に合わないのと、会社が用意した物件がペット不可だったために断念したとのことだ。

「飼えないからと放置されなかっただけ良かったんですけどね……。その後はどうにもご縁がなくて、気付いたら随分と大きくなってしまったんです」

「なるほど、そうだったんですね。ありがとうございます」

「またいつでも声をかけてくださいね！」

ひと通り説明を終えると、女性店員はまた他の客に声をかけるため、勇から離れていった。

「そっかぁ、お前も色々あったんだなぁ。おーい、こっち向いてくれー」

不運なエピソードに若干しんみりしつつも、未だこちらに顔を見せない薄金色の毛玉に勇が声をかける。

なおも様子を見ていると、目が覚めたのかのそりと立ち上がり、前足を伸ばしながら腰を上げて伸びをした。

そしてついに、くるりとこちらを振り返った。

「っ!!」

振り返ったその顔を見た瞬間、勇は思わず鋭く息を吸い込み、そのまましばし固まった。

「…………か、可愛い」

三十秒ほどだろうか。瞬きも忘れて随分と大きくなった子猫を凝視する。

顔の上側は茶色の縞が入った淡い金色でそのまま背中、尻尾へと続いている。

そして顔の下半分からお腹にかけては綺麗な白色だった。

確かハチワレと言ったか、ピンク色の鼻の少し上までが白色で、金色の部分が左右に分かれている。

四本の脚は、白い靴下を履いたように足先だけ白かった。

真ん丸な顔、黒目がちでこれまたくりくりと大きな目が何とも愛らしいではないか。

そしてモフモフとしたきめ細やかで艶のある毛並みの素晴らしいことと言ったらもう……。

気付けばそこにしゃがみ込んで見入っていた勇の口から、感嘆の溜息が漏れた。

ペロペロと寝起きの毛繕いをしていた彼女は、間抜けな顔で自分を見ている勇に気が付いたのか、ショーケースの一番手前までやってきてちょこんと座る。

綺麗なライムグリーンの目でじーっと勇の顔を見つめると、小さく首を傾げる。

そして「にゃおん」と一鳴きし、ショーケースのガラスを二度引っ掻いた。


「私を連れていって」

勇の頭の中に、そんな声が響き渡ったような気がした。


その瞬間、勇は先程の女性店員を呼んでいた。

「はい、どうしまし――」

「この子は、今日すぐに引き取れますか？」

食い気味に、すぐに購入したい旨を伝える。

「は？　え？　この子をですか？　少し前に健康チェックはしていますので問題はありませんが……。ケージなど、お迎えするための準備はお済みでしょうか？」

「いえ、まだなので、必要なものも全部一式一緒にください」

「わ、分かりました！　それでは契約書の作成と注意事項のご説明等いたしますので、こちらのテーブルへどうぞ」

なおも食い気味に言う勇を、少々引き気味で女性店員が契約用のテーブルへと案内した。

「――なので、一歳になる頃にもう一度ワクチンの接種をしてあげてくださいね」

「分かりました」

「注意事項の説明は以上ですが、何かご質問はございますか？」

「いえ、大丈夫です」

「かしこまりました。こちらの書類にも、お話しした内容が書かれていますので、ご自宅でもご覧ください」

一時間ほどかけて、マイクロチップの登録についてやワクチン接種、食事の与え方など飼うにあたっての注意点を聞き、売買契約書にサインをする。

その後、ケージやキャリーケース、食器類に複数の食事、キャットタワーに玩具などなど、あったほうが良いと言われたものは二つ返事で全て購入していく。

生後半年以上経過していた子猫を購入した上、付属品を山ほど購入したので随分と値引きをしてくれたらしいが、金額など勇の目には入っていなかった。

「よかったね～、優しそうなお兄さんのところで」

支払いを済ませると、女性店員が声をかけながら子猫をキャリーケースへと入れる。

「ありがとうございました。気を付けてお帰りくださいね。素敵な猫ちゃんライフになると良いですね！」

「こちらこそ色々とありがとうございました」

満面の笑みでお見送りをする女性店員に礼を述べ、荷物が山積みになった大きな台車を引いて店を出ようとしたところで、致命的なやらかしに気が付く。

「あ、電車で来てたんだった!!」

慌ててUターンし女性店員に事情を話して、荷物と一緒に子猫を一時的に預かってもらうと、勇は大急ぎで車の貸し出し手続きのためインフォメーションカウンターへと走る。

どうにか無事軽トラックを借りることができた勇は、今度こそ店を後にした。

女性店員は再び笑顔で送り出してくれたが、その笑顔が若干引きつっているような気がした。

駐車場の端のほうに停めてある軽トラに荷物を積んで固定する。

バンタイプは全て出払っていたため、荷台タイプのザ・軽トラだ。雨が降っていなかったことに感謝である。

子猫の入ったキャリーケースは助手席に置き、シートベルトをしっかりとかける。

「久々に運転するな。マニュアル車じゃなくて良かったよ……」

都内に就職してからはとんと乗ることがなくなった車のエンジンをかけながら、カーナビに自宅の住所を入力する。

「さて、帰るか!」

パーキングブレーキを解除しながら助手席のキャリーケースに目をやると、子猫がじっとこちらを見ていた。

それを見て目を細めると、勇はゆっくりと車を発進させた。

幸いそれほど混雑していない首都高を走る車内で、ＦＭラジオが今日は七夕であることを知らせてくれる。

「そうか、今日は七夕だったのか」

ラジオＤＪが、七夕は雨や曇りのことが多いのだと豆知識を披露しているのを聴きながら、子供の頃は学校で七夕イベントがあったが、大人になってから七夕はあまり意識しなくなっていたなと思い当たる。

「七夕……。笹、短冊、天の川、彦星に織姫……。そうだっ!! 織姫だ！ お前の名前は織姫にしよう！ 七夕の日に出会ったんだし！」

思わず閃いた名前に満足し、勇は小さくウンウンと何度も頷く。

「今日からよろしくな、織姫！」

信号で止まったタイミングで、助手席の子猫改め織姫に勇が優しく声をかける。

「にゃっふ！」

それを聞いた織姫が、悪くないわね、とばかりに元気な鳴き声を上げた。

あとがき

パリ五輪のハイライトを見ながら、二匹の猫をPCの両側に侍らせてこれを書いています。

メダリストの方が「まだ実感が湧いてこない」というコメントを度々出されますが、これまでは「いやいや、そんなことないやろ」と思っていました。

が、気づけば自分がそれと同じ状況になっていました……。

大賞の受賞連絡をいただいてから、打ち合わせをして、原稿を作って、素敵なイラストを確認して……と、出版に向けて色々やってきましたが、いまいち本が出版されることに対する実感がありませんでした。

最後の最後、今このあとがきを書き始めてようやく「ああ、本当に本になるんだ」という実感が湧いてきています。

オリンピックでメダルを取ることと比べられるようなレベルではないのですが、私の人生においてはトップクラスに衝撃的な出来事だったようで、どこか他人事のような感じがずっと続いていたんでしょうね。

あらためまして。なろうでも読んでいただいている方はこんにちは。そうではない方は初めまして。『ぱげ』と申します。

この度は拙作『いせねこ』をお手に取っていただき、ありがとうございます！

まさか四十歳を過ぎてから小説家デビューするとは思っておりませんでした。人生何があるか分かりませんね（笑）。


何もかもが初めての経験だったのですが、一巻を出版するにあたって最も苦労したのが文字数制限でした。

最初の打ち合わせで担当編集のY氏に言われたのが、一冊当たりおおよそ十五万文字程度が目安なので、それを基準に調整していきましょう！　というお言葉でした。

話の区切り的に、一巻には領都クラウフェンダム防衛線までを入れることが私の中で決定事項だったのですが、そのまま入れるとなんと二十三万文字!!　実に目安の一・五倍という文字通り話にならない状況でした……。

それから無い脳味噌をフル回転させて、エピソードを削ったり表現を見直したりすること半年。もうこれ以上短くできません！　とギブアップした時点の文字数は、まだ二十万文字ありました。

これはよもや出版見送りか!?　と心配している中、編集Y氏からかけられた言葉が、

「この状態がバランスが良いので、これでいきましょう！　ああ、これくらいの文字数になるかも

しれないことは上には言ってあるので大丈夫ですよ。ははは！」

でした。

いやぁ、生まれて初めて母親以外の人物が神に見えましたね（笑）。

そんなY氏の会社での立場が心配になるレベルの気遣いのおかげで、こうして無事第一巻を出すことができました！

なろうで読んで評価していただいた皆様、拙作を大賞に選んでいただいたアース・スター エンターテイメントの皆様、素敵なイラストを描いていただいた又市マタロー先生、この作品を書くきっかけをくれた猫の殿丸、そして今この本を手に取っていただいている皆様。

皆様のおかげで本作を出版できたことに、深く、深く、深く感謝いたします!! 本当にありがとうございました。

できれば、今後とも末永くゆるりとお付き合いいただけますと幸いです。

※発売予定月および内容は変更になる場合があります。

EARTH STAR NOVEL

異世界は猫と共に ①
システムエンジニアが挑む領地再建の魔法具開発

発行 ―――― 2024年9月13日 初版第1刷発行

著者 ―――― ぱげ

イラストレーター ―――― 又市マタロー

装丁デザイン ―――― 石田隆（ムシカゴグラフィックス）

発行者 ―――― 幕内和博

編集 ―――― 結城智史

発行所 ―――― 株式会社アース・スター エンターテイメント
〒141-0021 東京都品川区上大崎3-1-1
目黒セントラルスクエア 7F
TEL：03-5561-7630
FAX：03-5561-7632

印刷・製本 ―――― 中央精版印刷株式会社

ISBN 978-4-8030-2009-0